梅泉詩派 研究

梅泉詩派 研究

김 정 환

景仁文化社

서 문

옥봉 백광훈·고죽 최경창·백호 임제가 한시로서 고봉을, 송강 정철·고산 윤선도가 국시國詩로서 고봉을 형성한 호남시맥의 끝자락으로 와서 매천 황현이 우뚝 솟아 있다.

매천에 관해서는, 나 자신이 한문학에 입문한 당초부터 각별한 관심을 두었던 터지만, 그의 주변으로 포진해 있었던 시인군에 눈길을 돌릴 생각은 미처 하지 못하였다. 실은 그 실체를 인지하지 못했기 때문이다. 그러다가 구례 지역에서 19세기 말 20세기 초에 시인들이 활동했던 사실을 점차로 알게 된 것이다. 중국 남통南通의 한묵림서국翰墨林書局에서 간행된 『개성가고開城家稿』(왕석보王錫輔, 왕사천王師天 등)·『야헌고野軒稿』(윤행덕尹行悳)·『용재집慵齋集』(이언우李彦雨), 그리고 국내에서 석인본으로 간행한 『지촌유고芝村遺稿』(권봉수權鳳洙)·『유당시집酉堂詩集』(윤종균尹宗均) 같은 이 고장이 배출한 시인군이 남긴 책들을 접하게 된 데서였다. 위 한묵림서국판들은 창강 김택영의 주선으로 나온 것인데 전라도 시골구석의 시인들의 존재가 멀리 중국에까지 소개된 셈이다. 국내의 석인본 『지촌유고』에는 정인보의 서문이, 『유당시집』에는 최익한崔益翰의 서문이 실려 있는 바, 각기 다른 논리로 매천시파에 대한 인식을 열어 놓은 명문이다. 큰 산이라면 정상을 둘러싸고 높고 낮은 봉우리들이 솟아 있는 이치와 정히 유사함을 느꼈다.

구례는 어느덧 시향詩鄕이라는 아름다운 이름을 얻게 된 모양이다. 동시대 김제 출신의 학자 문인이었던 석정石亭 이정직李定稷은 일부러 구례를 찾아와서 어울려 놀곤 하였던 바 "방장산 백운산 사이로 청신한 기운 일어나 이곳에 문사들 몰려 문명을 펼치놋다."[方丈白雲靑嵐起 幷來此處發文明]라고 그 고장을 문명이 새롭게 일어나는 땅으로 묘사하고 있다.

　이런 사실은 자못 흥미로운 현상이고, 특히 한문학 연구자에게 있어서는 지나칠 수 없는 연구주제의 하나이다. 그렇지만 저 제반 실상을 속속들이 파악하고 정리하는 일이 만만치 않게 여겨져서 선뜻 누구에게 권유하지를 못하였다.

　지난 해 초여름이다. 전남대학교의 김대현 교수로부터 박사학위논문의 심사 요청을 받았다. 나는 내가 봉직하는 대학 밖에서 심사에 참여하여 여기저기 다니는 일을 극히 자제해 왔는데 논문의 주제가 매천시파에 대해서란 말을 듣고 흔쾌히 수락을 하였다. 그리하여 지금 이『매천시파梅泉詩派 연구硏究』와 저자 김정환 박사를 만나게 되었다. 심사를 받기 위해 나타난 인물은 의외로 나이 50이 다된 만학도였다. 광양제철고등학교에 근무하면서 대학원을 다니며 연구를 수행하고 있다는 것이다. 얼굴이 둥글넓적한 편인데다 미소가 떠나질 않아 첫인상은 전라도 호인으로 보였다. 그가 제출한 심사용 논문에서 받았던, 부지런함에 억척스러움이 겹쳐진 사람일 것이란 예상에서 빗나간 모습이었다.

　『매천시파 연구』에서 다룬 시인군은 30여 명을 헤아린다. 앞서 거명했던 자료들은 물론, 매천의 계씨인 석전石田 황원黃瑗을 비롯하여 묘원卯園 허규許奎 · 운초雲樵 왕수환王粹煥 · 백촌白村 이병호李炳浩 등등 재재다사가 포착된 것이다. 연구 자료로 이용한 문적들을 보면 출판의 과정을 거쳐 세상에 보급된 경우도 있지만 상당 부분은 원본 내지 필사본으로 유족 혹은 연원가에 파묻혀 있던 것이었다. 뿐만 아니라, 관련 사실들을 직접 조사해서 밝힌 대목도 적지 않다. 마침 그 자신의 근무지 광양이 매천이 태어난 고장인데다 구례와 인근 지역이어서 현장을 발로 뛰며 탐색하는 작업이 가능하였을 터이다. 그런 조건이 갖추어졌다고 누구나 이렇게 할 수 있을까.

　더구나 학문의 마당에서 떨어진 교직에 몸을 담고 가족의 생계를 책임진 처지에서 조사 연구에 열정을 다 바친다는 것은 결코 용이한 일이 아니다. 늦공부에 단단히 재미를 붙이지 않았던가 싶다. 농부가 부지런히 일하여 살림이 늘어가는 재미로 더욱 열심히 일하게 되듯, 김 박사는 공부의 진미를 느껴갔던 것으로 짐작된다. 나는 2007년 6월 어느 날 종심終審을 끝내고 광주서 서울로 돌아오는 차중에서 마음이 무척 흐뭇하였다. 나 자신이 평소 고대해 마지않았던 매천시파에 대한 연구가 드디어 착수된 것이 우선 기뻤고, 또 근성과 열성을 가진 이 연구자가 두고두고 계속 탐구하여 좋은 성과를 이룰 것이란 신뢰감이 들었기 때문이었다.

　아, 어찌 뜻하였으랴! 김 박사의 부음을 금년 봄에 들은 것이다. 그의 몸속에 치유할 수 없는 불치병이 잠복해 있어 졸연히 소중한 목숨을 앗아가고 말았다 한다. 인생이란 정녕 이런 것인가를 새삼 절감하였다. 김대현 교수는 학문의 거룩한 뜻을 못다 이루고 떠난 그 제자의 갑작스런 죽음을 못내 안타까워하며 그가 남긴 학문의 족적으로『매천시파 연구』를 공간公刊할 계획이라 하면서 나에게 또 이 책에 붙일 서문을 청한다.『매천시파 연구』는 우리 학계에 개척적인 공이 현저하다. 그런 만큼 이 주제는 앞으로 탐구하고 해석할 여지를 폭넓게 내포하고 있다. 이『매천시파 연구』가 우리 학계에 하나의 길잡이가 되기를 기대하며, 저자의 명복을 삼가 빈다.

반교泮橋서실에서 **임 형 택**
(성균관대학교 교수, 대동문화연구원 원장)

떠나간 벗을 그리워하며

이 책은 고 김정환 선생의 유고 저서이다. 앞뒤를 생각하면 이내 가슴이 뜨거워지는 것을 참을 수 없다. 그와의 인연은 나의 호남 한문학 연구와 궤를 같이 한다. 2천년 초반부터 호남 한문학 연구에 뜻을 함께 하는 여러 연구자들과 한문학 관련 유적지들을 답사하고, 발표회를 가졌다. 이 연구자들 중 그는 늘 중심에 서 있었다.

김정환 선생의 아호는 백천白泉이었다. 백운산의 기운을 받으며 살고 싶어 그렇게 지었다고 한다. 그는 천생 학문을 즐겼던 학자였다. 좋은 책들에 늘 관심을 두었으며, 전통의 향기 속에서 살고자 하였다. 먹을 갈아 글씨를 쓰기도 하였고, 전각을 하기도 하였으며, 대금을 연주하기도 하였다. 근래에는 백운산 차를 비벼 동료들에게 다향을 전해주기도 하였다. 그는 움직이는 시간엔 온통 자신이 좋아하는 이런 일들을 하였던 것 같다. 사람이 좋아하는 일을 쉬지 않고 하는 것처럼 아름다운 일이 어디에 또 있겠는가?

초창기 한문학 연구자들과 모임을 시작한지 얼마 안 되어, 한국학술진흥재단으로부터 인문학 분야 기초학문 연구 지원을 받았다. 그 지원으로 연구팀은 <20세기 근현대 호남 한문학 자료 수집 및 연구>라는 일을 시작하게 되었다. 그 과정에서 20세기 호남 한문학은 여러 문인文人 집단이 있었으며, 그 중 가장 중요한 문학가 집단이 바로 '매천시파梅泉 詩派'라는 것을 알게 되었다. 그 핵심 주제에 대한 연구를 김정환 연구자가 맡게 되었다. 그 주제를 맡은 그날부터 그는 마치 고지를 점령하는 용사처럼 쉬지 않고 나아갔다.

단언하건데 그는 내가 만난 연구자들 가운데 그 누구보다 열성적이었다.

만날 때마다 새로운 자료를 발굴하여 소개하였고, 이들 자료로 글들을 써 나갔다. 그 결과 작년에 『매천시파梅泉詩派 연구研究』라는 논문으로 박사학위를 받았다. 이는 지역 문학 연구의 새로운 방향을 제시하는 뚜렷한 업적이라고 생각한다.

그러나 사람의 삶이 이처럼 허망할 줄을 누가 알았겠는가. 올 봄, 갑작스레 찾아온 병마로 인해 그는 운명하고 말았다. 나에게는 말할 수 없는 충격이었고, 연구팀원 모두의 마음속에 슬픔을 남기게 되었다. 그러나 이제 다시 그의 삶을 기리고자, 그가 남긴 논문을 <호남한문학연구총서>의 첫 번째 저서로 간행하고자 한다.

세상에는 여러 책이 있지만, 고인의 책을 만들어 내는 일처럼 슬픈 일도 없을 것이다. 이 책의 서문을 저자 대신 임형택 성균관대 교수와 호남한문학연구소의 정지용 연구원, 그리고 내가 함께 써서 출간을 하기로 한다. 그의 순결한 삶에 바치는 작은 선물이 되었으면 한다.

빛나는 꿈을 이루고 초연히 사라져간 친구 김정환, 나는 그를 제자라 여기지 않았다. 언제나 같은 길을 가는 동지라고 생각하였다. 오늘 그의 모습은 볼 수 없지만, 그의 글은 깃발이 되어, 우리의 앞길에 영원히 나부끼고 있을 것이다.

김 대 현
(전남대학교 국어국문학과 교수, 호남한문학연구소 소장)

끝없는 학문의 열정을 보여준 친구에게

김정환 박사가 우리 곁을 떠난 지도 반 년이 다 되어 간다.

2002년 2월, '호남 한문학 연구'라는 이름으로 모여서 밤낮을 가리지 않고 달려 온 지도 벌써 5년의 세월이 흘렀다. 그 동안 우리가 이루어놓은 성과는 적지 않았다. 20세기 호남 한문 문집을 종합적으로 조사하여 1,000종이 넘는 문집을 목록화하고 간명해제를 하였다. 또한 이 지역 최초로 호남 문집을 수집하여 '호남한문문집집중실'을 만들어 2,000여 종이 넘는 문집을 모아 놓았다.

이러한 현장연구에서 가장 앞장서서 열성적으로 조사하고 연구한 사람으로 우리 '호남한문학연구소'에서는 김정환 박사를 첫 손에 꼽는다. 광양제철고등학교 교사로 재직하면서 전남대학교 국어국문학과 박사과정을 다니는 동안 매주 두 번씩 광주를 오가며 호남 한문학 연구에 쏟은 정열은 연구원들에게 큰 자극과 힘이 되었다. '매천 황현시파 연구'를 위해 3년 동안 광양과 구례에 산재해 있는 매천시파의 후손들을 일일이 찾아다니며 그분들이 남긴 자료 및 생생한 현장의 증언을 수집하여 20세기 구례·광양시단의 위치를 새롭게 조명하였으며, 지금까지 알려지지 않은 많은 한시작가들을 찾아내어 자칫 사라져버릴 위험에 있는 우리지역의 문인들을 문학의 역사 위에 올려놓았다.

그의 한문학에 대한 열정은 우리 연구원들에게 가장 좋은 모범이었다. 구례지역 한시 작가들에 대한 계보 파악은 물론 작가 한 사람 한 사람의 일생과 한시의 미적 특성, 지명에 대한 설명 등을 얘기할 때면 몇 시간이고 그의 유창한 해설을 듣고 있어도 지루하지 않았다. 연구원들에게 한시의 시품詩品을 체계화하여 책으로 만들어 나누어주기도 한 그의 열정을 우리 연구원들은 잊지 못할 것이다.

　'호남 한문학'이라는 한 배를 타고 앞장서서 방향을 제시하면서도 항상 웃음을 잃지 않던 그의 모습은 연구원들의 가슴에 영원히 남아 있을 것이다. 함께 모여 학문을 논하다보면 자정을 넘기기 일쑤였는데, 내일의 수업을 위해 광양에 내려갈 것을 권하면 못내 아쉬운 마음으로 뒤돌아보면서 내려가곤 했다.

　정년퇴직을 하면 도반道伴들과 함께 살고 싶다며 가까운 곳에 집터를 알아보아 주라던 친구, 그토록 좋아했던 학문을 놓아두고 홀연히 말없이 혼자 먼 길을 간 친구여, 그곳의 산천이 좋아 갔는가, 인걸이 좋아 갔는가. 가고 머문 자취를 돌이켜 보지만 탐욕과 미움과 사랑 속에서 번뇌하고 있는 육신의 탈을 벗고 훌훌히 떠난 자네가 부럽기만 하네. 살아생전 아픈 고통 어디에 동여 두고 떠났는가. 손에서 책을 놓지 않던 자네라서 그곳에서도 주야로 책만 보고 있을까 걱정이라네. 이제 그만 모든 시름 털어버리고 자유롭게 하고 싶은 일을 마음껏 누리기를 바란다네.

　고인의 학문에 대한 업적을 책으로 펴내는 뜻 깊은 이때에, 우리가 진정 그를 기리는 가장 중요한 일은 호남 한문학 연구를 위해 노력했던 그의 정신을 이어가는 일일 것이다. 연구원들 모두는 그의 열정을 이어받아 호남 한문학을 보다 깊고 넓게 연구하여 못다 이룬 그의 꿈을 이루기 위해 노력한다면 호남 한문학이 더욱 빛나리라 믿는다. 언제나 넉넉한 웃음으로 빙그레 웃던 소탈한 김정환 박사의 얼굴이 유난히 크게 느껴지고 몹시도 그리워진다.

정 지 용
(호남한문학연구소 연구원)

〈차 례〉

제1장 序 論

　한 시대의 문학은 詩壇의 형성을 통해 생성 발전하기도 하고 작가 간의 유대와 그 영향 관계에서 한 흐름을 이루었다.[1] 이러한 의미에서 詩派를 중심으로 한 작가들의 연구는 의미 있는 작업이라 할 것이다.

　梅泉[2] 黃玹(1855~1910)은 國文學史뿐만 아니라, 湖南 詩學史에서도 중요한 위치를 차지하는 인물이다. 그는 孤竹 崔慶昌(1539~1583)·玉峰 白光勳(1537~1582)과 白湖 林悌(1549~1587), 그리고 畸庵 鄭弘溟(1592 ~1650) 등 걸출한 시인 이후 200여 년의 공백을 뛰어넘어 湖南의 詩脈 을 연결해 준 인물로 평가된다. 19세기 말, 그는 호남 시의 정통을 이어 크게 振作시켰다. 그 영향력 아래 求禮 地域을 중심으로 함께 詩風이 크게 일어났던 것이다.

　본고는 매천의 門人으로서 구례 지역을 중심으로 作詩 活動을 한 일 련의 文人 集團을 '梅泉詩派'[3]라 命名하고, 이에 대한 구체적 실태 및 실상을 연구하는 것을 목적으로 한다.

---

1) 朴焌圭, 『湖南詩壇의 研究』, 전남대학교 출판부, 1998 참조.
2) 黃玹은 梅泉 이외에 別號로 江西, 養齋, 養雲를 쓰기도 하였다.
3) '梅泉詩派'라는 말은 매천의 門人들을 지칭하는 용어로 사용된 바 있다. 尹鍾均은 『小衡山房旅草』(丙辰未定稿)의 <西松將發白村適至留連唱酬> 제2수 끝머리에 "白西松 皆梅泉詩派."라고 註를 붙여놓았다. "白村 李炳浩, 西坡 宋夏燮, 松溪 朴鍾賢은 모두 梅泉詩派이다." 이들은 모두 매천의 제자들로, 이병호는 구례 두동에서, 송하섭과 박종현은 광양 봉강에서 거주하였다. 이 들은 구례와 광양을 오가며 교유하며 作詩 활동을 하였다.

매천 연구는 크게 매천과 매천시파에 관한 연구로 나눌 수 있다. 최근 20~30년 사이에 매천 연구는 매우 활발하게 전개되고 있으며, 계속하여 새로운 연구자들이 이 대열에 가담하고 있는 추세이다. 매천에 대한 관심은 『梅泉野錄』의 사료적 가치를 중심으로 역사학계에서 먼저 표명하였다. 그러나 그를 문학가와 시인으로 인식하기 시작한 최초의 논문은 林熒澤의 「黃梅泉의 詩人意識과 詩」[4]였다. 근대 문학사의 출발선상에서 李人稙이나 崔南善 등 국문문학만을 조명하였을 뿐, 매천의 문학은 한문문학이었기 때문에 논의에서 제외되었다. 그러나 이 논문은 문학사에서 매천을 중요한 위치에 놓고 인식함으로써 문학사의 폭을 확대시켜 놓았다. 또한 매천의 애국시인적 면모를 처음으로 究明하였다. 이후 역사학계는 물론, 교육 사상을 중심으로 교육 분야에서도 어느 정도 연구가 이루어졌다. 특히 1990년대 이후 매우 활발하게 연구되고 있다. 지금까지 매천 연구는 生涯와 思想[5], 歷史意識[6], 文學精神[7], 詩

---

4) 林熒澤, 「黃梅泉의 詩人意識과 詩」, 『창작과 비평』 제5권, 창작과 비평사, 1970.
5) 김창수, 「매천의 애국사상」, 『나라사랑』 제46집, 외솔회, 1983.
   이소영, 「梅泉의 文學과 生涯 研究」, 서울여대 대학원 석사학위논문, 1986.
   이장희, 「황현의 생애와 사상」, 『아세아연구』 제21집, 고려대학교 아세아문제연구소, 1978.
   이현희, 「매천 황현론」, 『나라사랑』 제46집, 외솔회, 1983.
   조규호, 「황현의 사상 연구」, 경남대학교 대학원 석사학위논문, 1982.
   황수정, 「梅泉 黃玹의 傳記研究」, 순천대학교 대학원 석사학위논문, 2002.
   황수정, 「梅泉詩에 나타난 歷史意識」, 『고시가문학』 제12집, 한국고시가문학회, 2003.
   황용수, 「매천의 생애」, 『나라사랑』 제46집, 외솔회, 1983.
6) 길은식, 「梅泉 黃玹 開化認識 研究」, 한국교원대학교 대학원 석사학위논문, 1997.
   김수옥, 「매천 황현의 시대인식」, 이화여자대학교 대학원 석사학위논문, 2001.
   김창수, 「매천 황현의 동학인식에 대하여」, 『新人間』 제416호, 외솔회, 1984.
   김창수, 「梅泉 黃玹의 民族意識」, 『史學研究』 제33호, 韓國史學會, 1981.

論8), 散文9), 綜合硏究10) 등 다양한 분야에서 많은 성과를 거두었다.11)

───────────

　　宋京玉, 「梅泉野錄에 나타난 黃玹의 現實認識 - 1864~1893년을 중심으로」,
　　성신여자대학교 대학원 석사학위논문, 1989.
　　이희승, 「황현의 현실인식에 대한 일고찰 -동학농민운동과 갑오개혁을 중심
　　으로」, 세종대학교 대학원 석사학위논문, 1997.
　　장선희, 「黃梅泉의 歷史意識과 詩」, 『光州保專論文集』 제17집, 광주보건대
　　학, 1992.
　　하우봉, 「황현의 역사의식에 대한 연구」, 『전북사학』 제33호, 전북대학교,
　　1982.
　　홍이섭, 「매천의 역사의식」, 『나라사랑』 제46호, 외솔회, 1983.
7) 김정환, 「梅泉 黃玹의 『荀安室新稿』 硏究」, 『한문학연구』 제12집, 우리한문
　　학, 2005. 6.
　　박금규, 「梅泉黃玹의 論詩絶句 硏究」, 우석대학교 박사학위논문, 1996.
　　박금규, 『黃梅泉詩 硏究 - <讀國朝諸家詩> 評을 中心으로』, 정화출판문화
　　사, 1980.
　　박금규, 「黃梅泉 論詩絶句考」, 『논문집』 제31집, 원광대학교, 1996.
　　백영애, 「梅泉 憂國詩에 대한 考察」, 한양대학교 교육대학원 석사학위논문,
　　1986.
　　송재소, 「梅泉 黃玹의 시」, 『시와시학』 제46호, 2002. 여름.
　　심재석, 「梅泉의 憂國詩」, 『月刊同和』 제4호, 1991.
　　이병기, 「梅泉 黃玹의 上樣詩에 대하여」, 『고시가연구』 제1집, 고시가문학
　　회, 1993.
　　윤경희, 「黃玹의 세계관과 詩世界」, 『한국한문학연구』 제14집, 한국한문학
　　회, 1991.
　　임형택, 「黃梅泉의 批判知性과 寫實的 詩風」, 『한국한문학연구』 제18집, 한
　　국한문학회, 1995.
　　임형택, 「황매천의 시인의식과 시」, 앞의 책.
　　정양완, 「산문을 통해서 본 매천의 문학정신」, 『진단학보』 제61집, 진단학
　　회, 1986.
8) 박금규, 「黃梅泉 詩論 硏究」, 『논문집』 제29집, 원광대학교, 1995.
　　오택원, 「황현의 시문학론」, 동국대학교 대학원 석사학위논문, 1979.
　　정양완, 「매천 황현의 시에 대하여」, 『성신한문학』, 성신한문학회, 1998.
9) 윤경희, 「黃玹의 전 연구」, 『어문논집』 제35집, 안암어문학회, 1996.
　　이병기, 「梅泉 黃玹의 銘에 대하여」, 『동악어문논집』 제28집, 동악어문학회,

이에 비해 매천시파에 관한 연구는 미미한 편이다. 이상식은 「石田
黃瑗의 生涯와 思想」12)에서 황원의 생애와 사상 등 역사학적 관점에서
접근하였다. 매천에 묻혀 있던 그를 학술적인 논의의 장으로 끌어낸 것
이다. 장선희는 「梅月吟社 研究」13)에서 문학 사회사적 접근을 시도하였
다. 梅月吟社14) 詩社員들에 대하여 개괄적으로 소개하고, 용호정시계에
대하여도 간략하게 다루었다. 그러나 이 두 논문은 매천시파라는 큰 틀
로 접근한 것은 아니었다.

필자는 구례 시단 및 매천시파에 대한 접근을 시도하였다. 「20세기
求禮 詩社 연구」15)에서는 15~6개 구례 지역 시사의 전모를 밝히고, 시
사에서 산출된 시의 특징으로 遺民意識을 들었다. 「황매천 문인들의 문
학 활동 전개 양상」16)에서는 그간에 베일 속에 가려져 있던 매천 문인

    1993.
10) 이병기, 『黃梅泉詩 研究』, 전남대학교 박사학위논문, 1984.
    기태완, 『梅泉詩 研究』, 성균관대학교 박사학위논문, 1998.
    윤경희, 『黃玹 詩文學 研究』, 고려대학교 박사학위논문, 1990.
    황수정, 『梅泉 黃玹의 詩文學 研究』, 조선대학교 박사학위논문, 2006.
11) 그러나 이제까지의 매천 연구는 기본적으로 몇 가지 한계를 안고 있다. 첫
    째는 기본 텍스트인 매천 文集이 편집상 많은 오류가 있다는 것이며, 둘째
    로 논자들이 매천 관련 기본 자료를 충분히 확인하지 않은 상태에서 자기주
    장을 한 경우가 많다는 것이다. 필자는 이제까지 알려진 바 없는 매천의 未
    發表 遺稿 및 轉寫本를 상당수 확인하였다. 이 자료들을 토대로 매천에 관
    하여는 별도 지면에서 논할 것이다.
12) 이상식, 「石田 黃瑗의 生涯와 思想」, 『역사학연구』 제9집, 전남대학교 역사
    학연구회, 1979.
13) 장선희, 「梅月吟社 研究」, 『한국언어문학』 제47집, 한국언어문학회, 2001.
14) 梅月吟社는 광복 이후 1952년에 梅泉社彰義契로 명칭을 바꾸고 양적으로
    확대하였다. 이후 1989년에 梅泉祠彰義會로 개명하여 오늘에 이르고 있다.
15) 김정환, 「20세기 求禮 詩社 연구」, 『어문논총』 제16집, 전남대학교 한국어
    문학연구소, 2005. 8 ; 「求禮의 詩社」, 『求禮郡誌』 상, 구례군지편찬위원회,
    2005.
16) 김정환, 「황매천 문인들의 문학 활동 전개 양상 - 새 발굴 자료를 중심으로」,

들을 발굴하고, 이들의 문집 및 문헌을 찾아내어 문학 활동 양상을 살
폈다.「石田 黃瑗의 항일 저항시 연구」[17])에서는 매천의 아우 황원의 시
3,000여 首를 발굴·소개하였다. 황원의 시는 亡國의 恨과 遺民意識이
깔려 있어 자못 비장하며, 그의 삶의 軌跡만큼이나 일제에 대한 강한
저항의식을 표출하여 강건하다고 하였다. 또한 황원은 윤동주, 이육사
못지않은 항일 저항 시인이요, 민족 시인임을 밝혔다.

사실 지금까지 한국문학사에서 20세기 한문문학은 관심의 대상이 아
니었다. 그러나 이 시기에 한문문학이 국문문학과 並立한 것은 엄연한
사실이었다. 오히려 20세기 전반까지는 한시를 중심으로 한문문학의 전
개가 더 활발하였다. 漢詩人들 역시 치열한 문학 정신으로 작품을 썼다.
따라서 이들의 연구를 통해서 국문학사를 재정립해야 할 것으로 본다.

20세기 들어 호남의 대부분 시인들은 동호회 성격의 詩社 활동을 하
였다. 그러나 매천시파처럼 한 작가의 門人들을 중심으로 詩派를 형성
하고 활발하게 활동한 예는 흔치 않다. 더군다나 매천시파는 '彈丸'[18])
만한 작은 고을임에도 불구하고 매우 활발하게 창작 활동을 하였다는
점에서 주목을 받기에 충분하다.

매천시파에 대하여는 용어조차 생소한 실정이다. 필자는 최근 몇 년
동안 전국에 흩어진 매천 및 門人들의 文集 및 遺稿를 찾아다녔다. 그
결과 이제까지 전혀 학계에 알려지지 않은 많은 매천 자료를 찾아내었
다. 또 50여 명에 이르는 매천의 문인과 매천시파의 존재를 확인하였으
며, 이들 가운데 상당수의 문집 및 유고를 확보하였다. 뿐만 아니라 매
천과 매천시파와 관련을 맺은 인사들의 신상과 문집을 확보하고 열람
하였다. 이러한 기초 작업을 토대로 이번 기회에 본격적으로 매천시파

호남한문학연구회 학술발표회, 광주박물관, 2005. 5. 23.
17) 김정환,「石田 黃瑗의 抗日 抵抗詩 硏究」,『고시가연구』제17집, 한국고시
　　가문학회, 2006. 2.
18) 이 말은 매천이 스승 왕석보의『川社詩稿』서문에서 사용한 바 있다.

를 연구하려고 한다. 끝으로 본고는 文獻 資料 등 典據를 들어 사실을
파악하는 연구임을 밝혀 둔다.

제2장 梅泉詩派의 形成 背景

1. 求禮 地域의 歷史 · 文化的 背景

주지하다시피 19세기 후반에 이르러서 구례의 시문학은 호남뿐만
아니라 京師에까지 주목을 받게 되었다. 무엇보다 매천과 매천시파가
있었기 때문이다. 이들의 거주지는 구례를 중심으로 인근 광양 · 순
천 · 함양 · 남원 등지였다. 그러나 作詩 活動은 주로 구례 지역을 중심
으로 이루어졌다. 따라서 이들의 활동을 고찰하기에 앞서, 구례 지역의
역사 · 문화적 배경의 검토가 필요하다.

구례 향토사학자 文丞玤 선생에 의하면, 구례에 부임하는 관리들은
눈물을 흘리면서 들어왔지만 임기를 마치고 갈 때는 모두들 아쉬워하
였다고 한다. 당시 구례를 보는 시각을 단적으로 보여주는 말이라 하겠
다. 이곳은 지리적으로 전남 동부의 끝에 있는 외진 곳으로 조선시대에
는 간혹 유배지가 되기도 하였다. 조선 世宗 당시 구례 지역의 戶口 수
는 137戶 677名, 田結 수는 1735結로 전라도 지역 郡縣 가운데 최하위
수준이었다.[1] 외적 조건으로만 보면 상대적으로 열악하였음을 알 수 있
다. 그러나 이곳 사람들은 구례를 세 가지가 크고 세 가지가 아름다운
땅이라고 한다. 큰 것 세 가지는 지리산과 섬진강과 넓은 들판이요, 아

---

1) 『世宗實錄』 卷151, 地理誌, 求禮縣條 참조.

름다운 세 가지는 지리산과 섬진강이 빚어놓은 아름다운 자연환경, 기름진 땅으로 인한 풍요로움, 순박하고 인정미 넘치는 사람들의 마음씨이다.[2]

구례의 역사와 문화는 지리산과 백운산, 그리고 섬진강과 밀접한 관련이 있다. 동쪽으로는 지리산의 황장산·삼도봉(날라리봉)·반야봉·만복대와 중동천이 있고, 서쪽은 대둔산·천마산·봉성산·깃대봉이, 북쪽으로는 다름재와 숙성치가, 남동쪽으로는 천왕봉·갈미봉·형제봉·도솔봉이, 남쪽으로는 백운산이 경계로 하여 盆地形의 地勢를 이루고 있다. 또 서쪽에서 동남쪽으로 섬진강이 관통하고 있다. 구례를 안고도는 섬진강은 구례, 곡성, 순천, 광양 그리고 경남의 하동 들판을 가로질러 남해로 흘러간다. 따라서 구례는 내륙으로 들어가는 요충지였다. 또 李重煥은 『擇里志』에서 智異山을 다음과 같이 적고 있다.

> 계곡이 서리어 깊고 크며, 땅 성질이 두툼하고 기름져 온 山이 모두 사람 살기에 적당하다. 산 속에는 백 리나 되는 긴 계곡이 많은데 밖은 좁고 안쪽은 넓어서 왕왕 사람들이 알지 못하는 곳이 있고 세금을 내지 않는 수가 있다. 기후가 온난하여 산속에 대나무가 많고 또 감과 밤도 대단히 많아서 가꾸는 사람이 없어도 저절로 떨어진다. 높은 봉우리 위에 기장과 조를 뿌려도 무성하지 않는 곳이 없다. 평지의 밭에도 거의 심을 수 있으므로 산속의 村居는 僧寺와 섞이어 산다. 대를 꺾고 감, 밤을 주워서 수고하지 않아도 生利가 족하며, 농부와 工人들도 그리 노력을 하지 않아도 모두 풍족하다. 그런 까닭에 온 산이 풍년과 흉년을 모르고 지내므로 富山이라 부른다.[3]

---

2) 李海濬, 「求禮 石柱關의 歷史 地理的 背景」, 『求禮 石柱關 七義士』(목포대학교 박물관, 1990), 39쪽 참조.

3) "洞府盤互深鋸, 土性又肉厚膏沃, 一山皆宜人居, 內多百里長谷, 外狹內廣, 往往有人不知處, 不應官稅地, 近南海氣候溫煖, 山中多竹, 又柿栗極多, 自開自落, 撒黍粟於高峯之上, 無不茂苗 平地田皆種之, 故山中村居 與僧寺, 錯居僧俗, 折竹拾柿栗, 不勞而足爲生利, 農工亦不甚勞而周足, 是以一山不知歲年豊凶, 故號爲富山."(李重煥, 『擇里志』, 朝鮮光文會, 1912, 60~61쪽)

지금은 사회 구조가 농경사회에서 산업사회 그리고 지식사회로 바뀌어 가고 있지만, 구례의 주수입의 원천은 역시 지리산이다. 지리산과 화엄사, 천은사는 전국의 수많은 유람객들과 시인 묵객들을 불러들였다.

한때 구례는 연산군의 폭정을 비난했던 裵目仁 부자가 살고 있던 곳이라 하여 부곡으로 강등되기도 하였다. 그러나 왜구 침입에 대비한 중요성이 인정되어 求禮縣으로 회복되었다.[4]

구례 석주관은 일찍이 삼국시대부터 백제와 신라의 관문으로 문화교류의 길목이요, 영토 싸움을 벌였던 요충지이기도 하였다. 정유재란 당시 왜군은 섬진강을 따라 하동을 출발하여 남원으로 북상하였다. 배가 구례까지 이르기 때문에 물자를 보급하기 위해서는 무엇보다 이곳이 필요하였다. 이 때 왜군은 호남지방을 목표로 하여 이곳을 집중 공격하였다. 석주관은 단순한 지역 방위의 성격을 넘어 호남지방 전체를 지키는 것과 다를 바 없었다. 전라도가 왜군의 수중에 들어간 이후라도 석주관의 목을 차단할 수만 있었다면 湖嶺 간에 이어지는 일본군의 보급로를 끊고, 그들을 고립시키는 효과가 있었기 때문이다. 석주관을 지키고 있던 당시 현감 李元春이 엄청난 적에게 눌려 남원으로 퇴각한 다음날 구례는 왜병에 의해 초토화되었다. 이에 王得仁(1556~1597)은 의병을 일으켜 의병 50여명과 함께 적에게 대항하였으나 결국 숨지고 말았다. 그 후 왕득인의 아들 王義成(1574~1641)은 李廷翼(1571~1597), 韓好誠(?~1597), 梁應祿(?~1597), 高貞喆(?~1597), 吳琼(?~1597)과 각 지역에서 모여든 의병과 화엄사 승병들이 힘을 합쳐 처절한 혈전을 전개하였다. 그러나 대부분의 의병을 희생시킨 채 끝나고 말았다.[5] 무엇보다 왕득인의 창의 기병은 정유재란 중 구례·남원 지역에서 가장 먼

---

4) 『조선왕조실록』, 연산군일기 5년 11월 2일조 기사 참조.

5) 석주관 관련 연구 논문집으로는 『求禮 石柱關 七義士』(목포대학교 박물관, 1990)이 있고, 관련 자료집으로는 『忠孝祠九賢實紀』가 있다.

저 일어난 의병이었다는 데에 의의가 있다. 순조 4년(1804) 조정으로부
터 왕득인을 포함한 7명의 의사에게 각각 관직이 내려졌고, 그 후 뜻있
는 지방 유지들에 의해 칠의각과 영모정이 세워졌다.

임진왜란 이후 구례 지역에서 교육·문화적으로 영향력을 발휘하였
던 문중으로는 용방면 두동의 全州 李氏, 문척면 죽연의 濟州 高氏, 방
광면 구만리의 朔寧 崔氏, 지천리의 開城 王氏와 南原 梁氏, 마산면 사
도리의 海州 吳氏 등을 들 수 있다. 또 18세기 후반에 대구에서 이주해
온 토지면 운조루의 文化 柳氏가 있다. 이 가운데 문화 유씨를 제외하
면 모두 석주관 칠의사 문중이다. 이들의 마음속에는 항상 선조들의 절
의와 우국 정신을 마음에 새겼다. 그러나 19세기 이전 구례 지역은 뚜
렷한 학문적·문학적 배경을 가지고 있지는 않았다. 18세기까지 문집
을 남긴 문중으로는 삭녕 최씨6)와 개성 왕씨7), 그리고 제주 고씨8) 정
도이다. 그나마 문학적인 면에서는 이름을 떨치지 못하였다.

그러다가 19세기 후반에 들어 구례와 구례의 문학은 國中에 명성을
떨치기 시작하였다. 바로 매천이 있었기 때문인데, 구례뿐만 아니라 호
남 일대가 융성하였다. 그가 나오기까지는 川社 王錫輔(1816~1868)라
는 걸출한 스승이 있었다. 매천은 스승을 다음과 같이 적고 있다.

선생은 일찍이 아버님을 여의고 어머니 모시기를 몸과 마음에 맞게
봉양하였다. 처음에는 효자라고 소문이 났고, 중년에는 유학 이외의 분야
에 넘나들어 臨屯法과 太乙의 術書를 익혀 다시 뛰어난 才士로 소문이
났다. 늙어서는 詩의 聲病을 마음에 새기고 온 심력을 기울여 공교롭게

---

6) 崔攸之(1603~1673)의 『艮湖遺稿』, 崔是翁(1646~1730)의 『東岡遺稿』, 崔啓
翁(1654~1720)의 『迂窩文集』 등이 있다.
7) 왕득인·왕의성의 『藍田西崗兩世實紀』, 王之翼(1683~1727)의 『藍溪先生實
紀』, 王璿(1709~1786)의 『履儉堂遺稿』, 王尹輔(1773~1822)의 『水隱遺稿』,
王學龍(1751~1814)의 『祗率堂遺稿』 등이 있다.
8) 高效柴(1429~1501)의 『文山集』, 高元厚(1609~1784)의 『醉啞實記』 등이 있다.

파고들어가 기이하게 표현하니, 詩人으로 원근에 소문이 났으나 아무도 이의가 없었다.[9]

왕석보는 앞서 밝힌 정유재란 때 창의하여 순절한 왕득인과 왕의성의 후손으로 구례 지역을 대표하는 개성 왕씨 가문 출신이다. 그는 서울에 갔다가 추잡한 선비들과 탐관오리들을 보고 과거를 보지 않고 고향으로 돌아와 후세 교육에 힘썼다. 당시 전라도 지역에는 그의 학문과 명망이 널리 퍼져 있었다. 이 때문에 그의 문하에는 제자들이 많았다. 그의 지도 하에 있었던 유명한 이들로는 대종교 창시자 羅寅永(1863~1916)과 海鶴 李沂(1848~1909), 매천 황현,[10] 그리고 그의 세 아들 王師覺·師天·師瓚이 있었다. 매천이 秋琴 姜瑋(1820~1884), 滄江 金澤榮(1850~1927), 寧齋 李建昌(1852~1898) 등과 함께 한말 4대가를 이룬 것도 그 바탕이 스승에 의해 다져진 것으로 보인다. 崔益翰(1897~?)[11]은 당시의 문학적 정황을 다음과 같이 기술하였다.

　　호남의 시는 白玉峯·崔孤竹·林白湖 등 여러 사람 이후 沈衰하여 명성이 없음이 2백여 년이었다. 근세에 이르러서야 앞에서 川社 王錫輔가 崛起하고, 뒤에서 매천 황현이 크게 울려서 호남의 시가 다시 지역 안에 소문나게 되었다. 함께 나아가며 교유함이 성대하였는데, 그 중에 海鶴 李沂, 小川 王師瓚, 酉堂 尹鍾均 등의 무리가 뒤따라 和應하며 각자 그 명예를 드날렸다. 이 여러 사람은 구례에서 태어나거나 거처하였기 때문에 구례는 더욱 詩鄕으로서 호남에서 으뜸이 되었다.[12]

---

9) "先生早孤奉母, 志體之養備至, 始以孝聞, 中歲汎濫方外, 出入壬遁太乙之術, 更以通才聞, 旣老, 刻意聲病劇肝鈀, 務在入之工而出之奇, 乃以詩人聞, 遠近無異辭."(황현, <川社詩稿序>, 『문묵췌편』 상, 58~60쪽)

10) 王粹煥, <王考川社府君行狀>, 『開城家稿』 卷1 참조.

11) 俛宇 郭鍾錫의 門下에서 공부하였으며, 독립운동으로 여러 차례 복역하였다. 1935년 12월 석방된 후 『朝鮮日報』, 『東亞日報』, 『春秋』에 국학 관계의 글을 많이 발표했다.

12) "湖南之詩, 自白玉峯 崔孤竹 林白湖 諸公之後, 沈衰無聲, 餘二百年, 及夫近

무엇보다 京師에 詩名을 크게 떨친 인물은 매천이었다. 매천 때문에 구례의 문명이 크게 떨쳤다는 것에 이의를 제기하는 이는 없다.

한편, 구한말 이후 20세기 전반에 이르기까지 구례로 유입된 식자층은 타 지역에 비해 상당히 많았다. 이는 왕석보와 매천으로 인하여 구례의 문명이 크게 떨친 바 영향이 컸다고 여겨진다. 이들 또한 구례가 20세기에도 계속하여 시향으로서 명성을 얻을 수 있는 토대가 되었다. 주요 이주 문인들의 현황은 다음 <표 1>과 같다.

<표 1> 求禮 移住 文人 目錄[13]

號	姓 名	生沒年代	出生	居住	文集	詩社 活動	備 考
梅泉	黃 玹	1855~1910	광양	광의	梅泉集*	강, 남	시인, 역사가
海鶴	李 沂	1848~1909	김제	마산	海鶴遺書*		사상가, 애국계몽운동가
警堂	林顯周	1858~1934	남원	토지	警堂遺稿*	감	항일의병, 교육자
潛窩	黃晋模	1859~1926	광양	용방	潛窩遺稿		淵齋 문인
酉堂	尹鍾均	1861~1941	순천	광의	酉堂詩集*	국, 봉, 타, 난, 일	매천시파
石田	黃 瑗	1870~1944	광양	광의	江湖旅人稿	봉, 난, 호, 감	매천시파
菊圃	金澤均	1872~1945	고양	마산	菊圃實記*	봉, 용	독지가(고아원)
東谷	鄭蘭秀	1878~1949?	고흥	문척	東谷詩抄	봉	매천시파
栗溪	鄭 琦	1878~1950	합천	토지	栗溪集*	타	유학자

世川社王錫輔, 崛起於前, 而梅泉黃玹, 大鳴于後, 則湖南之詩, 復間於域中, 而其彙征交遊之盛也. 有海鶴李沂, 小川王師瓚, 酉堂尹鍾均之輩, 追隨和應. 各馳其譽, 此數君子, 或生或居于求禮, 故求禮尤以詩鄕, 得揖湖南焉."(崔益翰, <酉堂集序>)

13) *은 간행 문집. 강(江西詩社), 남(南湖雅集), 대(龍臺詩會), 용(龍湖亭詩契), 봉(鳳城詩社), 매(梅月吟社), 타(他不川唫社), 난(蘭竹社), 국(순천 蘭菊社), 일(一靑軒詩社), 호(壺陽吟社), 방(方丈詩社), 쌍(雙溪社輔仁契), 반(磻川詩社)

壺石	柳　泳	1888~1958	곡성	마산	壺石遺稿*	봉, 타	유학자
篔園	張基松	1889~1972	승주	토지	篔園遺稿		유학자
曉堂	金文鈺	1901~1960	합천	토지	曉堂集*	타	유학자
荷堂	鄭河鍾	1902~1958	합천	토지	荷堂遺稿	타, 반	유학자
顧堂	金奎泰	1902~1965	대구	토지	顧堂集*	타, 반	유학자·서예가
兼山	安秉柝	1904~1994	장흥	문척	兼山遺稿*	반	유학자
蓮沙	金澤柱	1955~1926	남원	산동	晦石遺稿	용	독립운동가

　<표 1>에서 보는 바와 같이 이들은 모두 文集을 남겼다. 또 이들은 모두 매천시파와 직간접적으로 관계를 맺으며, 20세기 구례 시단에서 활발하게 활동하였다. 특히 이 가운데 윤종균, 황원, 정난수는 매천시파 이며, 鄭琦(1878~1950)와 그의 문생 김규태·김문옥, 그리고 김택균은 매천시파와는 매우 가깝게 지내면서 시사 활동을 함께 하였으며, 매천 시파 구성원들의 문집 간행에도 깊이 간여하였다. 柳泳(1888~1958)도 마산면에서 30년간 교수 활동을 하면서 매천시파와는 막역하게 지냈다. 이주 시인들은 매천시파에 비해 시사 활동을 활발하게 하지는 않았다. 그러나 여러 문집들을 살펴보면 매천시파와의 개별적인 시모임을 자주 갖고 깊은 유대를 맺으며 구례시단을 풍성하게 하였다.

2. 求禮와 梅泉

　최근에 光陽과 求禮 두 地方自治團體에서는 매천에 상당한 관심을 기울이고 있다. 뒤늦게 광양에서는 그 중요성을 인식하고 매천 선양 사업에 뛰어들고 있어 두 지역 간의 열기가 뜨겁다. 매천이 갖는 상징성이 그만큼 크기 때문이다. 또 많은 사람들이 그의 유적지를 찾아 구례를 방문하고 있다. 매천은 현재진행형이다.

매천시파를 고찰하기 위해서는 매천과 구례의 관계를 살펴보는 일
이 선행되어야 한다. 주지하는 바와 같이 그는 10세부터 14세까지는 구
례 광의면 지천리 川社 王錫輔에게 수학하였다. 32세 이후로는 다시 구
례 간전면 만수동으로 이주하여 16년간 그곳에서 독서하며 제자를 양
성하였다. 그리고 48세 이후 생을 마감하는 56세까지 8년 동안 광의면
월곡 마을에서 저술 활동을 하였다. 그가 광양에 머물렀던 시기는 9살
이전과 17세 이후 31세까지이다. 24세부터는 수시로 上京하여 문우들
과 사귀면서 견문을 넓혔다. 이즈음 그가 서울에 머물렀던 기간은 4년
정도이다. 24세 때 처음 상경하여 5개월 머물렀고, 26세(1880)에 재차
상경하여 28세(1882)에 귀향하였다. 3차 상경은 29세(1883) 때 생원시
를 보기 위함이었다. 4차 상경은 34세(1888) 때 재차 생원시를 보았을
때인데, 이 때 이후 10년간은 京師 출입을 하지 않았다.

그는 1, 2차 상경으로 안목을 넓히는 계기를 마련했을 뿐만 아니라
詩名을 京師에 드날리게 되었다. 그에게는 小科를 볼 때까지만 해도 어
지러운 세상을 바로잡아보고자 하는 뜻을 품었던 것으로 보인다. 그러
나 그는 첫 시험에서 장원에 뽑혔으나 한미한 시골 출신이라는 이유로
次席으로 내렸다가 마침내 낙방하고 말았다. 이러한 사실은 안 매천은
당시의 부패한 科擧와 혼탁한 정치 현실에 뜻을 두지 않고 광양으로 낙
향해 버리고 만다. 이 때부터 그는 관계나 정치, 그리고 京師에 대한 미
련은 완전히 접어버렸던 것으로 판단된다.

당시 매천이 구례로 이주한 것은 몇 가지 이유에서였다. 먼저 당시
광양에는 그와 시문을 論하고 唱酬할 만한 인물이 없었다는 점을 들 수
있다. 또 광양은 뿌리가 깊지 않았다는 점도 이유로 들 수 있을 것이다.
조부가 만년에 광양에 정착하였기 때문에[14] 주변에 일가친척이 있는

---

14) 조부 黃楄(1795~1856)이 만년에 정착했다는 점과 매천사 유물로 남아 있는
　　부친 黃時默(1832~1892)의 호패에 '南原 幼學 黃時默 壬辰'으로 기재된 점
　　을 고려하면, 매천이 태어나기 4~5년 이전으로 거슬러 올라가기는 어려울

것도 아니었고, 어렸을 적부터 객지에 나가 있었기 때문에 고향에 대한 애착이 강하지는 않았을 것으로 보인다. 반면 구례에는 봉주 왕사각, 소금 왕사천, 소천 왕사찬, 그리고 이산 유제양 등 시문을 토론할 수 있고, 창수할 만하며, 시름을 달랠 스승과 벗들이 있었다는 것이다. 또 청년기에 유학하였던 곳이기에 무엇보다 익숙하였던 것이다.

구례 만수동 깊은 산골에 터전을 마련하여 거의 은거하다시피 하였지만, 이미 그의 명성은 國中에 널리 알려져 있었으며, 京師의 문우들과는 끊임없이 교유하였다. 34세에 다시 장원급제한 뒤 성균관 생원이 되어, 寧齋 李建昌이 미국공사로 떠나는 박정양을 따라 수행원으로 渡美하도록 천거하였지만, 오히려 그들에게 "도깨비 같은 나라에 미치광이가 되라는 것이냐."고 힐난하면서 세상에 나가기를 극구 피하였다. 그는 다시 구례로 낙향하여 독서와 저술 활동을 하고, 동시에 제자를 양성하였다.

구례는 매천의 저술과 시의 산실이었다. 필자가 확인한 바로 梅泉詩는 2,500여 首에 달한다. 이 중 1,700여 首가 구례 이주 후에 창작되었으며, 또 그 가운데 1,160여 首가 구안실 시기의 것이다. 물론 이 시기에 씌어졌다고 해서 모두 구례에서 제작된 것은 아니다. 그렇다 할지라도 구례는 매천의 시에서 매우 중요한 배경이다. 특히 만수동과 토금리와 鰲山, 운조루, 그리고 월곡, 화엄사, 천은사, 기타 섬진강과 석주관을 비롯한 구례의 역사와 문화, 그리고 産物 또한 매천시의 주요 소재였던 것이다.

그의 작시 활동에서 오래도록 함께 하였던 구례 지역 인사들로는 왕석보의 3자제와 운조루 주인 이산 유제양, 그리고 해학 이기와 그의 門人들이었다. 왕사각은 스승으로 존경하며 따랐고, 왕사천과는 자주 긴 여행을 함께하였다. 왕사찬, 유제양, 그리고 이기와는 평생을 두고 창수

것으로 본다. 즉 광양 이주는 1850년 전후로 판단된다.

하며, 때로는 매섭게 비판하며 서로를 이끌어 주는 벗으로 지냈다.

　매천이 詩를 가르치기 시작한 것은 구례로 이주하기 이전부터였다. 30세(1884) 겨울에는 아이들을 가르칠 계획으로 『集聯』을 썼다. 청나라 胡應麟의 『詩藪』를 토대로 삼고, 『兎園』, 『敗冊』 중에서 쓸 만한 것을 골라 엮은 책이다. 현재도 종종 구례에서 발견되는 한시 교과서였다.

> 시가 여러 번 변하여 율시가 되었는데, 율시는 진실로 시 가운데서 가장 정밀한 것이다. 연구에 대우가 더해지니, 더욱 정밀하여 공교롭기가 어렵다. 그러므로 이름난 시편과 빼어난 시구가 연으로써 전해지는 것이 많다. 연에 공교해지면 기결 또한 따르게 된다. 초학자는 이 점을 강구하지 않으면 안 된다.15)

　1886년 이후 만수동에 이주하여서도 제자 양성은 계속되었지만, 집이 비좁고 방이 부족하여 많은 제자들을 받아들이기에는 역부족이었다. 따라서 그가 본격적으로 제자를 양성하기 시작한 것은 1890년 苟安室을 짓고부터라고 할 수 있다.

> 苟安室은 간전면 만수동 최상부의 개울 동쪽에 있다. 곧 황매천 선생이 은거할 때, 배우고자 찾아온 후학들을 위하여 지었다. 그리고 다시 그 옆에 1칸의 집을 지어 이름을 '一笠亭'이라고 하고, 여름에 더위를 피했다. 선생이 월곡으로 이사한 뒤에 구안실과 일립정이 함께 불에 탔다. 마을 사람 오씨가 다시 집을 짓고 산다.16)

　마을의 오씨는 매천의 제자 翠軒 吳秉熙(1871~1939)를 일컫는다.17)

---

15) "詩屢變而爲律詩, 慄固詩之最寂精者也. 而聯句, 加以對偶, 盖尤精且難工也. 故名篇秀句, 多以聯傳, 工於聯則起結, 亦隨之, 所以初學者, 不得不講究也." (黃玹, <集聯序>, 『集聯』)

16) "苟安室在艮田面萬壽洞最上部溪東阜上, 卽黃梅泉先生隱居時, 爲來學後輩築之也. 更構一間屋于傍, 曰一笠亭, 暑月納凉. 先生移去月谷後, 失輿亭俱爲火災. 今村人吳氏復築屋居之."(『續修求禮誌』上, 38쪽)

구안실은 매천이 1890년대 제자를 집중적으로 양성하고 많은 시를 짓고, 우인들과 창수하였으며, 저술 활동을 하였던 아주 중요한 곳이다. 자신이 쓴 <苟安室記>를 보면 왜 '구안실'이라 하였는지 잘 드러나 있다.

> 어린 아이 4, 5명이 머리를 맞대고 냉랭한 소리를 일으키니 나는 한 책을 들고 벽을 돌아서 가기도 하고 목침을 기대고 눕기도 하면서 몸이 심히 알맞기 때문에 밥을 먹고 일이 없으면 문득 나가보았고, 나가서는 돌아올 것도 잊곤 하였다. 그 협소하고 누추한 것을 잊어버리고 만족함이 있기 때문에 여기에서 편안할 수 있었다. 고로 방목하여 '苟安'이라고 하였다. 규모는 비록 구차하나 나에게는 편안한 것이다. 공자가 말하기를 군자는 살되 편안함을 구하지 않는다고 하였으니, 구차하면서 완벽하고 구차함으로써 아름다움은 후한 위형의 善居室을 일컬음이며, 저 완숙하고 또 아름다움은 구차하지 않음이 분명하다. … 오늘 구차하게 편안하려는 마음은 "居無求安"에서 나온 것이라 이해해야 옳을 것이다.18)

내용을 보면 '苟安'은 '비록 구차하나 편안한 것', 즉 『論語』「子路」편의 '居無求安'을 인용하여 스스로 경계를 삼고자 한 것임을 알 수 있다.19) 물론 많은 제자를 동시에 가르치지는 않았던 듯하다. 이곳 출신

---

17) 柳瑩業, 『紀語』. "만수동을 향해 떠나 六老堂으로 유용태를 방문했다. 오후에는 또 같은 마을의 오광국을 三呼亭으로 찾아갔다. 삼호정은 오씨가 세운 집인데, 전일에 황매천이 여기에 살 때 구안실의 옛터이다. <三乎亭記>를 김창강에게 보여 주자 창강이 '亦苟安室'이라 고쳤다고 한다. (發向萬壽洞, 訪柳應泰於六老堂, 午後又訪仝里 吳匡國於三乎亭. 三乎亭吳氏之所建, 而前日黃梅泉在此之時, 苟安室舊址云也. 三乎亭記示金滄江, 滄江改以亦苟安室云云."(1932년 5월 2일 일기) ; 윤종균, <五月月日與藍山芝村, 訪吳翠軒秉熙, 小酌于亦求安室>, 『유당고』 권9 참조.

18) "冠童四五人 聚首作琅琅聲 余因手一册 繞壁而行 支枕而臥 體甚適故 飯畢無事 則輒往往則忘返 殆忘其窄陋 而有足 可以安之者 故榜之曰苟安 以其規制雖苟 而於余安也 孔子曰 君子居無求安 而以苟完苟美 稱衛荊之善居 夫完且美 則其不苟也 … 則今日苟安之心 爲出於居無求安 亦可也."(黃玹, <苟安室記>, 『黃玹全集』 하, 387~388쪽)

19) 김정환, 앞의 책, 431~432쪽.

의 제자들의 면면을 보면 구안실을 지은 1890년에 제자들의 연배는 적게는 15세에서부터 많게는 30세까지였다. 즉 어린 초학자가 구안실에서 배우지는 않았다는 것이다.

이들 가운데는 1890년 매천을 찾은 윤종균처럼 이미 시에 어느 정도 자질을 갖춘 인물도 있었다. 이건창이 '黃梅泉詩社' 운운할 무렵은 구안실을 짓고 4년 뒤인 1894년 윤종균과 許奎(1861~1931)가 시를 가지고 보성의 적소를 찾아갔을 때 한 말이니, 이미 이 때 매천의 문하에는 시를 지을 수 있는 구성원이 갖추어졌다는 것을 의미한다. 곧 윤종균, 허규를 비롯하여 박창현, 왕수환, 이병호, 황원, 오병희 등 20대와 30대 초반의 젊은이들로 어느 정도 시를 지을 수 있는 역량을 지니고 있었다. 이들이 바로 초기에 매천을 맹주로 한 '江西詩社'의 구성원이라고 할 수 있다. 또 이들과 더불어 가까운 곳에 살고 있던 왕사찬과 그의 문인들이 이들과 합류하였던 것이다.

또 이 무렵 제자들에게 시를 지도할 때 陸游(1125~1210)의 시를 모범으로 삼았다. 그의 육유의 차운시 73수[20]는 모두 1895년부터 1899년 사이에 지었고, 李彦雨(1875~1916)의 문집[21] 속에 차운시가 이 무렵에 집중되어 있음은 이를 증명하고 있다.[22] 구안실의 문인들은 매천 이후 매천의 文章 節義 정신을 계승하고 구례 시단에 핵심적인 역할을 수행하게 된다.

---

20) 『매천전집』 소재의 차운시 가운데 중복된 것을 빼면 모두 71수이다. 그런데 이정직이 2차 매천을 방문했을 때 쓴 <信宿兎洞> 제3수(『매천전집』 권1, 550)가 이정직의 『석정이정직유고』 권3에는 <拈劍南集石帆夜賦韻>의 제목으로 수록되어 있다. 또 필사본 『雲鳥樓唱酬集』에는 <拈陸韻> 1수가 있다. 이는 운조루에서 유제양, 왕사찬과 함께 육유의 <丁酉上元>을 차운한 것이다.

21) 李彦雨, 『慵齋集』.

22) 放翁詩는 매천시파의 특징으로 나타나는데, 이들의 문집에는 반드시 放翁(陸游)을 차운한 시가 들어 있다.

한편 매천은 詩 지도의 한 방법으로 잘된 律詩를 抄하여 책으로 엮고 각 시마다 圈點을 찍고 注를 달아 평하기도 하였다.23) 월곡 시기에는 직접 이들이 매천의 서숙에 머물렀던 것은 아니었으며 간혹 매천의 待月軒에 찾아가 시를 읊었다. 매월 詩筒을 돌리며 각자 시를 써서 돌아오면 대표자가 매천에게 내밀고 시평을 받았다.24)

이상에서 살펴본 바와 같이 매천은 광양에서 태어나 유년 시절을 그곳에서 보냈지만, 대체로 구례 지역에 연고를 두고 작시 활동을 하였다는 것을 알 수 있었다. 대부분의 중요한 집필이나 교우 관계 또한 구례를 기반으로 두었다는 것을 보았다. 뿐만 아니라 매천시파는 구례 간전면 만수동 구안실에서 태동하였다는 것도 확인하였다. 따라서 구례와 매천은 매천시파의 원천인 것이다.

---

23) 최근 필자는 白樂倫의 『兼山詩鈔』 1책을 입수하였는데, 이는 매천이 일일이 붉은 먹으로 圈點을 달고 評을 곁들인 책으로 5백여 편이 수록되어 있다. 매천의 책 가운데, 아직까지 이러한 類의 책이 보고된 적이 없어 귀중한 사료로 여겨진다. 매천은 겸산을 우리나라 마지막 시인으로 추대하겠다고 하였다. 백낙윤은 만 수의 시를 지었다고 한다. 그러나 후손들을 찾아 알아본 결과 집안에 遺稿는 모두 유실된 듯하다.

24) 梁顯龍, <上雲樵大先生書>, 『문묵췌편』 하, 183~184쪽 참조.

제3장 梅泉詩派의 成員과 活動相

1. 梅泉詩派의 주요 成員

구한말 이후 門人들에 의해 간행된 문집의 경우 부록으로 門人錄이 들어 있는 경우가 많다. 그러나 매천의 문집에는 문인록이 작성되지 않았고, 또 별도로 전모를 파악할 수 있는 기록이 남아 있지 않다. 필자가 찾은 매천의 門人의 숫자는 약 50여 명 정도에 이른다. 물론 이들 모두가 많은 시문과 유고를 남긴 것은 아니다. 『朝鮮日報』에 崔益翰이 발표한 「漢詩鄕인 求禮」에 다음과 같은 구절이 있다.

> 고종 연간에 本鄕의 詩風이 大振하여 黃梅泉, 王小川, 李海鶴을 筆頭로 하여 濟濟多駁한 시인 거장이 簇出하였으나, 澗翠 鄭顯敎, 二山 柳濟陽, 蓮史 金澤柱, 雲樵 王粹煥, 美坡 吳昌基, 愭齋 李彦雨, 卯園 許奎, 五峯 金澤珍 제씨는 이미 고인이 되었고, 현존하는 韻士中은 斯界의 重鎭으로 酉堂 尹鍾均(名作大家로 유명하여 小作이 무려 萬여 수), 石田 黃瑗(梅泉의 아우), 白村 李炳浩, 玉泉 王京煥, 東谷 丁蘭秀, 芝村 權鳳洙, 荷田 金性權, 藍山 王在沼, 滄山 金祥國, 蘭史 黃渭顯(梅泉의 둘째아들) 등 제씨는 각기 일가의 風流를 把持하고 있다.[1]

최익한이 적고 있는 시인들 가운데 대부분은 梅泉詩派 구성원이다.

---

1) 『조선일보』, 1938년 12월 2일자 5면.

말하자면 구례 시사를 주도한 인물들은 거의가 매천시파였다는 것이다. 1930년대 말에 이미 신문지상을 통해 구례시단과 매천시파의 명성은 전국에 주목받게 된 것이다. 이들은 몇 사람을 제외하고 대체로 광복 이전에 타계하였다. 가장 늦게까지 매천시파의 명맥을 이어간 사람은 황위현과 권홍수였다. 李定稷은 1895년 구례방문 후 구례의 젊은 시인들에게 대해 다음과 같이 평하였다.

> 鳳城年少使人驚 봉성의 젊은이들 사람을 놀라게 하고
> 開口鏗鏘有異聲 입만 열면 쟁그랑 특이한 소리 나네.
> 方丈白雲靑嵐起 방장산(지리산)·백운산 밝은 기운이
> 并來此處發文明 모두 이곳에 와서 문명을 열었어라.
> <金城峙店走筆簡黃梅泉>[2]

1895년 이정직이 구례 방문을 마치고 돌아가는 도중에 매천에게 보낸 시이다. 그가 말로만 듣던 황매천시사를 직접 와 보니 모두들 시인다운 풍모를 지니고 있음에 감탄을 금할 수 없었다는 것이다. 이에 앞서 그는 "아무리 깊이 사귀었다 해도 죽마고우라 할 수는 없는 법, 여기 이미 기라성 같은 친구들이 모였음을 응당 알 것이다."[3]라고 하였으며, 특히 허규, 황원, 이병호, 오병희의 시는 모두 청경하다고[4] 하였다.

이 외에도 매천의 문인은 아니지만 긴밀하게 지내며 함께 활동한 인물로는 마산면 냉천의 菊圃 金澤均(1872~1945), 사도리의 菊田 李建浩(1876~1950)와 토지면 파도의 丹霞 李南儀(1878~1944), 운조루 7대 주인 五石 柳瑩業(1886~1944), 광양 진상면 비촌의 皷巖 黃炳中(1871~1935) 등이 있었다. 이들은 각자의 영역에서 생활하며 매천 이후 스승의 文章 節義 정신을 이어받아 많은 詩社를 결성하고 활발하게 활동하였다.

---

2) 이정직, <金城峙店走筆簡黃梅泉>, 앞의 책, 123쪽.
3) "深交未必同騎竹, 此地應知已聚星."(앞의 책, 110쪽)
4) "萬壽洞 許卯園 李白村 吳翠軒 及 黃梅泉之弟石田 詩皆淸警."(같은 쪽)

〈표 2〉 매천 문인록5)

號	姓名	生沒年代	文集	居住地	詩社活動	備考				
1 卯園	許奎	1861~1931	卯園詩抄	마산 장동	대,봉,타,감,쌍	□	△	▪	○	●
2 酉堂	尹鍾均	1861~1941	酉堂詩集*	광의 지천리	국,용,봉,타,난,일	■	△	▪	○	●
3 梅史	朴暢鉉	1863~1929	梅史遺稿	광의 지천리	매	■				
4 雲樵	王粹煥★	1865~1926	耕餘錄 외	광의 지천리	대,용	■	△	▪	○	●
5 鳳溪	高墉柱	1865~1938?	(遺稿)	구례 북외동		□	△			
6 慕松	朴文在6)	1867~1938	艮岩集	함양읍 웅곡	남	□	△			
7 石田	黃瑗	1870~1944	江湖旅人稿 외	광의 월곡	봉,난,감,호	■	△	▪	○	●
8 白村	李炳浩	1870~1943	游天王峰~*	용강 두동	대,용,봉,타,호,방,난,감	■	△	▪	○	●
9 翠軒	吳秉熙	1871~1939	翠軒遺稿	간전 만수동	용,봉,쌍,감,운	□		▪		
10 藍山	王在沼	1871~1944	(遺稿?)	광의 지천리	봉,방,일,호,감	□				
11 芝村	權鳳洙★	1872~1940	芝村遺稿*	광의 지천리	대,용,봉,매,난,일,호,감	■	△	▪	○	●
12 琴村	李相寬	1873~1927		구례						
13 玉泉	王京煥★	1873~1943	玉泉詩稿	광의 지천리	봉,난,일	□		▪	○	
14 東樣	尹丞浩	1874~1958		순천 당천	죽	□	△			
15 慵齋	李彦雨	1875~1916	慵齋集*	마산 하사	대	□	△			
16 西坡	宋夏燮	1875~1958	西坡詩艸稿	광양 봉강	감	□	△	▪		
17 白破	李濟豊	1875~ ?	(遺稿?)	구례	봉	□				
18 松村	梁顯龍	1876~1936		광의 지천리	봉,난,일,감	□		▪		
19 晉巖	金性圭	1876~1920?		간전 만수동	용,감	□				

---

5) 매천 문인은 50여 명 정도 파악하였으나 확실한 생몰 연대나 인적 사항을 알 수 있는 경우만 표에 수록하였다. #는 매천의 門人은 아니나 매천시파 와 매우 긴밀하게 활동하였던 인물. ★는 兄弟間. *는 刊行 文集. 대(龍臺 詩會), 용(龍湖亭詩契), 봉(鳳城詩社), 매(梅月吟社), 타(他不川唫社), 난(蘭竹 社), 국(순천 蘭菊社), 일(一靑軒詩社), 호(壺陽吟社), 방(方丈詩社), 쌍(雙溪社 輔仁契), 운(雲山詩契), 남(咸陽 雙南吟社)

☞ 용대시회, 호양음사, 방장시사의 詩社員 명단은 전체를 확인할 수 없음.

□ 매천집 捐助者 ■ 매천집 간행 핵심 인물 ▪ 詩派 관련 적극 활동자
△ 梅泉詩의 대상자
○ 本稿 주요 성원 소개 대상자 ● 本稿 작품 상세 분석 대상자

20	東谷	丁蘭秀	1878~1949?	東谷遺稿	문척 월평	봉	□		■	
21	蒼山	金祥國	1878~1955		간전 만수동		■	△	■	
22	杞軒	丁永夏	1878~1957	杞軒詩集*	순천 별량	죽				
23	五峰	金澤珍	1879~1937	五峰遺稿*	문척 토금	매,감,용	□			
24	白樵	黃巖顯★	1880~1946	白樵私稿	광의 월곡	용,난	■	△	■	
25	綏齋	朴賢模	1880~1963	綏齋集*	광양 봉강	감				
26	月巖	張 垠	1882~1939	(遺稿?)	광의 월곡	매	□			
27	石荷	權鴻洙★	1882~1972	石荷偶存	광의 지천리	매,봉,난,일	■		■	○
28	愚川	朴海龍	1885~1959		광의 지천리	매,일	■		■	
29	謹齋	李敦模	1888~1953	謹齋集*	광양 봉강	감	□			
30	蘭史	黃渭顯★	1891~1966		광의 월곡	봉,난		△	■	
#	皷巖	黃炳中	1871~1935	皷巖集*	광양 비촌	감	□	△	■조력자	
#	菊圃	金澤均	1872~1945	菊圃實記*	마산 냉천	봉,용			■조력자	
#	菊田	李建浩	1876~1950	菊田遺稿*	마산 하사	용,봉,매,타			■조력자	
#	丹霞	李南儀	1878~1944	丹霞遺稿*	토지 파도	난,타			■조력자	
#	五石	柳瑩業	1886~1944	五石詩稿	토지 오미동	용,봉,타,호,감	□		■조력자	

1) 許奎(1861~1931)

자는 周彦 또는 星五, 호는 卯園, 본관은 양천이다. 1961년 7월 8일 구례에서 부친 許峴과 인동 장씨 사이에 장남으로 태어났으며, 1931년 11월 5일 마산면 장동에서 생을 마쳤다. 그의 문집 일부가 전하나 행장이 남아 있지 않기 때문에 그의 행적을 자세히는 알 수가 없다. 다만 양천 허씨 족보를 보면 부친 許峴(1830~1883)의 묘가 경상북도 청도

---

6) 『매천집』 捐助者 및 分帙者 가운데 경남 함양의 문인들이 다수 보이는데, 이는 朴文在가 苟安室에서 시를 배웠기 때문이다. 매천도 함양에 들러 시를 써주기도 하였다. 왕수환은 그에게 함양의 문인들에게 매천유고를 발간에 연조할 수 있도록 부탁하기도 하였다. 매천 사후에 구례 시사에서 활동하지는 않았지만, 그의 문집 속에는 간혹 구례를 방문하여 유제양, 왕사찬, 그리고 매천시파와 창수한 작품이 보인다. 그는 함양에서 漢學을 가르치고, 함양의 雙南吟社를 이끌었다.

선영에 있는 것으로 보아 조부나 부친 대에서 구례로 이주한 것임을 알
수 있다. 1906년 마산면 장동으로 이주하기 전에는 만수동에서 거주하
면서 매천의 문하에서 시를 공부하였다. 족보에는 허규는 대가 끊긴 상
태다. 현재 서울에서 사업을 하고 있는 從孫의 증언에 의하면, 만년에
아들을 낳은 아들이 일본에 들어갔다가 후사가 없이 사망했다고 한다.

> 短少如公美且精　체구는 작아도 아름답고 정묘했으며
> 琉璃兩眼炬光橫　안경 쓴 두 눈은 횃불처럼 이글이글.
> 天才二十西遊日　하늘의 재주 이십에 한양서 놀 제
> 星斗心胸已老成　별빛이 빛나듯 마음은 이미 노성하셨지.
>
> 宗其文學學其賢　그 문학을 근본삼고 그 어짊을 배우려
> 同里聯床已昔年　한 마을에서 상을 이은 지 이미 오래.
> 每夜深燈談屑細　매일 밤 등불 밝히고 자세하게 대화하니
> 狂瞽事事切偲筵　모르는 것들마다 이끌어 주었다네.
> <挽黃梅泉>[7]

1910년 매천이 자결·순국하자 애도한 시 10수 가운데 제1수와 제4
수이다. 매천의 뛰어난 재주와 제자들의 배움이 끊이지 않았음과 높은
가르침을 찬미하고 있다. 1894년에는 구한말 사대가 중의 한 사람인 영
재 이건창이 보성으로 유배되었다는 말을 듣고, 윤종균과 함께 배소를
찾아가 위로한 바 있다.

그는 <自笑>[8]라는 시에서, 과거를 보기 위해 상경하여 공부하던

---

7) 許奎,『卯園詩抄』;『매천전집』권4, 273쪽.
8) 許奎, <自笑>,『卯園詩抄』.
　　富貴繁華妄自思　부귀영화 망령되다고 스스로 생각했지
　　十年憶在漢師時　십년 전 한양에 있을 때가 떠오르네.
　　商量故事多羞面　옛일 생각하면 낯이 부끄러워라
　　導引餘生擬展眉　여생을 생각하며 찌푸린 눈썹 펴리라.
　　花鳥房櫳招客起　화조가 창문에 가득하여 객을 부르려 일어나

때를 회상하며, 혼탁한 세상에서 출세하고자 했던 자신의 욕망을 부끄러워하였다. 대체로 천사 왕석보 계열의 구례 문인들은 19세기 후반에 서울에 들러 관계에 나가려고 하였고, 한양에 가서 몇 년씩 공부하였다. 그러나 이들이 목격한 것은 과거의 비리와 위정자들의 사리사욕 등 혼탁한 정치 현실이었다. 대체로 이들은 거의 중앙 정계의 풍토에 환멸을 느끼고 돌아오고 만다. 王師覺, 李沂, 王師瓚, 柳濟陽, 黃玹, 許奎 등이 그들이다. 이들보다 후배들은 과거 폐지 뒤였기 때문에 원천적으로 관계에 나아갈 수가 없었다. 그래서 그는 지금 이후로는 고향에서 자연과 함께하며 안빈낙도의 소박한 삶을 살겠다고 선언하였다. 이후 10년 뒤에 쓴 작품에도 "지금부터 林下의 집에서 넉넉히 노닐고, 날로 책 속에서 내 마음 삼가리라."9)라고 재차 다짐하였다. 호남 3걸로 통하는 이정직이 1895년과 1897년에 구례를 방문한 적이 있는데, 그의 방문 목적은 매천과 이기, 그리고 허규를 만나기 위함이었다. 이정직은 허규의 詩才를 높이 평가하였다.

그는 龍臺詩會, 龍湖亭詩契, 鳳城詩社, 他不川唫社에서 활동을 하였다. 특히 타불천음사에서는 詩社員들이 매달 시를 보내오면 평하였다. 운조루 5대 주인 유제양이 姉夫였기 때문에 자연 운조루를 중심으로 한 문학 활동에 적극적이었다. 또 가까운 광양 염창의 鑑湖亭光霽社와 하동 雙鷄寺詩會에 정사원으로 참여하였다.

그의 일기에 의하면, 일제 강점기에 대구의 深齋 曺兢燮(1873~1933)을 찾아가서 시문을 주고받았고, 족보 문제로 여러 차례 상경하였는데, 그 때마다 蘭谷 李建芳(1861~1939)을 만나 시를 논하기도 하였다. 그는 매천을 비롯하여, 왕사찬, 유제양, 그리고 매천시파의 왕수환·경환

竹梧池館抱書之　대·오동 심은 못가의 집에 책을 안고 가네.
採山釣水非聾漢　나물 캐고 낚시질한다 해서 어리석은 이 아니거니
半世微斯我與誰　반평생 이런 사람 아니면 누구와 함께할꼬?
9) "從此優遊林下屋, 卷中年日誓吾心."(허규, <與酉堂 宿黃石田茅廬>, 앞의 책)

형제, 황원, 윤종균, 왕재소, 권봉수·홍수 형제 등과 가까이 지냈다. 金澤榮과도 친분을 유지하였다. 또 순천의 南坡 金孝燦(1861~1930)과 詩僧 張錦峰과 陳震應 등을 자주 찾았다.

1894년 동학에 관하여는 매천을 비롯한 당시 양반 사대부들의 일반적인 경향처럼 우호적이지 않았다. 그러나 민중들에 대한 각별한 애정을 보였다는 것은 그의 시를 통해 알 수 있다. 海鶴 李沂는 함안 군수로 떠나는 韓憲敎[10]에게 허규를 다음과 같이 소개하였다.

> 甲午(1894년) 3월 韓憲敎가 함안의 임지로 떠날 때 나의 친구 許星五가 그를 따라갔는데 이 때 그는 鳳泉增舍에 있는 나를 방문하여 하루 이틀 머물러 있었다. 이 때 그의 마음은 매우 좋지 않은 것 같았다. 나는 그에게 말하기를 "俗談에 먼저 병을 앓은 사람이 병을 치유한다고 하였네. 나도 이런 병을 앓고 있은 지 오래되었네. 지금 성오는 학식이 심오하고 문장도 古雅하며 재주도 해박하고 의지도 강하니 남도의 신진들 중에서는 제일일 것이네. 그러나 자신의 의식을 해결하지 못하고 구구하게 남에게 밥을 빌어먹은 것은 나와 그 병통이 같네. 그 병이 치유될 사람은 붉고 노란 기운이 미간에 생기는 것이니 성오는 그곳으로 가보게. 내가 韓侯를 보니 그 사람은 청렴하고 재물을 소홀히 하며 남을 믿고 사람을 사랑하네. 그리고 그의 말하는 것과 얼굴빛을 보아도 당세의 賢大夫이니 韓侯가 성오를 알아보지 못한다면 그만이지만 성오를 알아본다면 지금 그 郡은 크고 그는 만금의 부를 누리고 있으니 그 나머지를 미루어 볼 때 성오를 구제할 수 있을 것이네. 성오는 그곳으로 가보게. 1, 2년 후에는 내 말이 경험이 있는 말인지 없는 말인지 알 수 있을 것이네."[11]

---

10) 韓憲敎는 陽德 縣監을 지내다 1892년에 求禮郡守로 부임하여 1894년에 咸安 郡守로 옮겨갔다.(『求禮郡誌』 中, 126쪽 참조)

11) "甲午(高宗三十一年)三月韓侯憲敎之之任咸安也. 吾友許星五將從之去, 過余于鳳泉僧舍, 留一兩日. 視其意若有不懌然者, 余告之曰俗諺有之, 先病者醫, 余之病於是久矣. 今星五學邃而文古, 才博而志堅, 可以爲南中新進之首, 而乃不能自食, 區區爲仰哺之計者, 殆與余同病也, 然病之將愈者, 必有赭黃之氣, 發於眉間, 星五其往乎哉. 余嘗觀韓侯, 審其爲人, 廉而疏財, 信而愛物, 言辭顏色眞可謂當世賢大夫矣. 使韓侯, 而不識星五則已, 苟有以識星五者, 今以一郡之大, 萬金之富, 推其餘亦可以濟星五矣. 星五其往乎哉, 後一二年當知吾言之

이처럼 海鶴은 허규를 일러 "學識이 심오하고 문장도 古雅하며 재주
도 해박하고 의지도 강하니 南道의 신진들 중에서는 제일"이라고 평하
고 한헌교에게 추천하였다. 왕수환은 그의 壽詩에서 "평생 詩酒로 미친
듯 보냈다."[12]라고 하였으며, 황원은 "장염처럼 기상이 우뚝한 이 누구
던가. 살아서는 전광을 벗하고 죽어서는 요리를 벗하였다."[13]라고 하였
다. 또 李建浩는 "다시 매천을 따라 바른 이치를 얻었는데, 명성을 겨루
지도 못하고 煙埃로 화해 버렸네."[14]라고 회고하였다. 그는 타계하기
전까지 作詩 활동을 하였으나 시문을 정리한 것은 1895년부터 1916년
까지 360여 首이고, 이후의 작품은 友人들의 문집이나 일기 속에 일부
수록되어 있다. 그의 시는 제4장에서 자세하게 살펴보기로 하겠다.

2) 尹鍾均(1861~1941)

자는 泰卿, 호는 酉堂, 본관은 海南으로 孤山 尹善道의 후손이며, 순
천 서면 棠川 마을[15]에서 태어났다. 어려서부터 두루 經史를 읽고 科文
을 익혀 지극히 정묘한 문장으로 과거장에서 유명하였으나 끝내 有司에
게 불이익을 당하였다. 이후 그는 과거 시험을 포기하고 詩學을 전공하
였다.

30세(1890)되던 해부터 구안실에 머물면서 황암현을 지도하는 한편

　　驗也不驗也."(李沂, <贈許君奎序>,『海鶴遺書』 권7, 국사편찬위원회, 1955,
　　136쪽)
12) "詩酒疏狂六十年."(王粹煥, <壽許卯園>,『白雲自怡』)
13) "孰如張髥氣嶙峋,　生友田光死要離."(黃瑗,　<張君仁澤弔許卯園歸作此詩寄
　　郵>,『江湖旅人詩稿』)
14) "更邃梅翁直諦得, 名聲辦不化煙埃."(李建浩, <再拜哭告于許卯園先生靈前>,
　　『菊田遺稿』, 2006, 91쪽)
15) 당천은 서순천 IC에서 북쪽으로 직선거리 약 1.5km 지점에 있는 마을이다.
　　현재 이곳에는 해남 윤씨 세 가구가 살고 있다.

매천에게 율시를 배웠다.16) 그는 35세(1895) 때 잠시 남원 관찰사 백낙
윤의 막하에 나가 主事를 지낸 적이 있다. 이 때 그는 『兼山襍選』을 필
사한 바 있다. 앞부분은 兼山의 시 560여 首에 매천이 붉은 먹으로 批
點을 직접 찍고 평을 붙여 놓은 것이고,17) 부록으로 매천의 詩鈔를 실
었다. 이로 보아 윤종균은 당대의 대가였던 두 사람의 시와 평으로 근
체시의 모범으로 삼았던 듯하다.

34세(1894)에 그의 벗 허규와 함께 이건창의 配所인 보성에 가서 창
수하였다. 이 때 이건창은 이들을 黃梅泉詩社 사람이라고 한 바 있다.
이 인연으로 39세(1899)에는 매천과 함께 천리길을 걸어서 강화도에 가
이건창을 조문하였다. 이 때에 서울에 머물며 난곡 이건방, 무정 정만조
등과 연일 창수하였다. 조문 후 그는, 향리 公州 維鳩로 가 있던 白樂倫
을 찾아가 시문을 창수하였다.18) 46세(1906)에는 순천 昇明學校 교사로
재직하였다. 53세(1913) 때에는 南坡 金孝璨, 순천군수 李秉輝와 함께
순천 燕子樓에 蘭菊社를 결성하였다. 현재 江南蘭菊吟社와 昇平吟社는

---

16) 연구자들 가운데는 尹鍾均을 매천의 友人으로 볼 뿐, 결코 매천의 門人으로
여기지 않으려는 이도 있다. 『매천집』만 놓고 보면 그 주장이 맞는 듯하다.
곳곳에서 친구로 대하였다는 기록이 있기 때문이다. 그러나 윤종균은 1890
년 구안실에 찾아가 수년 동안 매천에게서 시에 대해 가르침을 받았다. 또
매천의 문인 김상국은 <翠軒遺稿序>에서 "매천 문인 중 酉堂에서 芝村,
玉泉에 이르기까지 모두 이미 타계하였다.(梅泉門人中, 酉堂至芝村玉泉, 皆
已歸於地下.)"라고 하여 그가 매천 문인임을 밝혔다. 또 그와 허규를 이건창
은 '黃梅泉詩社人'이라고 한 바 있다.(『明美堂文集』권1, 214면) 또한 황원
은 <酉堂詩集跋>에서 "그의 형 경민의 정성에 힘입어 스승을 좇아 사방에
서 科詩를 많이 짓고 때가 달라지자 渡灕하고 돌아와 30세에 나의 선형(매
천)을 좇아 율시를 배웠는데 늘 칭찬을 받았다. (賴其兄敬民之誠, 從師四方,
多作科詩, 旋以時異事變渡灕而歸, 三十從吾先兄學律詩, 每見稱譽.)"고 하였
다. 이로보아 유당을 매천의 문인으로 파악하는 것은 당연하다.

17) 제2장 주 23) 참조.

18) 이 때 참수한 시집 『藍田唱和』가 있다.

이 난국사를 이어받은 것이다. 77세(1937)에 제자 金鍾弼이 광의면 지
천리 천변 마을에 집을 마련해 주니, 이곳을 '水竹軒'이라 하고 만년을
보냈다.19)

그는 허규와 더불어 매천 사후 매천시파의 좌장 역할을 하였다. 그
가 생전에 남긴 시가 만여 首에 이르나, 『酉堂詩集』에는 800여 수만 실
렸다.20) 술에 취하면 강개하고 슬퍼하였으며, 그 가운데 느낌이 있으면
오로지 詩로 드러냈다. 그의 시는 贍敏하고 豪健하였다.21) 매천은 시로
써 다음과 같이 윤종균을 평하였다.

> 我友多詩人   내 벗으로 많은 시인들 있는데
> 個個麟出角   모두가 기린에 뿔이 났어라.
> 中歲又得君   중년에 그대를 얻어
> 喜添一鸞鷟   봉황을 더한 듯 기쁘구려.

이 한 편의 시로써 매천이 윤종균을 얼마나 높이 평가했는지를 짐작
할 수 있다. 매천은 그가 6세 年下였고, 詩弟子였지만 흔쾌히 그를 벗으
로 대하였다. 『매천집』에는 윤종균과 창수한 작품이 누구보다 많이 수
록되어 있다. 매천은 그의 詩才뿐만 아니라 인격도 높이 평가하였다.22)
한편, 金澤榮은 다음과 같이 평하였다.

---

19) <水竹軒上梁文>(朴文在, 『艮岩遺稿』 권3), <金同硏鍾弼, 悶余失明, 出五百
   金, 作燕居之室, 有感而作, 弼扶堂詩>(윤종균, 『酉堂稿』 권10)<謝朴艮岩水
   竹軒 上梁文>(같은 책)과 『水竹軒唱酬集』 참조.
20) 遺稿 가운데서 高塘柱가 해마다 몇 백편 씩 精選하여 『酉堂稿』 12권으로
   정리하였고, 매권마다 이를 평하였다. 이건방은 『유당고』 가운데 600여 수
   를 엄선하여 2권으로 압축하였다. 또 김종필이 여기에 200여 수를 추가, 현
   재의 『유당시집』 3권이 간행된 것이다.
21) 鄭琦, <酉堂詩集序> 참조.
22) 黃玹, <答權鳳洙書>, 『문묵췌편』 상, 96쪽 참조.

나는 酉堂과 근 30년을 알고 지냈다. 그러니 그 시에 闕然히 끝내 한 마디 말이 없으면 되겠는가. 유당은 許卯園과 더불어 黃梅泉, 李寗齋 사이에서 놀았다. 일시에 호남에서 의론하여 두 사람의 시를 매천 다음으로 추대하였다. 고어에 '명성 밑에 헛된 선비가 없다.'고 하였는데, 명성이 이미 이러하다면 반드시 실상도 이러한 것이다.[23]

윤종균의 위상을 매천의 다음으로 자리매김하고 있다. 또 후배 栗溪 鄭琦(1878~1950)는 만시에서 다음과 같이 썼다.

詩成元凱癖	시는 杜元凱의 癖이 있고
家有聖兪窮	집은 梅聖兪의 궁함이더라.
淸疏無俗調	맑고 소탈하여 속된 가락이 없고
悠永趁唐風	유연하고 깊어서 唐風을 따랐네.
功名蕉底鹿	功名은 파초 밑의 사슴이요.
晩計雪封熊	만년의 생계는 눈 속에 묻힌 곰 같았네.
白日靑楓暮	해는 푸른 단풍에 저물고
江城文藻空	江城에는 문채가 사라졌구나.[24]

元凱는 晉나라 사람 杜預의 字이다. 曆法의 대가로서 『春秋長曆』을 저술하였다. 원개의 버릇이란 학문을 탐독하는 습성을 말하는데, 註解에 전력하여 자기 자신이 左傳癖이 있다고 하였다. 그의 시는 속된 기가 없고, 당풍을 지녀 시가 아주 자연스럽다는 것이다. 또 崔益翰(1897~?)은 시인 윤종균을 다음과 같이 자리매김하였다.

호남의 시가 다시 지역 안에 소문나게 되었다. 함께 나아가며 교유함이 성대하였는데, 그 중에 해학 이기, 소천 왕사찬, 유당 윤종균 등의 무리가 뒤따라 和應하며 각자 그 명예를 드날렸다. 이 여러 사람은 구례에서 태어나거나 거처하였기 때문에 구례는 더욱 詩鄕으로서 호남에서 으

---

23) "吾與酉堂相知近三十年, 於其詩闕然 終無一言可乎. 酉堂與許卯園同遊黃梅泉 李寗齋之間, 一時湖南之論, 推二人詩爲梅泉之次."(金澤榮, <酉堂詩集跋>)
24) 鄭琦, <挽尹酉堂鍾均>,『栗溪集』권2, 43면.

뜸이 되었다. 해학은 豪放하였으며, 왕사찬은 精鍊하였고, 윤종균은 瞻
富‧醲麗하였다. 또한 여러 벗들이 수십 년 사귀었다. 그래서 호남 사람
들은 윤종균을 매천에 버금가는 인물로 추대하였다.25)

이 글을 통하여 호남시단에서 차지하는 윤종균의 위치를 대략 짐작
해 볼 수 있다. 요컨대 그의 시는 唐風을 본받았는데 자신의 개성을 훌
륭하게 성취하였다는 것이다. 그의 시 가운데는 특히 구례 지역의 곳곳
을 사실적으로 형상화한 것이 많다. 또한 그의 1915년 작 <歲暮懷人
五十五絶>을 보면 그의 교제 범위를 가히 짐작할 수 있다.26) 윤종균의
시는 4장에서 자세하게 살펴보기로 하겠다.

3) 王粹煥(1865~1926)

자는 汝章, 호는 雲樵, 본관은 開城이다. 川社 王錫輔(1816~1968)의
장손이요, 鳳洲 王師覺(1836~1895)의 장남이다. 매천이 그의 조부와 부
친에게서 배웠듯이 왕수환은 동생 경환과 함께 매천에게 수학하였다.

---

25) "則湖南之詩, 復間於域中, 而其彙征交遊之盛也. 有海鶴李沂, 小川王師瓚, 酉
堂尹鐘均之輩, 追隨和應. 各馳其譽, 此數君子, 或生或居于求禮, 故求禮尤以
詩鄕, 得拇湖南焉. 海鶴以豪放, 小川以精鍊, 酉堂則瞻富醲麗, 又殿諸侶數十
年之久, 故湖南之人, 推酉堂亞於梅泉."(崔益翰, <酉堂集序>)

26) 懷人詩 대상자 55人 : 滄江 金澤榮, 兼山 白樂倫, 晦堂 李聖烈, 耕齋 李建昇,
蘭谷 李建芳, 霖堂 尹明善, 白軒 李容民, 灘雲 洪炳觀, 可石 金炳勳, 崔紅屐,
白香雪, 友蓮 李炳勗, 金晴蓑, 松齋 李承宇, 云翁 李秉輝, 沙隱 宋益勉, 念齋
宋泰會, 晦溪 羅采德, 丹山 李康濟, 海客 尹錫龍, 一史 尹柱瓚, 竹塢 黃俊模,
悒齋 鄭卿錫, 龜汀 柳東琇, 習靜 許注, 玉川 金珪錫, 小波 宋明會, 雪舟 宋運
會, 白村 李炳浩, 一愚 鄭贊賜, 海石 李相勉, 一軒 李錫龜, 卯園 許奎, 玉泉
王京煥, 南坡 金孝燦, 鳳溪 高堉柱, 野軒 尹行恵, 石田 黃瑗, 滄山 金祥國, 楚
巖 李駿圭, 東松 趙鐸模, 雲汀 趙東浩, 西坡 宋夏燮, 石塘 趙昌璿, 灣雲 崔炳
㲀, 月村 鄭淇赫, 松村 梁顯龍, 晉巖 金性圭, 聾溪 南桓斗, 蓮下 李應宇, 杞軒
丁永夏, 溪隱 金萬坪, 鶴樓 崔錫柱, 秋水 金仲祐

구안실 당시에 그는 季父 小川 王師瓚 등과 함께 문척면 토금에 거
주하고 있었다. 그는 빈천을 근심하지 않았고, 논밭을 몇 년간이나 얻어
지었으나 그 땅임자를 모를 정도였고, 상수리를 줍고 대광주리를 엮으
며 짚신을 삼아 부모를 봉양하였다고 한다. 글이나 읽으며 淸閒한 생활
을 하며 세상에 무슨 일이 있는지를 알지 못하였기 때문에 사람들은 혹
봉의 짝이라고 할 정도였다.

그는 매천시파에서 가장 영향력 있는 문인 가운데 한 사람이었으며,
매천의 첫 문인이기도 하다. 매천은 "여장은 얼굴이 못생겼으나 성격은
굳세며, 재주는 적으나 기질이 맑아서, 일의 불의를 알게 되면 하지 않
는 사람은 반드시 이 사람이다."27)라며 그를 성격이 매우 강직한 사람
으로 평하였다. 1911년에 『매천집』을 발간할 때는 박창현, 권봉수와 함
께 핵심적인 역할을 하였다. 또한 『매천집』 발간으로 매천시파의 응집
과 구례 시단의 단결을 이루었다. 또한 1913년 조부 왕석보, 부친 왕사
각, 중부 왕사천, 계부 왕사찬 등 4부자 문집을 합본하여 『開城家稿』를
발간하였다. 高墉柱(1865~1938?)28)는 왕수환에게 다음과 같은 서신을
보냈다.

편지를 받고 『開城家稿』까지 받으니 매우 감사합니다. 이는 왕수환

---

27) "汝章, 貌寢性亢, 才小氣淸, 知事之不義, 而不爲者必此人."(宋鴻, ＜王雲樵回
甲壽序＞, 『문묵췌편』 하, 58쪽)
28) 高墉柱는 왕사찬과 매천의 문인으로서 성균관박사 출신이다. 매천은 전주양
영학교 교무로 가는 그를 위해 매천은 ＜養英學校記＞를 써 주기도 하였다.
『매천야록』의 한일합방부터 매천이 절명할 때까지 부분은 고용주가 쓴 것
으로 알려지고 있다. 그는 1910년부터 1928년까지 구례보통학교 교사로 재
직하였으며, 1928년에 전주고등보통학교로 전근을 갔다. 또 1938년 윤종균
의 시문을 選詩하고 詩評을 쓴 바 있다. 시는 많이 쓰지는 않았던 듯하고,
매천과 왕래한 서신은 80여 통 정도 남아 있다. 자신은 구례보통학교 교사
로 있으면서 아들은 壺陽學校에 보내 왕수환의 지도를 받게 하였다. 신간회
구례지회 지부장을 맡기도 하였다.

선생의 고심이며 佛家에서 말하는 신통력일 것이니, 더욱 우러러 讚하여 마지않습니다. 그 가운데 행장 4수는 다 그 논리가 정연하고 격식에 맞아서 읽어 보니 5백 년에 찾아볼 수 없는 위대한 작품입니다.[29]

다소 과장된 듯하지만, 왕수환의 문장력을 높이 평가한 것이다. 그는 壺陽學校 한문 교사와 2대 교장을 지내면서 民族自强論을 폈다.

서구 사람들은 帝政을 혁파하여 백성이 주가 되게 하였다. 그러므로 인민들의 뇌리에는 한 나라가 있기 때문에, 그 백성이 백만이면 백만의 국가가 모여서 하나가 되는 것이다. 그러므로 그 백성은 수고하여도 원망하지 않으며, 죽어도 후회하지 않고 살아있을 때처럼 밝은 표정을 짓는다. 왜 그러하느냐 하면 나라의 일이 나의 것이 되기 때문이다.[30]

자강하려면 어떻게 해야 하는가? 교육에 힘써야 하고, 산업을 넉넉하게 해야 하며, 技藝를 精密하게 하면 열강들과 어깨를 나란히 할 수 있을 것이다. 그렇지 아니하면 경쟁하는 세계에서 살아남을 수 없다.[31]

민족이 자강하기 위해서는 교육과 산업에 힘써야 한다고 주장하고 있다. 그러면서 그는 오대주 만국은 자유와 자강의 논의가 분분한데, 우리는 앉아서 보고만 있으니 장차 남의 포로가 될 것이요, 장차 남의 먹이가 될 것이라고 경고하였다.

또한 그는 1913년 가을부터 매년 춘추로 용대시회를 이끌었다. 주요 인물로는 왕수환을 중심으로 이병호, 윤종균, 권봉수, 박해룡 등 매천의

---

29) "敬承惠函兼受古蠶, 大爲感佩, 此時, 雲樵先生之苦心, 而佛家所謂神力也. 尤所鑽仰不已, 就中, 行狀四首, 皆井井入規, 讀之可五百年無此作, 何其大歟." (高墉柱, <答雲樵大人序>, 『문묵췌편』 하, 135쪽)

30) "西歐之人, 革帝政而爲民主, 故人民腦裏○, 有一國而其民百萬則, 百萬國聚而爲一. 故其民勞而不怨, 死而不悔, 熙熙然, 有生世之樂, 何也, 以國事爲己故也."(王粹煥, <民族自强論」, 『雲樵記序文』)

31) "自强如何 務其敎育 裕其産業 精其技藝 足以幷立於列强也. 否則不能生存於競爭之世."(앞의 글)

문인들이 중심이었다.[32] 이어 1917년 봄에 이병호와 더불어 군청 건물
鼓角樓를 사들여 용대 위에 정자를 세우고, 단오에 완성하여 용호정이
라 이름하고, 시사의 이름은 龍湖亭詩契라고 하였다.

   윤종균과 고용주가 뽑아 엮은 『雲樵詩集』이 별도로 있었던 듯한데
문집으로 간행되지 않았다. 현재는 친필 원고 8책이 남아 있다. 현재 문
집 가운데 전하는 작품으로는 시 870여 수, 문 30여 편 등이다.[33] 1898
년 이전과 이후의 것이 빠져 있는 것으로 보아, 1천 수 이상은 되었을
것으로 추정된다. 이제까지 이 자료는 연구자들에게 전혀 알려지지 않
았다. 그의 생애에 대한 편린만이 간략하게 소개되었을 뿐이다.[34] 왕수
환의 시는 4장에서 자세하게 살펴보기로 하겠다.

---

32) 王粹煥, 『雲樵耕餘錄』; 유제양, 『是言』, "왕수환이 편지로 중구절에 용대에
    서 작은 모임을 갖자고 하였다.(王友粹煥有書 納重九 龍臺小集.)"(1913년 9
    월 3일 일기) "나는 왕수환에게 모임에 참석할 뜻이 없다고 답장했다.(答王
    友書 無意於會.)"(1913년 9월 5일 일기) 이하 『시언』으로 표기함.
33) 왕수환의 문집은 다음 표와 같다.

권	표제	종류	판본	연대	내용
1	雲樵記序文	문집	친필본		文 31 편
2	雲庄耕餘	시집	친필본	1998	시 106수
3	雲樵耕餘錄	시집	친필본	1912~1915	시 106수
4	耕餘錄	시집	친필본	1916	시 102수
5	燕石收稿	시집	친필본	1920	시 123수
6	萍水所得	시집	친필본	1919~1920	시 202수
7	白雲自怡	시집	친필본	1921~1922	시 138수
8	萍水所得	시집	친필본	1923	시 96수
계		시 871수, 문 31편			

34) 진동혁, 「광주학생운동의 주역 왕재일에 관한 새 발굴 자료 연구」, 『동양학』
    제17집, 단국대학교 동양학연구소, 1987 ; 장선희, 「『개성가고』 연구」, 『고
    시가연구』 제12집, 한국고시가문학회, 2003 참조.

4) 黃瑗(1870~1944)

자는 季方, 호는 石田 또는 江湖旅人, 본관은 장수이다. 1870년 광양 봉강면 석사리 서석 마을에서 黃時默(1832~1892)의 셋째아들로 태어났다. 초년에는 봉강면 玉川 金珪錫(1843~1920)에게 수학하였으며, 17세에 만수동으로 이주한 뒤로는 형 매천에게 시를 배웠다. 그는 외모나 품성이 매천과 흡사하였다고 한다.[35] 또 "석전은 體容은 맑고 여위었으며, 눈썹은 성글고 수염은 길었으며, 기상은 호쾌하고 抗傲하였으며, 감히 의가 아니면 행동하지 않았다."[36]

그림자처럼 매천을 따라다니며 시문을 배우고, 『梧下記聞』 등 저술 활동을 하는 데 자료를 정리해 주었으며, 그 자신도 『平等論』과 『駕洛 國史』를 저술하였다. 사후에는 형의 殉節을 적극적으로 대내외에 알리고 문집을 간행하는 한편, 文章 節義 정신을 잇고자 하였다.

1910년에 매천이 자결 순국하자 군사람들 가운데는 悲憤激昻하고 곡하는 사람이 헤아릴 수 없었다고 한다. 倭는 변란이 있을까 두려워 군경 무리들은 의사를 대동하고 검진하여 病死한 것으로 속여 인심을 안정시키려고 하였다. 그러자 황원은, "너희는 무도하게 이미 우리 조국을 멸망시켰으면서 다시 義士의 이름을 없애려 하느냐? 내 차라리 너희와 싸우다 지하에 계신 형을 따라 죽을지언정 義士의 이름을 없애는 것을 참을 수가 없다."[37] 하고 더욱 분노하며 항의하자, 그들은 하는 수 없이 발길을 옮기고야 말았다.

1911년 봄에는 울적한 심사를 달랠 길 없어 서울에 갔다가 친구 김

---

35) 金文鈺,「追挽呈石田黃公靈筵」,『曉堂集』권1 참조.
36) "體容淸癯, 眉疎髥脩然, 氣豪爽抗傲, 而之以剛直, 不敢以非義動之."(權鴻洙, <黃石田公行狀>,『石荷偶存』권4)
37) "公卽大叱曰, 爾以無道, 旣滅我祖國, 欲復滅義士之名乎? 吾寧與爾格鬪, 而死以從吾伯於地下, 不忍見滅義士之名."(앞의 글)

상국과 함께 呂圭亨(1849~1922)을 방문하였는데, 좌중에서 그가 布衣
古冠 차림이라 시골사람임을 알고 벽에 걸려 있는 괘종시계를 가리키
며, "시골에도 저런 新品이 있습니까?"하니, 그는 "괘종뿐만 아니라 다
른 신품도 있습니다. 그러나 서울 와서 보니 시골에서 보지 못한 것이
하나 있습니다."라고 하였다. 무엇이냐고 묻자, "公候伯子男이요."라고
하였다. 좌중 사람들 가운데는 일제로부터 작위를 받은 사람들이 있었
으므로 낯빛이 붉어지며 한 마디 말도 하지 못했다고 한다.[38]

또 도지사 장헌식 일행이 화엄사 덕당전에 좌정하고 군내 유림을 모
두 초청하였다. 유림들은 모두 一拜를 하고 도지사를 拜謁하였는데, 오
직 그만이 도포와 큰 관으로 평좌하여 "이 좌중에 도지사가 누구요?"
하니, 수행했던 관원들은 "일개 백성으로서 도지사에게 절을 하지 않고
평좌라니?"하고 화를 내며 나무랐다. 이에 그는 정색하고, "나도 육십이
넘은 이 나라 선비의 한 사람인데 그것은 아니 될 말"이라며 강하게 항
의하였다.[39] 그는 형 매천처럼 행동에 거리낌이 없었고, 지위고하를 막
론하고 굽히는 법이 없이 당당하였다. 그는 43세에 喪妻하고 이후 재혼
을 하지 않았으며, 江湖旅人이라 自號하였다.

그는 雲樵 王粹煥(1865~1926)과 梅史 朴暢鉉(1863~1929), 芝村 權
鳳洙(1872~1940) 등과 함께 매천의 유집을 정리하고, 상해의 김택영에
게 보내 간행하고, 비밀리에 국내에 반입·배포하였다. 그러나 총독부
에서 국내에 반입한 『매천집』을 회수하여 소각하려 하니 그는 경찰서
와 총독부에 가서 죽기를 작정하고 싸워서 되찾아왔다. 이로써 일제 당
국에서도 그를 쉽게 건드리지 못하였다.

1919년에는 조카 黃渭顯의 3·1만세운동을 지원을 하였다. 1927년에
는 新幹會를 조직하였는데, 이 때에도 황위현이 신간회 구례지회를 조

---

38) 앞의 글 참조.
39) 『義筆 第二』 참조.

직40)하여 독립투쟁을 할 수 있도록 독려하였다.41) 1932년에는 상해본
『매천집』의 부족한 부분을 보완하여 이른바 '總督府 檢閱本'을 간행하
려 하였다. 그러나 많은 부분이 검열 삭제되는 바람에 끝내는 출판을
하지 못하였다.42)

황원과 깊이 교유한 인물로는 중국 망명객 金澤榮, 만주 망명객 李
建昇(1858∼1924), 양명학의 거장 李建芳, 국학자 鄭寅普, 崔南善(1890∼
1957), 중앙불교전문학교 초대교장 朴漢永(1876∼1956), 경학원 대제학
鄭萬朝(1858∼1936), 한문학자 呂圭亨(1849∼1922), 호남의 대시인 李
定稷(1841∼1910), 대구의 성리학자 曺兢燮(1873∼1933), 언론인 張志
淵(1864∼1921) 등이 있었다. 그는 경향의 벗들과 서신 왕래로 분노와
고적을 달랬는데, 만년에는 우인들의 서찰로 병풍을 만들어 가까이 두
고 보면서 지냈다고 한다.43) 그의 유고 시는 3천여 수에 이른다. 이건방
과 정인보가 시문집 4권을 교정하여 정인보가 출간하려다 납북됨에 따
라, 교정본은 사라지고 현재는 초고본만 남아 있다.

황원의 시에 대하여, 이정직은 청경하다고44) 하였고, 김택영도 크게
칭찬하였다.45) 또 曉堂 金文鈺(1901∼1960)은 "유창한 말은 은하수를
거꾸로 달아놓은 듯, 쟁쟁한 시는 쇠를 던지는 소리 같더라."46)라고 하

---

40) 신간회 구례지회가 결성된 때는 1927년 6월 4일로 다른 지역에 비해 상당
히 빠르다. 초대 지회장은 梁仁淑, 조사부장은 黃巖顯이었다.(『중외일보』,
1927년 6월 8일자)

41) 黃瑗, <贈別新幹會諸君>, 『江湖旅人詩稿』. "제군들과 손잡고 선문을 나서
니, 엄숙한 갓 끝엔 國魂이 서리었다. (諸君聯袂出禪門, 肅肅帽簷凝國魂.)"

42) 전주대학교 호남학연구소에서 발간한 『梅泉全集』 5책은 황원의 총독부 검
열본을 기초로 한 것이다.

43) 權鴻洙, 「石田公事行錄」.

44) 『석정이정직유고』 Ⅲ, 107쪽 참조.

45) 金澤榮, <和黃瑗贈詩>, 『金澤榮全集』 권1(아세아문화사, 1979), 289쪽 참조.

46) "滾滾舌懸倒河勢, 鏗鏗詩有擲金聲."(金文鈺, <追挽呈石田黃公靈筵>, 『曉堂
集』 권1, 16면)

였다. 또한 여수 종산시사 주관 忠愍祠 한시 공모전에서는 4등, 진주 矗
石樓詩社 공모전에서는 2등을 할 정도로 시재를 인정받았다. 특히 충민
사시는 전국에서 3천여 편의 응모작 가운데 입상한 것이며, 矗石樓詩는
思想 문제로 1개월간 수감될 정도로 문제작이었다.[47]

梅泉吾不及其生	매천은 생존 시 보지는 못했으나
人道翁能肖酒兄	사람들은 당신더러 형을 닮았다 하네.
滾滾舌顯倒河勢	유창한 말은 黃河를 거꾸로 달아놓은 듯
鏗鏗詩有擲金聲	쟁쟁한 시는 쇠를 던진 소리 같더라.
散踪自署江湖客	발자취 스스로 강호의 나그네라 부르고
奇氣欲挐滄海鯨	기특한 기운은 창해의 고래도 잡을 듯하네.
遺老幷鄕誰復在	병향에 남은 노인 누가 또 있으랴.
方壺凄帶暮雲橫	方壺山에 처량한 저녁구름만 떠 있네.
<挽黃石田瑗>[48]	

曉堂 金文鈺(1901~1960)이 쓴 挽詩이다. 황원은 달변가였으며, 시는
강직하고 저항적이며, 우국적인 내용이 많았다는 것이다. 그는 특히 중
국 전국시대 趙나라의 명신 藺相如를 흠모하였다. 그의 시 가운데 많은
것이 歎世悲憤의 작품었기 때문에 『매천집』과 함께 꽁꽁 묶어서 別處
에 비밀리 보관하였다. 오래되어 집안 식구가 겨우 찾아내었는데, 시문
중에는 高論이 있고 눈을 부릅뜨고 보는 것이 많아서 당세에 가벼이 퍼
뜨릴 수가 없는 것들이었다. 황원 시는 제4장에서 자세히 살펴보기로
하겠다.

---

47) 충민사는 충무공 사액사당 제1호로, 목숨을 바쳐 나라를 지킨 이순신 장군
과 의민공 이억기, 좌찬성 안홍국 세 장군의 구국충정을 기리는 사당이며,
촉석루는 임진왜란 3대첩으로 알려진 진주대첩의 현장이요, 7만 민관군의
넋이 서린 聖地이기도 하다. 따라서 일제 강점기에 이곳을 추모하는 시를
제출하는 것만으로도 신변의 위협을 느껴야 할 정도였다. 촉석루시는 다음
장에서 다룰 것이다.

48) 金文鈺, <挽黃石田瑗>, 『曉堂集』 권1, 16면.

5) 李炳浩(1870~1943)

자는 善吾, 호는 白村, 본관은 전주, 세거지는 구례군 용방면 두동이다. 1870년 8월 2일 老樵 李鍾賢과 삭녕 최씨 사이에서 태어났다. 그는 구례 지역 詩社에서 매우 중요한 역할을 한 인물이다.

먼저 그는 왕수환과 함께 龍湖亭詩契를 결성하는 데 주도적인 역할을 하였다. 1917년 군내 72인의 의연금을 모아 섬진강변에 용호정을 건립하고,[49] 시사를 결성함으로써 그동안 개별적으로 활동하던 시모임을 하나로 묶어 일시에 군내의 많은 인사들의 거대한 모임을 형성하였다.[50] 이는 그간에 경술국치를 맞아 움츠러들었던 시단에 크게 활력을 넣는 중요한 기능을 하는 것이다. 뿐만 아니라 그는 계속하여 鳳城詩社(1924)[51], 蘭竹社(1929)[52], 壺陽吟社(1933)[53], 方丈詩社(1936) 등을 결성하였다. 특히 방장시사에서 시 대회를 열어[54] 구례의 시단을 전국에 알리기도 하였다.[55] 또 타불천음사에 참여하였고,[56] 각 시회의 시관으로

---

49) 『기어』, 1916년 11월 10일 일기 참조.
50) 『龍湖亭詩稿』(구례문화원, 1996), 19~30쪽 참조.
51) 『鳳城詩稿』, 봉성시사, 1937 참조.
52) 황원, <四月二十日 仝酉堂白村芝村 赴泉隱寺 遊結社曰蘭竹 盖取蘭亭竹材之意 白村創社已三度云>, 『강호여인시고』.
53) 『기어』, 1933년 10월 19일 일기 참조.
54) 『기어』, 1936년 1월 11일 일기. "智異山吟社가 열린다고 하며 두동의 백촌 이병호가 社長이고 지천리의 王在沼가 부사장이라고 한다. … 시제가 정해지고 화엄사로 투고를 하라고 하는데, 참가비는 30전, 투고 기한은 4월 말까지라고 한다.(智異山吟社廣告至, 斗洞李白村炳浩爲社長, 副社長芝川里王在沼. … 押韻流字也, 五七絶律詩 文隨意也. 投稿場所華嚴寺也, 料金卅戔, 期限四月末日也."; 『智異山詩集』, 방장시사, 1936 참조.
55) 『조선일보』, 1936년 8월 8일자 7면에 <구례 방장시사 현상시문 발표>라는 제하의 구례발 기사와 당선자 명단이 있다. 기사에는 방장시사를 일명 '智異山吟社'라고 하였다.

서 시를 평하기도 하였다.[57] 이처럼 이병호는 구례 시사를 결성하고 관리함으로써 구례 시단을 활성화하는 데 크게 기여하였다. 한편 시사에서 수창한 시첩을 모아 1936년에 『智異山詩集』, 1937년에 『鳳城詩稿』를 발간하였다.

그의 시문은 1천여 수 이상이 될 것으로 추정되나, 그의 장자 李仁洙(1916~1950)[58]가 한국전쟁 당시 화를 당하면서 문집이 유실되고 말았다. 다행히 『游天王蜂聯芳軸』과 友人들의 유고에 시의 편린이 보인다. 『유천왕봉연방축』은 荷田 金性權(1875~1961), 文江 文在準(1878~1951), 小溪 柳仁奎(1875~1959), 小隱 許橵(1887~1968), 그리고 이병호 등 7인의 노인들이 1940년 5월 24일부터 5월 28일까지 4박 5일간의 여로 중, 여덟 군데를 詩題로 삼아 그 감회를 읊은 紀行詩文集이다.[59] 기행문은 이병호가 썼으며, 각각의 시에 작가가 명기되어 있다. 旅程과 主題가 상세하게 기술되어 있다. 문장의 구성이나 필치가 平易하고 간결하다. 함께 여행하였던 유인규의 집안에 전사본이 있었기에 보존이 가능하였다.

그의 시 전모를 파악할 수는 없으나 최근 필자는 후손이 가지고 있는 시편과 여러 문헌에서 수십 首를 尋抄하여 150여 편 정도 모았다. 이미 금강산 기행시 네 편은 매천시 몇 首와 함께 그의 손자가 영문으로 번역, 소개한 바 있다.[60]

---

56) 『他不川唫社詩集』 참조.
57) "타불천 詩會日이다. 時到記에 서명한 64명이 회비를 적었다. 운자는 '光'자였다. 백촌이 심사평을 하여 장원, 1,2,3 등을 뽑았다."(『기어』, 1934년 3월 15일 일기)
58) 1935년 런던대학에 유학을 갔다가 1941년에 귀국한 후 고려대학교 영문과 교수로 재직하고 있던 중 화를 당하였다.
59) 이 연방축은 柳仁奎의 집안에서 필사하여 보관중이던 것을 1977년에 구례 문화원에서 책으로 내었다.
60) Sungil Lee, *The Moonlit Pond*, Copper Canyon Press, Washington, 1997. 네 편을 실었는데, 이 가운데 한 편을 소개한다. 원문에는 漢詩를 싣지 않았다.

　　그의 대부분의 시는 주로 금강산이나 지리산 기행시와 詩社에서 읊은 것들만 남아있기 때문에 작품의 전반적인 특성은 파악할 수 없으나 교유자들의 시문을 보면 그의 행적이나 품성, 시의 風格을 대략은 짐작할 수 있다. 『續修求禮誌』에서는 "孝友兼全하고 講究經學하며 善交際하고 工詞賦하야 遊咏山水에 詩酒自娛하니 鄕里稱頌하다."라고 기술하고 있다. 1895년 구례를 방문했던 이정직은 "백촌의 시를 보니 성조가 淸新하여 그 재주가 기특하였다. 그는 시를 지으려 함에, 늘 홀로 앉아 입 속으로 웅얼거리며 깊이 생각하여 뜻을 전일하게 하였다. 성품 또한 치밀하고 상세하며 차분하고 고요하여 능히 깨우침을 얻을 수 있는 자였다."[61]라고 하였다. 고을 후배 顧堂 金奎泰(1902~1965)는 '雅健'하다고 하였다.[62]

君貌姸華人皆愛	용모는 姸華하여 사람들이 사랑하고
君性寬雅人皆悅	성품은 寬雅하여 사람들이 기뻐 따르네.
生於儒家老於貧	儒者의 집에서 태어나 늙어서도 가난하고
性不戚戚能安逸	슬퍼하지 않는 성격이라 편안하다네.

<毘盧峯>	On the Piro Peak
毘盧東望海無邊	As I turn east on Piro Peak, the sea stretches endlessly.
大陸不動何處連	Where can immobile continents find a spot to link them?
萬古崔嵬迷下界	Soaring high for countless ages far above the dusty world,
千峰揖讓拱諸天	Innumerable peaks, bowing or retreating, pay homage to the sky.
形同彌勒終爲石	Though shaped like Buddha, they are rocks, after all;
地極扶桑但是煙	As I look east to sunrise, fog blocks my view.
自笑此身爲芥子	I laugh at my small self dwindled into a mustard seed:
長風太息意茫然	I sigh deeply in the howling wind, while all my thoughts disappear.

61) "見白村爲誇聲調淸新其才奇矣. 其將爲詩也, 常獨坐沈吟其志導美. 性又綜詳而沈靜, 其能悟者也."(<與白村留錦咸店記>, 『석정이정직유고』Ⅳ, 350쪽)

62) 金奎泰, <挽李白村炳浩丈>, 『顧堂集』 권1, 24면 참조.

詩在香山放翁間　　詩는 香山・放翁 사이에 있고
往往得意淸商發　　간혹 뜻을 얻으면 淸商曲을 노래한다네.
步驟平穩響瀏亮　　걸음은 점잖고 목소리는 맑고 온화하며
珠翠嫣然花間出　　구슬이 꽃 사이에서 나온 듯.
紅顔白髮善唫詩　　紅顔 白髮로 시 읊기를 즐긴다네.
鶴唳秋空和錦瑟　　가을 하늘 학 울음소리는 錦瑟63)과 화답하고
把酒笑談菊花傍　　국화 옆에서 술잔 들고 담소하네.
風流飄如花露結　　바람에 흩날리는 아지랑이는 꽃이슬처럼 맺히고
茅茨如罄食屢空　　초막집은 경쇠가 꼬부라진 듯하고 양식은
　　　　　　　　　자주 비었네.

(생략)
<壽李白村>64)

　　이병호의 오랜 지기 황원이 쓴 壽詩이다. 이병호는 선비 집안에 태어나 비록 가난하였지만 安貧樂道의 정신만은 간직하고 있었으며, 걸음은 점잖고 목소리는 맑고 온화하며, 뜻을 얻으면 맑고 슬픈 정조의 淸商曲을 읊고, 사람들과 더불어 어울리기를 좋아하였다고 하였다. 또 시는 香山(白居易)・放翁(陸游) 사이에 있었다고 했으니, 詩語가 난삽하거나 기괴하지 않고 平易하고 맑다는 것이다. 오병희는 <壽李白村炳浩 回甲>65)에서 늙어갈수록 시는 더욱 工巧하고 외로운 학처럼 맑은 운치를 지니고 살고 있다고 하였다.

　　『매천집』에는 이병호와 화답한 <與善吾賦東咸 … 刻成之首尾亦纏三日>66) 13수, <同善吾作>67) 9수, <和善吾課韻>68) 13수, <和善五

---

63) 금슬은 비단의 문양처럼 칠한 현악기를 말한다. 참고로 杜甫의 시에 "어느 때나 돈 뿌렸던 君臣의 酒宴 다시 열려, 금슬 타는 가인 옆에서 잠깐 취해 볼거나. (何時詔此金錢會 暫醉佳人錦瑟傍)"(<曲江對雨>, 『杜少陵詩集』 卷6)라는 구절이 있다.

64) 황원, <壽李白村>, 『강호여인시고』.

65) 오병희, <壽李白村炳浩 回甲>, 『翠軒遺稿』.

66) 『매천전집』 권1, 396쪽.

67) 앞의 책, 169쪽.

限課>[69] 16수가 있다. 그러나 이 작품들은 별개의 제목으로 지은 것이
아니다. 필자가 최근 입수한 매천시 전사본은 1898년 작품만 모아놓은
것인데, <與善吾賦東~>와 <同善吾作>은 <又與善吾賦東咸體 約三日
畢 而頹惰不克作 一日宋厚春見訪 共賦灰字 而止久始刻成之首尾亦纔三
日>이라는 제목의 30수로 된 연작시이고, 뒤의 <和善吾課韻>와 <和
善五限課>는 <善五與德一連賦 七律三十首 兩日而畢 其用韻則 東至咸
一周 而次第之 盖詩令也 余以農務之暇 馳驟從之 而三日僅辦 所謂不及
君三十里也 握筆憮然> 30수로 된 연작시이다. 이는 제자 가운데 매천
과 직접 화운한 작품이 가장 많이 차지하는 것으로 그의 시재를 짐작할
수 있는 대목이다.

6) 吳秉熙(1871~1939)

자는 光國, 호는 翠軒, 본관은 寶城이다. 그는 마침 매천의 이웃에서
살게 되어 20세부터 매천의 문하에 시를 배우며 그의 곁을 떠나지 않았
다. 당시 구안실에서 함께 동문수학한 이들로는 윤종균, 허규, 황원, 이
병호, 이언우 등이 있다. 그 후 20여 년간『劍南集』과『集聯』을 베끼고,
항상『詩經』을 읽고 주야로 근체시를 익혔다. 이정직은 그의 시를 보고,
"취헌은 재치 있는 생각이 크고 준엄하여 능히 새로운 말을 지어내었
다."[70]라고 평하였다.

매천이 광의면 月谷으로 이주하자 매천의 고택 澹翠軒을 매입하여
1914년부터 거주하였으며, 구안실 옛터에 정자를 짓고 三乎亭이라 하
였다. 삼호정은 다시 김택영이 '亦苟安室'이라고 명명하고 記를 지었다.

---

68) 앞의 책, 158쪽.
69) 앞의 책, 388쪽. 善五는 善吾의 誤字이다.
70) "翠軒才思況峭, 能爲新語."(『이정직유고』Ⅳ, 322쪽)

스승을 흠모하는 의미에서 그렇게 한 것이다. 그는 역구안실에서 매일 술을 마시며 난간에 기대어 "나의 스승 매천 선생이 장구하시던 곳"이라 하였다.[71] 그가 구안실 옛터를 구입한 것도 감히 스승의 유허지를 타인의 손에 넘길 수 없다는 이유에서였다. 또한 동문들과 함께 스승의 높은 절개를 기리고자 하는 의도가 있었다.

舊有梅翁室	예전엔 매옹의 구안실 있었지만
而余亦苟安	나는야 亦苟安室 있다네.
半山叢桂老	반산에는 떨기나무 오래되고
皓首一瓢寒	흰 머리 노인 한 쪽박의 물이 차도다.
蹤涉風埃遠	자취는 풍진에서 멀리 있고
門臨澗谷寬	문은 골짜기에 임하여 활짝 열렸네.
裵然同社友	사우들과 함께하니
嗣葺未應難	지붕 잇기가 어렵지 않아라.

<無際>[72]

亦苟安室에 원근 인사들과 상의하여 매천의 尊靈을 모시기로 하고 추진하였으나 倭警에 체포되어 끝내 이루지 못하였다. 구안실과 관련해서 『續修求禮誌』의 <명승고적> 항목에 다음과 같은 기록이 보인다.

苟安室은 간전면 만수동 최상부의 개울 동쪽에 있다. 곧 황매천 선생이 은거할 때, 배우고자 찾아온 후학들을 위하여 지었다. 그리고 다시 그 옆에 1칸의 집을 지어 이름을 '一笠亭'이라고 하고, 여름에 더위를 피했다. 선생이 월곡으로 이사한 뒤에 구안실과 일립정이 함께 불에 탔다. 마을 사람 오씨가 다시 집을 짓고 산다.[73]

---

71) "買先兄舊居澹翠軒, 而改築苟安室, 每日斜酒酣 憑欄況吟曰, 吾先師梅泉先生 杖屨之所."(<吳翠軒行狀錄>,『취헌유고』)

72) <無際>, 앞의 책.

73) "苟安室在艮田面萬壽洞最上部溪東阜上, 卽黃梅泉先生隱居時, 爲來學後輩築 之也. 更構一間屋于傍, 曰一笠亭, 暑月納凉. 先生移去月谷後, 失與亭俱爲火 災. 今村人吳氏復築屋居之."(『續修求禮誌』上, 38면)

마을의 오씨는 물론 吳秉熙를 지칭한다. 2001년에 헐리기 전까지만
해도 그의 曾孫子婦가 이곳에서 살고 있었다. 지금은 마을의 문선동씨
소유로 되어 있다. 그러나 이 터마저도 2002년 태풍 루사로 인하여 계
곡이 황폐화되면서 이 흔적마저 사라져 계곡으로 편입되고 말았다.

그의 호 翠軒은 스승 매천을 공경하고 사랑하여 매천의 滄翠軒에서
취한 것이다. 그는 특히 손위 사촌처남인 허규와 가까이 지냈으며, 龍湖
亭詩契, 鳳城詩社, 雙溪寺輔仁契, 鑑湖亭光霽社의 詩社員으로 활동하였
다. 또 그는 간전면을 중심으로 1938년 약 50여 명으로 雲山詩契를 조
직하였다. 雲山이라 함은 간전면이 白雲山으로 둘러싸여 있기 때문이
다.[74] 詩社案이나 詩軸이 발견되지 않았기 때문에 자세한 내용은 알 수
없다. 遺稿로는 전사본『翠軒遺稿』1책이 있다.

7) 權鳳洙(1872~1940)

자는 景詔, 호는 芝村, 본관은 安東으로 구례군 광의면 지천리 출신
이다. 매천의 수제자로서 詩才가 매우 뛰어났다. 그는 매천 유고를 간행
하는 데 핵심적인 인물이다. 15세에 부친을 여의고 조부모와 모친을 봉
양하며 종조부 小嵋 權亨圭와 왕사찬 등에게서 수학하였다. 그는 농업
에 종사하며 틈틈이 시문을 지었는데, 간혹 빼어난 작품이 있어서 종조
부를 기쁘게 하였다. 그러나 몇 년 후 독학의 고루함을 근심하여 부친
의 벗이었던 매천에게 찾아가 古詩文을 공부하였다. 매천은 景詔라는
字를 내리고 <權日瑞改字景詔說>을 지어주며 격려하였다.

권봉수는 매천의 유지를 받고 壺陽學校를 세우는 데 조력하고 한문
교사로 재직하면서 후생들에게 민족정신을 가르쳤다. 1910년 한일합방
때 매천이 비분을 참지 못하고 음독자결하자, 그는 스승 매천의 유고

---

74) 오병희, <雲山詩契序>, 앞의 책 참고.

간행과 스승의 유지를 계승하는 것을 자신의 사명으로 삼았다. 그래서
1911년 정월에 매천의 아우 황원과 박창현, 왕수환 등과 함께 의논을
한 후 중국 망명객 김택영에게 서신을 보내 매천의 遺稿 간행 문제를
협의하였다. 그리고 영호남의 여러 인사들에게 통문을 보내 간행비를
기부 받고, 1911년 말에 上海 翰墨林書局에서 『梅泉集』을 간행하게 되
었다. 이후 1913년 『梅泉續集』을 역시 상해에서 간행하였다. 또 그는
김택영이 추진한 『燕巖集』 간행을 돕기도 하였다. 이에 김택영은 상해
에서 시를 보내와 돈독한 우의를 표하였다.

芝川川上一茅菴   지천 냇가에 한 초가
日夕書聲出竹林   밤낮으로 글 읽는 소리 대숲에서 나오네.
爲是昔年遊歷地   이곳은 옛날 노닐던 곳이라서
夢中容易去相尋   꿈속에서 쉽게 찾아간다네.

春柳形軀秋水神   봄버들 같은 몸과 가을물 같은 정신,
文心一片鏡無塵   문심 한 조각 거울처럼 티끌도 없네.
鳳城諸子能知否   봉성의 그대들은 아는가 모르는가
大有梅泉附傳人   梅泉傳에 부합할 사람 여기 있다네.
<寄題權景韶所居芝村書堂>[75]

김택영은 시에서 권봉수의 시문을 높이 평가하고, '無塵'이라 하였
다. 薝園 鄭寅普(1892~1950?)는 그의 시를 평하여 스승의 師法을 훌륭
하게 이었다고 하였다. 그의 시를 살펴보면 근체시를 위주로 하였고, 특
히 陸游의 율시에 대하여 11수의 次韻을 남겼는데, 이는 전적으로 매천
의 영향을 받은 것이다.

한편 그는 전국에서 3,000여 명이 응모한 여수 忠愍祠重修紀念 백일장
에서 3등에 입선하는[76] 등 매천시파에서 가장 시재가 뛰어난 인물로 평가

---

75) 權鳳洙, 『芝村遺稿』 부록, 3면.
76) 『忠愍詩壇 入選詩文及選外芳名錄』(鍾南詩社, 1934), 2쪽.

되기도 한다. 윤종균은 "맑은 시가 대숲 바람 따라 절로 일어나네."[77]라고
하였으며, 그의 동생 권홍수는 "시문은 自得한 바가 있는데, 雅健·淸
絶·風流·澹遠하고, 登臨·山水·遺興을 좋아하였고, 아울러 상전벽
해의 慷慨한 心懷를 吟詠에다 붙이었다."[78]라고 평하였다. 그의 시에
관하여는 4장에서 자세하게 논하기로 한다.

8) 王京煥(1873~1943)

자는 文良 또는 日則, 호는 玉泉, 본관은 개성으로 왕수환의 동생이
다. 그는 1897년을 전후로 하여 구안실에서 공부하였다.[79] 매천의 문인
가운데 유일하게 독실한 불교 신자로 아무리 미물이라도 평생 살생을
하지 않았으며, 언제나 새벽이면 일찍 일어나 금강경을 즐겨 외었다고
한다.[80] 그는 일제 강점기가 시작되자 전국의 사찰을 순례하였고 산수
를 찾아 노닐기를 좋아했다.

> 短小如君出郡豪　그대처럼 키는 작아도 고을 호걸보다 뛰어났으니
> 却看妻子卽鴻毛　문득 처자 보기를 鴻毛처럼 하였다네.
> 風塵不到金仙座　세상 풍진이 부처님 자리에 이르지 않으니
> 自是幽人象外高　바로 幽人이 物外에서 높겠네.
> <歲暮懷人 － 王玉泉京煥>[81]

구안실 선배 윤종균이 1915년 세모에 유람하고 있는 옥천을 생각하

---

77) "淸詩自發竹間風."(尹鍾均, <歲暮贈芝村>, 『지촌유고』 附錄, 3면)

78) "詩文旣有所自, 雅健·淸絶·風流·淡遠·登臨山水遺興, 而并洩滄桑慷慨之
懷于吟詠."(權鴻洙, <芝村行錄>, 『지촌유고』 부록, 7면)

79) 王京煥, <慵齋集感想記> 참조.

80) 秦東赫, 『抗日鬪爭家 王在一의 生涯와 思想(附 왕재일의 관련자료집)』(동현
출판사, 1995), 78쪽 참조.

81) 『西堂詩集』 권1.

며 쓴 작품이다. 형 雲樵처럼 키가 작고 뚱뚱하였지만 마음이 시재가 뛰어나고 호걸다운 기질을 지니고 있었던 듯싶다. 그는 일제 강점기가 시작되자 실의에 빠져 7, 8년간 전국 사찰을 순례하며, 시승들과 창수하였다. 육교시사의 주요 일원이었던 南坡 成蕙永(1845~1912)은 옥천을 만난 소감을 매천에게 다음과 같이 피력하였다.

> 여기 온 젊은이는 바로 연전 차동 안씨의 문밖에서 아쉽게 작별할 즈음 잠깐 상면하여 왕사각 친구의 둘째아들임을 알았는데, 그 용모 범백이 노련한 사람을 닮았고, 얼굴은 문장을 잘하는 것 같아 마음으로 감탄하였습니다. 이제 뜻밖에 10년 전 봉성 노인들의 요사이 소식을 자세히 들었습니다. 또 이틀 밤을 자면서 토론해 보니 또한 드물게 있는 기특한 친구요, 족히 내 평생에 받은 위안이라 하겠습니다.[82]

1901년 七義閣을 重修하면서 매천이 <七義閣原韻>을 부탁한 데 대한 남파의 답장이다. 이 때가 옥천의 29세 무렵인데, 옥천의 지적 능력이나 시재를 높이 평가하고 있다. 권홍수는 그의 만시에서 "왕유의 비릿함을 떨쳐버리고 가도의 사부를 익혔다."[83]라고 하여 가도의 시를 따랐다고 하였다.

왕경환은 일제가 쓰는 연호를 쓰지 않고 반드시 단군의 연호를 썼다. <慵齋集感想記>의 간지와 서명도 '天祖紀元 四千二百五十九年 火虎 重陽之辰 友人王文揚京換 謹撰'라고 하여 강한 주체 의식을 드러냈음을 알 수 있다. 그는 1933년 충무공 사당 건립을 기념하는 여수 忠愍詩壇 詩會에 응모하여 전국에서 모인 3,000여 편 가운데 4등에 입상할 정도로 뛰어난 시재를 지녔다.[84]

---

82) 성혜영, <答梅泉書>,『문묵췌편』상, 113쪽.
83) "摩詰腥童斷, 浪仙詞賦工."(權鴻洙, <哭王玉泉>,『석하우존』)
84) 『忠愍詩壇 入選詩文及選外芳名錄』, 2쪽. 다음은 <麗水忠民祠詩壇應募作>이다.
　　大義堂堂忠愍祠　　大義도 당당하구나 충민사여!

그는 漢詩人이었다. 구례 절골의 彰明義塾에서 한문을 가르쳤지만 한글을 유난히 사랑하였다. 어려운 살림 속에서도 그의 장남 在一을 光州에 보내 학교를 다니게 하였다. 王在一은 광주학생운동의 주역 가운데 한 사람이었다.

> 글은 국문이 제일이다. 말도 국문으로 민드러 써고 글고 국문으로 민드러 써 보아라. 국문은 참 조흔 글이다. 세게에 펜흐고 못흘 말이 업느니라. 그러흐니 국문이 조티 아니흐냐. 참 우리 국문이 세게예 가히 자룽흘 만한 글인디라 그런고로 세게예도 그리 인정흔다 흔단다. 그러므로 우리나라 사람은 우리나라 글을 배와야 흔다. 우리나라 사람은 우리 글을 익히는 것이 당연흔 의무이다. 만일 우리나라 사람으로 우리나라 글을 아디 못흐면 딕단한 수치이다. 가히 문명한 나라 사람을 딕하지 못할 것이니라.[85]

아들 재일에게 보낸 편지에서 국문의 우수성을 역설하였다. 또 국문 가사체 <히를 익기느 노릭>를 짓기도 하였다. 매천시파 가운데서 유일하게 국문을 예찬한 인사이다.

9) 權鴻洙(1882~1972)

자는 漢擧, 호는 石荷, 본관은 안동으로 권봉수의 동생이다. 매천과 왕수환 등에게 수학하였다. 석하는 5살 때 부친을 여의었기 때문에 형

砂風涕淚讀殘碑　모래바람에 눈물 흘리며 殘碑를 읽는다.
汾陽起廢人爭賀　汾陽(郭子儀)이 起廢하니 사람들은 다투어 하례하였고
樂毅罹讒世共悲　樂毅가 참소 받으니 세상이 다 슬퍼하였네.
獜閣殊勳千載仰　기린각 세우신 공훈 천 년 숭앙할 일이요
龜船創造萬邦知　거북선 만드신 일 온 세상이 다 아는데,
却憐無物堪修敬　도리어 修敬할 것 없음이 애석하구나.
權把荒詞替享儀　權令 거친 말로 향사의절을 폐하였나니.

85) 진동혁, 앞의 책, 77쪽.

권봉수의 보살핌을 받고 자랐으며, 평생 우애가 남달랐다.

매월음사와 봉성시사, 난죽사, 일청헌시사의 창립 회원이며, 특히 매월음사와 난죽사를 광복 이후까지 이끌었다. 그는 현재의 매천사를 건립하는 데도 중추적인 역할을 하였으며, 광복 후 매천의 현창 사업과 추모 행사를 주도하는 등 매천의 文章 節義 정신을 가장 충실하게 전승한 최후의 門人이라는 점에서 매우 중요한 인물이다. 또한 그는 매천의 詩脈을 이은 마지막 인물이었다.

주요한 사건이 있을 때마다 시로 남겼기 때문에 그의 문집 『石荷偶存』은 살아 있는 구례의 문인들의 역사서였다고 해도 과언이 아니다. 또한 그는 매천시파 성원들과 구례의 시인들에 대한 수시와 만시를 빼놓지 않았기 때문에 시인들의 생몰연대를 정확하게 알 수 있다.

특히 그의 문집에는 <放光學校創建顚末記>가 있어 이 학교의 전신인 방광학교의 전말을 알 수 있다.

2. 梅泉詩派의 관련 人脈

매천시파와 깊은 유대를 가지고 시파에 직간접으로 영향을 미치거나 대외에 소개한 인사들은 많다. 우선 郡內에서는 柳濟陽과 王師瓚과 李沂가 있으며, 영남의 韋庵 張志淵(1864~1921), 深齋 曺兢燮 (1873~1933), 俛宇 郭鍾錫(1846~1919), 전북의 石亭 李定稷(1841~1910), 충청도의 壺山 朴文鎬(1846~1918), 兼山 白樂倫(1850~1921), 서울의 茂亭 鄭萬朝(1858~1936), 耕齋 李建昇(1858~1924), 蘭谷 李建芳과 詹園 鄭寅普, 개성의 滄江 金澤榮과 敬菴 王性淳(1869~1923), 공주의 兼山 白樂倫 등이 그들이다. 또 인근 하동에는 南坡 成蕙永(1845~1912)이 있었다. 이들 가운데는 스승 매천과의 관계, 다시 말하자면 매천의 영향 속에서 사귐을 가졌던 인물들이 대부분이다. 매천의 생전에는 매천과 동행하면서 관계를 가졌고, 매천이 순국했을 당시에는『매천집』발간을 끈으로 서신을 주고받으며 더욱 밀접한 관계를 유지하였다. 이후 그들은 일제 강점기에서 서로를 위로하고 격려하고 추모하며 평생지기로서 직간접으로 영향을 주고받았다. 이 가운데 특히 지속적으로 관계를 맺으면서 매천시파의 문학 활동에 가장 많은 영향을 끼친 인물들로는 유제양, 이정직, 왕사찬, 그리고 김택영을 들 수 있다.

1) 柳濟陽(1846~1922)

자는 洛中, 호는 蘭樹·雙峰·岸船·二山·放翁, 본관은 文化이며, 雲鳥樓 5대 주인이다. 유제양은 6살에 부친을 여의고 季父의 보살핌 아래에서 일찍부터 글공부를 시작하였다. 10대에『孝經』·『史記』·『四書』등을 읽었고, 漢·魏·唐·宋의 여러 대가들의 시를 보며 근체시를 익혔다.

당시 구례에는 뛰어난 문인들이 많았는데, 왕석보·사각·사천·사찬 4부자와 매천 등이 그들이다. 유제양은 이들과 일찍부터 師友關係로 교제하였다. 특히 매천과 왕사찬 등과 어울리며 1900년에 '南湖雅集'이라는 시회를 결성하기도 하였다. 그의 일기를 보면 곳곳에 매천 사후에도 10여 년간 수시로 생시처럼 꿈에 나타나 함께 시문을 읊기도 하고 시를 논하기도 하였다고 함으로써 이들의 교유가 얼마나 깊었는지를 짐작할 수 있다.

그는 든든한 재력과 시적 재능, 넉넉한 마음 등으로 많은 사람을 모으고, 또 시사를 조직하여 좌장으로서 지위를 지켜나갔다. 24세(1869) 되던 해에는 덕은천 상류에서 집안사람들을 중심으로 시회를 조직하였으며, 이듬해에는 왕사각 등과 함께 10여 명이 '一器會'라는 시회를 조직하여 상당 기간 활동하였다. 모인 사람들이 각각 하나의 그릇을 챙겨서 밥을 먹거나 혹은 술을 마시거나 혹은 어육과 나물을 먹었기 때문에

붙여진 이름이다. 또 왕사각의 문집에도 一器會와 관련된 기록이 두 해
에 걸쳐 시와 함께 보인다.[86] 이 모임은 5월과 6월경에 수년간 지속되
었던 것이다. 한편 유제양의 일기에 의하면 1920년에도 일기회 시회를
가졌다고 기록하였다. 1978년 김택영이 지리산 일대를 유람했을 때, 유
제양은 그와 함께 수창하고 자신의 시집인 『雙峰詩集』의 서문을 받기
도 하였으며, 김택영이 중국 淮南으로 망명한 후에도 서신으로 교류를
계속하였다. 또한 成蕙永과도 평생 詩友로 지냈다.

그는 평생 시에 전력하면서 만여 首를 남겼다고 한다.[87] 매천은
<歲暮懷人諸作>에서 다음과 같이 읊었다.

門內雙白鶴	문 안에는 한 쌍의 백학이 있고
門外兩行柳	문 밖에는 두 줄기 버드나무가 있네.
抱郭溪如練	둘레를 에워싼 개울은 비단결과 같고
屐痕明沙厚	나막신 자국은 밝은 모래 위에 뚜렷하네.
應有往來人	마땅히 오가는 사람이 있어서
日看塘心藕	매일 연못 가운데의 연꽃을 쳐다보네.
借問人如何	물어보자 남들은 어떠한지?
惱悶催皓首	괴로운 속에서 백발만 재촉한다네.
常尋有花園	항상 찾을 꽃밭이 있고
不飮無客酒	언제나 마실 客酒가 있네.
唐詩寫小本	唐詩를 작은 책자에 베껴놓고
一篇長在手	한 책이 언제나 손안에 있네.
滿壁佳山水	사방 벽에는 좋은 산수화가 있어서
臥游終吾壽	누워서 유람하며 생애를 마치려고 하네.
我每見之驚	나는 매번 이것을 보고 놀라서
問否於古有	옛날에도 이런 일이 있었나를 물어보네.
<柳二山濟陽>[88]	

---

86) 王師覺, 앞의 책, 元.
87) <雙峰詩稿序>, 『매천전집』 권4, 22쪽 참조.
88) 황현, 앞의 책, 243쪽.

이 시에서 구례의 대표적 지주로서의 유제양의 여유로운 생활과 시
에 대한 열정을 볼 수 있다. 또 唐詩를 애독하였고, 방 안에 산수화를
걸어놓고 즐겼음을 알 수 있다. 그는 근체시에 전력하였고, 그 가운데
唐風에 주력하였다. 그 내용은 다양한데, 時事에 대한 悲憤한 것도 적지
않다.

윤종균은 "琴書로는 陶元亮(陶潛)을 부끄러워하지 않았고, 산골에서
누가 謝幼輿(東晉의 謝鯤)와 다투었을까."[89]라고 하였다. 윤종균의 말대
로 유제양은 전원·산수시를 많이 남겼다. 때로는 친구들과 산천을 주유
하며 자연을 노래하고, 때로는 혼자 누정에 올라 강물과 안개 낀 들녘
을 읊기도 하였다.

> 頓覺寒衣重　　　문득 찬 옷에서 무거움이 느껴지고
> 滿窓山影碧　　　창에 가득한 산 그림자 푸르네.
> 披衣坐兀然　　　옷 걸치고 우뚝이 앉아서
> 獨看明月夕　　　홀로 밝은 달을 바라보네.
> 　<月夕>[90]·1876

한적한 가을 달밤의 정경을 담담하게 그렸다. 시인은 밤늦도록 잠을
이루지 못하고 있었던 듯하다. 창문을 보니 달이 기운 듯 산 그림자가
기울었다. 아직 밖은 차가운 듯 옷을 걸치고 달이 지는 것을 바라보고
있다. 시에 그려진 모습은 무념무상의 경지이다. 시인은 독자에게 시의
이면에 그려진 많은 것을 음미하도록 배려하고 있다.

> 磎回一徑幽　　　개울 돌아 한 오솔길이 깊은데
> 久立看松樹　　　소나무를 오래도록 서서 바라보네.

---

89) "琴書不愧陶元亮, 邱壑誰爭謝幼輿."(윤종균, <哭柳二山>, 『유당시집』 권3,
　8면)
90) 유제양, 『二山詩稿』.

衣髮頓生凉　　　　옷과 머리털에 문득 서늘함이 이니
天風吹宿露　　　　바람이 맺힌 이슬을 불어가네.
<誦小川過溪上村>[91]·1911

　그의 일기에는 3월 2일에 써서 왕사찬에게 보낸 것으로 되어 있다.
晩春을 맞아 구불구불한 개울 따라 오솔길을 산책한다. 길 한 쪽은 개
울이고 길 따라서 우거진 소나무들이 보기만 하여도 눈을 시원하게 한
다. 오래도록 서서 완상하다 보니 어느새 서늘하기까지 하다. 이 작품에
서도 시인은 아무런 작위적인 행동을 보이지 않는다. 시상의 전개가 물
흐르듯이 아주 자연스럽다.

　김택영은 이 두 편의 시를 읽고 "나도 모르게 朗然히 한 번 읊어보
니 음률이 鏘鏘하다. 뒷날 구례 인사 가운데『耆舊集』을 편찬할 사람이
있다면, 취할 것은 반드시 이런 시일 것이다."[92]라고 극찬하였다.

　유제양은 시문집 외에도 일기『是言』(1851~1922)을 남겼는데, 그의
손자 柳瑩業의 일기『記語』(1898~1936)와 함께 당시 농촌의 생활상 연
구뿐만 아니라, 당시 창수하였던 사람과 시적 정황을 상세하게 그리고
있어 시를 이해하는 데 중요한 자료로 평가된다.

　유제양은 매천시파와는 매우 밀접하게 연결되어 있다. 우선 매천은
왕사찬과 함께 그가 가장 절친하게 여겼던 벗이다. 황원은 친구 매천의
동생이며, 허규는 손아래 처남이며, 이병호는 친구의 아들이자 사돈이
고, 왕수환·경환 형제는 친구 왕사찬의 조카이다. 그리고 정난수와 윤
종균은 그의 집에서 훈장 노릇을 하였고, 황암현은 매천의 아들이자 손
자 유형업의 친한 벗이며, 오병희는 처사촌매제이다. 또 딸의 외손녀가
권봉수의 며느리다.

---

91) 앞의 책.
92) "不覺殷然 一咏曰, 鏘鏘哉. 他日求禮人士, 有編耆舊集者, 所取其必在此乎."
　　(金澤榮, <二山詩稿序>, 『二山詩稿』권2)

이처럼 유제양과 매천시파 간에는 끈끈한 인맥 관계가 형성되어 있었다. 따라서 매천시파는 수시로 운조루를 방문하여 시문을 읊고, 시사에 관한 이야기를 나누며, 스승 매천을 추모하는 일을 함께 도모하였던 것이다. 유제양 또한 자주 이들을 찾아가 밤새 술잔을 기울이며 시를 논하고 창수하였다. 운조루 唱酬 작품들의 예를 들면 다음과 같다. <與小川厚春 聯笻訪二山·1898>, <歸路, 偕海鶴小川宿二山庄·1898>, <中庚日, 携小川訪二山, 議禊事, 會者凡八人·1900>, <訪二山口呼·1901>(이상 매천), <次二山足間亭元韻>, <復用足間亭韻寄二山>, <美洞訪柳二山>, <春夜西樓>(왕사찬), <翌日 二山西樓有懷渡江諸君·1915>, <西樓晩興 六言四首 奉酬二山·1916>, <重過 柳二山西樓·1919>, <送尹海亭準 遊鷲山寺 轉向二山西樓 二首·1920>(이상 윤종균), <二山樓與諸友同醉>(김규태), <同雲樵宿五美洞二山丈人宅>(권봉수), <西樓夜酌>(이병호), <二山樓送同社諸益>, <二山樓夜話>(왕수환), <昨秋與王文陽 宿二山庄作此詩追後思之·1904>, <二山樓小酌>, <宿二山廬·1921>·<二山書樓>(이상 황원), <與梅泉宿二山庄>, <與梅泉宿二山精舍>, <柳五石子得西樓小酌>(오병희) 등을 들 수 있는데, 이외에도 유제양의 일기를 보면 많은 시인 묵객들이 운조루에 들러 밤새 시를 논하고 또 시를 지었다. 말하자면, 운조루는 시인 묵객들의 쉼터요, 作詩의 중요한 공간이었다.93)

五石 柳瑩業(1886~1944)도 조부 二山의 뒤를 이어 뛰어난 詩才로 용호정시계, 봉성시사, 난죽사, 타불천음사, 호양음사에 관여하며 매천시파와는 아주 긴밀한 관계를 유지하며 문학 활동을 하였다. 일기에 거의 매일 시를 쓴 것으로 기록되어 있어 그가 왕성한 창작력을 소유한 사람이었다는 것을 짐작할 수 있다.

---

93) 운조루 문학 또한 연구의 가치가 충분하다. 필자는 「二山 柳濟陽의 漢詩 고찰」(호남한문학연구소 학술발표회, 전남대학교박물관, 2004. 6)이라는 제목으로 주제발표를 한 바 있다.

2) 李定稷(1841~1910)

전북 金堤에서 출생하여 방대한 시문을 남긴 문장가로, 中國 燕京에
가 견문을 넓히고 돌아와 한 때 全州에서 의약에 종사하기도 했다. 재
주가 비상하여 性理· 詩文 이외에도 筆法·陰陽·卜筮·醫藥·星歷·
律呂·算數·名物·器數·圖畵 등에도 조예가 깊었다.

石亭은 호남권에서는 매천, 해학과 함께 '湖南三傑'로 일컬어진다.
그에 대한 연구는 최근 성리학 및 실학 분야에서 연구되고 있으며,[94]
문학 방면에서도 연구를 시작하고 있다.[95]

『연석산방시고』에 실려 있는 이정직의 시는 동학농민운동 이후의
집필한 원고이다. 1894년 그가 전주에 기거하고 있을 적에 동학군에 의
해 그의 집이 불탔는데, 이 때 해학 이기의 시문집과 더불어 그의 시문
집 또한 함께 소실되어 버렸다. 7, 8세부터 시를 짓기 시작하였다고 하
고 54세에 이르기까지 지은 시가 소실되었으니, 이후 남은 작품만을 대
상으로 그의 시의 경향을 논한다는 것은 무리가 따를 수도 있다. 이러
한 한계를 인식하면서도 그의 시의 면모를 살펴보면 몇 가지 특징이 나

---

94) 박종홍, 「이정직의 칸트 연구」, 『박종홍전집』Ⅴ, 형설출판사, 1990.
　　오종일, 「實學思想의 근대적 轉移-石定 李定稷의 경우」, 『한국학보』제35
　　집, 일지사, 1984.
　　노평규, 「이정직의 실학사상에 대한 연구」, 『다산학보』제8집, 한국유교학
　　회, 1986 ; 「이정직의 유학사상에 관한 연구」, 『釋山韓鍾萬華甲紀念 韓國思
　　想史』, 원광대출판국, 1991.
95) 金泰善, 『이정직 시문학의 연구』, 고려대학교 교육대학원 석사학위논문, 1995.
　　구사회, 「이정직의 문장의식과 문예론적 특질」, 『국어국문학』제136집, 국
　　어국문학회, 2004. 5 ; 「石亭 李定稷 文論에 관한 研究」, 『韓國言語文學』제
　　52집, 한국언어문학회, 2004. 6 ; 「石亭 李定稷의 論書詩와 文藝論的 特質」,
　　『漢文學報』제13집, 우리어문학회, 2005.
　　기태완, 「매천 황현과 이정직의 문학논쟁」, 앞의 책.

타난다. 이정직의 시 가운데는 교유를 통한 작품이 많이 발견된다. 다음
으로는 自然詩, 題畵詩 등을 들 수 있으며 기타 작품도 많이 있다. 무엇
보다 그의 모든 생활은 시로 표현되었다 해도 과언이 아닐 정도다.

『연석산방시고』 이전의 작품들에도 물론 있었겠지만, 1895년과 1897
년 두 차례에 걸친 구례 방문을 통한 매천과 그의 문인들과의 만남은
이후 詩作에서 대단히 크게 작용한다. 당시 교유하였던 인사들의 면면
을 보면 다음과 같다. 왕사찬, 이기, 허규, 이병호, 오병희, 황원, 황암현,
李麟會, 梁在瑩, 朴元甲, 金澤珍, 金永煥, 金聖權 등이다. 이들은 나중에
이정직을 직접 방문하거나, 서찰을 통하여 시문 및 경학에 대하여 질문
을 하며 이정직과 깊은 교류를 맺게 된다. 다음 작품은 그가 1차 구례
방문 후 소감을 쓴 <錦城峙店 走筆看黃梅泉>[96]이다.

> 鳳城年少使人驚　　구례의 젊은이들 사람을 놀라게 하고
> 開口鏗鏘有異聲　　입을 열면 쩌렁쩌렁 특이한 소리 발하네.
> 方丈白雲淸嵐氣　　방장산 흰구름 맑은 기운이
> 并來此處發文明　　모두 와서 이곳에서 문명을 열었네.
> <錦城峙店 走筆看黃梅泉 · 2>

이정직이 구례를 방문한 목적은 매천과 李沂, 그리고 許奎를 만나기
위해서였다. 그런데 마침 매천은 喪中이었다. 이기, 왕사찬, 그리고 이
들의 문인들이 함께 하였으니 화엄사에 함께 간 무리들은 수십 명에 이
르렀다고 했다. 그리고 함께 시를 지었으니, 詩鄕 구례의 면모를 보고
놀라움을 금치 못하였던 것이다.

> 鷄足山中王小川　　계족산 속에 사는 왕사찬
> 縱橫風韻出天然　　종횡으로 피어나는 풍운이 참으로 자연스럽네.
> 劍南詩格人人道　　검남시의 풍격이라고 사람마다 말을 하니

---

96) 李定稷, 『石亭李定稷遺稿』Ⅲ, 123쪽. 이하 『석정이정직유고』로 표기함.

始見今賢配昔賢　　　지금 현인과 옛 현인이 짝지음을 이제야 보겠네.
<위의 시·3>

뿐만 아니라 매천, 왕사찬과 시문을 논하고 함께 창수하면서 또 한 사람의 시우를 만난 것에 대해 감탄하였다.

不將天性讓前賢　　　천성이 前賢들에게 지지 않아
妙透門來玄又玄　　　묘한 시 세계 경지에 이르니 오묘하고도 오묘할세.
我與伯曾虛老大　　　나는 伯曾(李沂)과 헛되게 늙었을 뿐인데,
江南獨有黃梅泉　　　강남에는 홀로 황매천이 있네.
<위의 시·4>

무엇보다 이정직은 매천을 만나 대화하고 매천의 시문을 읽은 뒤로부터 매천을 더욱 사랑하게 되었다. 둘은 서로의 시론을 놓고 격렬하게 논의를 하기도 하면서도 우의를 다지며 평생지기가 되었다.

訪我他時到碧城　　　나를 만나러 다음에 벽성에 온다면
慇勤說到此時情　　　근근하게 오늘의 정 이야기 하리.
名齊不計年多少　　　이름은 나란히 하고 나이 많고 적음 따지지 않으니
惟願詩成把臂行　　　시가 완성되어 어깨를 나란히 하고 싶을 뿐이라네.

歧路當前且內何　　　갈림길이 닥쳐왔으니 어찌할거나
留連歡笑轉成俄　　　멈칫멈칫 웃으며 이야기하나 어느덧 잠깐이로다.
情知一宿情難磬　　　하룻밤 함께 잔다 해도 아쉬운 정 다할 수 있으리
到處分時輈稍多　　　정녕 헤어질 시간은 그래도 조금은 남았네.
<李白村依倚不忍別 隨余至錦城峙店 同宿翌日以絶句二首送之>[97]

이병호가 山東까지 동행하며, 하룻밤을 산동에서 함께 묵고 헤어짐을 아쉬워하므로, 이정직 또한 후학을 사랑하는 마음을 은근하게 담았

---

97) 앞의 책, 125쪽.

다. 이후 이병호는 김제를 몇 차례 방문하여 가르침을 받았다.

　1897년 작품도 이와 유사한 면모를 보여준다. 앞에서 밝혔듯이 이정
직의 두 차례 구례 방문은 이정직에게나 구례 문인들에게나 상당히 큰
의미를 가지게 된다. 구례 방문시 읊은 시문의 필사본이 지금도 구례에
서 종종 발견된다. 『석정이정직유고』Ⅲ에도 이들의 작품이 함께 실려
있다.98)

　1차 방문 이후 매천과 이정직 두 사람은 수창과 서신 등을 통하여
수년에 걸쳐 시문에 관한 논쟁을 벌였다. 쟁점은 性情論과 法古論, 杜詩
의 칠율에 관한 인식 등이었다. 매천은 시문에 있어서 독창성을 강조하
고 性情論을 주장하며, "어떤 특정인의 문을 배우는 것은 불필요하고,
오로지 가슴속의 말하고 싶은 바를 토해내어 글로 써내야 합니다. 참됨
이 쌓이고 힘이 오래되면 절로 법에 합치될 것입니다. 그렇지 못하다면,
마땅히 나의 재능 없음을 탓해야 하고, 나의 법 없음을 탓하는 것은 부
당하다."99)라고 하였다. 그래서 法古論을 주장하는 이정직을 다음과 같
이 질타하였다. "지금 足下는 첫째는 大家요, 둘째는 古法이라 말하면
서, 현재의 李石定은 알지 못한 채 머리를 내두르고 발을 굴리면서, 반
드시 천 년의 위아래를 널리 찾으면서 누구의 가면인지도 모르는 것을
힘써 쓰려고 합니다. 그것은 또한 미혹하다 하겠습니다."100)

---

98) 제1차 구례 방문시 이정직과 구례 인사들과의 창수시문이 『석정이정직유고』
　　Ⅲ, 111~125쪽에 수록되어 있다. 그런데 번역 편집하는 과정에서 15편의
　　작품이 이정직의 것으로 잘못되어 있다. 뿐만 아니라 각자의 작품을 쓴 사
　　람의 성명과 특성을 작품 제목으로 하여 혼란을 가져왔다. 필자는, 왕사찬
　　의 『小川漫稿』와 허규의 『卯園詩抄』, 오병희의 『翠軒遺稿』, 李沂의 『海鶴遺
　　書』 등에 실린 이들의 작품과 운자를 확인한 결과 이정직의 작품이 아니라
　　는 것을 확인하였다. 이 때 방문기는 『석정이정직유고』Ⅳ에 상세하게 기술
　　되어 있다.
99) "不必要學某文, 惟吐胸中之所言者而書之, 眞積力久, 自合諸法, 不者, 是當咎
　　吾無才, 不當咎吾無法也."(<答盧誠之普鉉>, 『매천전집』 권3, 473쪽)

한편 이정직은 법고론을 주장하며 "법을 추구하면서 재능이 미치지 못하는 자는 있지만, 법을 추구하지 않으면서 재능을 다하는 자는 없다. 옛것을 추구하면서 공교하지 못하는 자는 있지만, 옛것을 추구하지 않으면서 공교함에 도달하는 자는 없다."101)라고 하였다. 그는 明 七子의 擬古主義와 袁宏道(1568~1610) 등의 性情說을 둘 다 비판하여 "明나라 嘉靖·隆慶 연간에 시문은 擬古에 주력하였는데, 끝내 폐단이 되었다. 識者들은 성정의 참됨이 아니라고 비난하였다. 이로부터 性情之說이 또한 세상에 몹시 유행하게 되었다. 그런데 그 실패는 도리어 의고보다도 심함이 있다. 지금토록 일어나서 그것을 바로 잡을 사람이 없다."102)라고 하였다. 나아가 淸初의 汪琬이 법고론을 주장하였던 말 "前賢이 古人에게서 배운 것은 그 스승을 배운 것이 아니고, 그 開闔·呼應·操縱·頓挫의 法을 배워서 변화를 가한 것이다."라고 하고, "공자가 말씀하시길 '말이 문채 나지 않으면 멀리 행하지 못한다.'라고 하였다.103) "대저 篇法이 있고, 또 字句의 법이 있다. 이는 곧 그 말에 문채를 내는 것인데, 비록 성인일지라도 오히려 이를 취할 것이다."104) 등에 대하여, "탁월하도다, 선생의 말씀이여! 문장을 짓는 법에 더 이상 보탤 것이 없다."105)라고 극찬하며 동조하였다.

---

100) "今足下, 一則曰大家, 二則曰法古, 不知現在之爲李石亭, 而搶頭頓足, 必欲廣索天歲上下, 所不知何人之假面, 而力戴之, 其亦可謂惑矣."(<答李石亭書>, 『매천집』 권6, 4면)

101) "法而不才者有, 未有不法而充其才也, 古而未工者有, 未有不古而造於工也."(『석정이정직유고』 II, 123쪽)

102) "明嘉隆間, 詩文力主擬古, 遂以成弊. 識者譏以爲非性情之眞. 自是性情之說, 又大行于世, 其失反有甚於擬古. 迄于今, 無起而矯之者."(『석정이정직유고』 III, 382쪽)

103) "又曰, 前賢之學於音人者, 非學其師也, 學其關闔·呼應·操縱·頓挫之法, 加變化焉. 又曰, 孔子曰, 言之不文, 行之遠."(『석정이정직유고』 I, 276쪽)

104) "夫有篇法, 又有字句之法. 此卽其言而文者也. 雖聖人, 猶取之."(앞의 쪽)

105) "旨矣哉, 先生之言乎! 爲文之法, 蔑如有加."(앞의 쪽)

杜詩에 대한 두 사람의 견해는 몹시 상반되었는데, 매천은 "두시에 대해서 말하자면 古體가 으뜸이고 오언율시가 다음이요, 또 칠언・오언 절구는 그 다음이다. 칠언율시에 있어서는 왕왕 橫厲恣肆하고 險嶇粗拙하여 진실로 常法으로 삼을 수 없는 것이 있다."106)라고 하였고, 이정직은 "두보의 칠언율은 集大成"107)이라고 하였다. 매천과 이정직의 논쟁인 성정론, 법고론, 杜詩에 대한 인식 등은 당대의 문학풍토의 한 단면을 여실하게 보여준 문학사적으로 특기할 만한 사건이다.108) 이러한 대가들의 문학 논쟁은 매천시파뿐만 아니라 왕사찬에게도 영향을 미쳤다.

이후 허규와 고용주, 이병호, 황원 등은 전북 김제로 이정직을 직접 찾아가거나 서신 왕래를 통하여 문학이론을 전수받았다. 또 1901년 이정직의 회갑연에는 이병호와 황원이 매천시파의 獻壽詩를 모아 김제를 방문하였고, 함께 창수하기도 하였다.

3) 王師瓚(1846~1912)

자는 贊之, 호는 小川, 본관은 개성이다. 왕석보의 셋째 아들로, 왕씨 문중에서 가장 뛰어난 시인이었다. 왕사찬은 한 차례 과거에 응하였으나 낙방하고서 문척면 토금에서 후학의 교육에만 전념하였다. 1908년 무렵에는 곡성군 죽곡면 오지리 梨亭 마을 서당에 가 있기도 하였다. 이 때 쓴 시집으로 『梨亭集』(전사교정본)이 남아 있다.

매천은 왕사찬을 평하여, 영남 우도의 南坡 成蕙永, 호남 우도의 石亭

---

106) "就言乎杜, 則古體上也, 五律次也, 七五絶又其次也. 若七言律, 則往往橫厲恣肆, 險嶇粗拙, 實有不可以爲常法者."(<小川詩稿序>,『매천전집』권2, 44쪽)

107) "杜甫七言律, 集大成也."(<海鶴詩文集序>,『석정이정직유고』II, 135쪽)

108) 기태완,「梅泉 黃玹과 石亭 李定稷의 文學 論爭」,『漢文學報』제13집, 우리어문학회, 2005. 12 참조.

李定稷과 함께 남방의 삼대 시인으로 꼽았다. 그의 장조카 王粹煥은 왕
사찬의 시를 "공의 시는 唐人의 평담한 체를 종주로 삼고 때때로 陸游의
문호를 출입하였는데, 우리 고향에서 매천 황현공과 齊名하였다."[109]라
고 하였다. 매천은 왕사찬의 시를 다음과 같이 평하였다.

> 小川 노인이 시를 공부한 지 40년인데, 하나하나 唐詩를 본뜬 적이
> 없지만 그 才性이 때로는 唐人과 가까웠다. 그가 唐詩를 논할 때는 李義
> 山(商隱)을 가슴속에 간직하여 이르기를 "그 시어는 정밀하고 뜻이 깊어
> 서 中唐과 晚唐 때의 여러 사람에게는 없는 바이다."라고 하였다. 그리고
> 스스로 시를 지을 때는 優游하고 倡歎하여 어렴풋이 元和와 長庚 시대의
> 시풍을 얻은 바 있다. 대개 자기 뜻에 따라 말을 만들고 어느 특정한 詩
> 家를 닮으려고 하지 않았기 때문에 詩情이 이른 곳에서 민첩하고 자연스
> 러웠다.[110]

왕사찬의 시를 원화와 장경 연간의 元稹과 白居易의 시풍이 있다고
평하였다. 그는 뒤이어 "우리들 선배 중에 근체시를 잘한다고 일컬어지
는 이가 혹 있지만, 옛것을 본받은 것으로 추대될 만한 사람은 소천이
있을 뿐"[111]이라 하고, 또 "소천이 죽은 뒤에 가히 백 년을 전할 것이
다."[112]라고 극찬하였다.

왕사찬은 매천보다는 9세 연상이지만 忘年之友로 지냈다. 매번 함께
시문을 논하고 함께 운조루에 갈 때도 함께하는 가장 친한 벗이었다. 무

---

109) 王粹煥, <叔父小川公行狀>, 『開城家稿』. "公之爲詩 以唐人平淡之體爲宗
　　主, 而時出入于陸務觀之門戶, 在吾鄕 與梅泉黃公玹 齊名焉."
110) "小川老人攻詩, 且四十年, 未嘗規規於唐, 而其才性, 時與唐人近. 其論唐 則
　　最服膺義山, 謂其言精而旨遠, 爲中晚諸子之所無, 而其所自運, 則又自優遊
　　倡歎, 依俙有得於元和長慶之間. 盖隨意命詞, 不求似乎一家, 而神情所到, 脫
　　乎天然."(<小川詩集序>, 『매천전집』 권2, 45쪽)
111) "吾黨之士, 以近體稱上者, 或有矣, 而可推以師古者, 其在小川乎."(앞의 글)
112) "梅泉子嘗曰, 小川詩, 死後可以傳百年."(梁箕煥, <與王粹煥序>, 『문묵췌편』
　　하, 181쪽)

엇보다 매천시파의 구성원 가운데는 왕사찬의 문인들이 많다. 經書나 古體詩를 학습하고 近體詩를 배우고자 하는 제자들에게는 항상 매천의 문하로 보냈던 것이다. 이들 가운데는 高墉柱, 金澤珍, 李相寬 등이 있다.

이정직은 왕사찬의 시는 당시 유행하는 것을 따르지 않아 '近古'라고 하였으며, 다음과 같이 평하였다.

> 오늘날 세상의 시에 솜씨가 있는 자는 한 사람이 아니지만, 내가 홀로 왕사찬뿐이라고 한 것은 대개 왕사찬의 시가 平易하고 醇正하고 典實하기 때문이다. 오직 평이하기에 기이한 솜씨를 추구한 것이 없고, 오직 순정하기에 성급하거나 방자하지 않으며, 전거에 충실하기에 부박한 소리나 지나친 기색이 멀어지게 되었다. 이것이 바로 내가 말하는 近古의 의미이니, 이와 같고서야 시대의 변화를 면할 수가 있다.[113]

왕사찬의 시의 특징을 '近古', '平易', '醇正', '典實'이라 하고, 그의 시재를 높이 평가하였다. 그의 벗 유제양은 일기에서 다음과 같은 일화를 기록하였다.

> 소천이 찾아와 함께 잤다. 그의 시문에 대한 토론은 매우 정밀하고 숙달되었으나, "이제부터는 시를 짓지 않는 게 옳다. 왜냐하면 김택영이 겸산 백낙윤의 시와 이정직의 시를 보고 거의 뽑아주지 않았기 때문이다. 겸산은 자칭 만여 수를 지어 다시는 시를 짓지 않고 싶다 할 정도로 자랑했고, 이정직은 평생 두보시를 지어 다른 사람은 배울 것이 못 된다 할 만큼 긍지가 대단했건만, 창강이 두 사람의 시를 취해 주지 않았으니, 우리 같은 사람의 시야 말할 게 없다."라고 했다.
> 나는 웃으면서 "소천은 왜 이리 겁이 많은가? 창강을 두려워하는가, 겸산과 석정을 무서워하는가? 위 세 사람은 하나의 예로 든 사람이네. 창강이 시에 진일보했다고는 하나 소천 또한 족히 창강에 비견할 수 있으니, 뒤질 게 뭐 있겠는가?"라고 말해주었다.[114]

---

113) "余獨於所川云爾, 蓋小川之詩, 平易耳, 醇正耳, 典實耳. 惟平易也. 無奇巧, 惟醇저也. 不躁肆, 惟典實也. 浮聲溢色, 斯遠焉, 此余所謂近古也, 然後可以勉時邊."(『석정이정직유고』Ⅱ, 130쪽)

유제양이 운조루에 찾아온 왕사찬과 함께 자며 나눈 대화이다. 이 두 사람은 동갑내기로 매천과 함께 가장 절친한 친구이다. 이들은 수시로 함께 모여 자며 시를 논하고 시국을 논하였다. 왕사찬은 소심하고 겸손한 성격을 지녔고, 유제양은 왕사찬의 시재를 높이 평가하고 있음을 알 수 있다.

短策出林外	짧은 지팡이 집고 숲 밖으로 나서니
大江流眼前	큰 강이 눈앞에 흘러가네.
岸花懸照水	언덕의 꽃은 아득히 물에 비추고
山水臥生烟	산수에 누우니 안개가 이네.
野鶴便宜瘦	들의 학은 수척함이 마땅하고
兒牛不聽牽	어린 소는 잡아끄는 소리를 듣지 않네.
情欣相爾汝	정의 즐거움 서로 너 나라고 하니
娓娓欲忘年	즐겁게 나이를 잊고자 하네.

<與李石亭定稷 訪李海鶴沂 途中呼韻>[115]

1895년 3월 매천의 구안실에서 며칠을 묵고, 다시 자신의 집에서 하루를 묵은 이정직과 함께 마산면 냉천의 이기를 찾아가는 도중에 지은 것이다. 중국인 彭國東은 『韓中詩史』에서 "王氏의 昆仲은 모두 詩篇에 능하다. 왕사찬의 '언덕의 꽃은 아득히 물에 비추고, 산수에 누우니 안개가 이네.'와 왕사각의 '인적 없는 대숲 오솔길 눈발이 떨어지고, 종일 사립문은 바람에 절로 열려 있네.'는 모두 당인의 품격이 있어서 郊寒島瘦로도 이것을 넘지 못한다."[116]라고 하며 극찬을 하였다.

---

114) "王小川來 同宿 論詩文破精熟言, 從今不作詩 爲可 可以言之 金滄江澤榮雨霖見 白兼山樂倫詩 與李定稷之詩 太不取. 兼山自言已作萬首詩, 復不欲作詩, 其自誇如此, 石亭平生學杜, 他不足學其自矜如此, 而滄江皆不取兩人之詩, 如吾輩詩不消設. 余笑而嘲, 小川何多劫耶畏滄江乎, 兼山石亭乎, 右三人者一例人, 而滄江似進一二步, 然小川亦足方比滄江, 何遜之有哉耶."(『시언』, 1912년 8월 20일 일기)

115) 王師瓚, 『小川漫稿』; 『開城家稿』 卷4, 24면.

왕사찬의 시는 『小川漫藁』(全3卷)에 1,196首와 『梨亭集』(1卷)에 360 首 등 1,556首가 있다. 왕수환은 왕사찬의 시가 모두 2,000여 수라고 하였는데, 『개성가고』에는 224首만 실려 있다.[117] 왕사찬의 시에 대해서는 추후 연구할 것이다.

4) 金澤榮(1850~1927)

자는 雨霖, 호는 滄江, 본관은 花開로 개성 출신이다. 많은 논문으로 국내에 잘 알려져 있다.[118] 본고에서는 그의 전반적인 행적이나 사상보다는 『매천집』 발간과 이후 매천시파에 미쳤던 영향을 중심으로 간략하게 살펴보고자 한다.

앞서 언급했듯이 김택영은 1878년 지리산 일대를 유람했을 때, 유제양과 창수한 이래 1880년 개성에서 매천을 만났다. 유제양과는 40년 知己로, 매천과는 30년 知己로 사귀었다. 그는 매천의 시에 대하여 "황현

---

116) 彭國東(신호열 역), 『韓中詩史』, 보고사, 1992.

117) "조부(川社)의 시는 1,400首인데 23首만을 취하였고 … 선고(鳳州)의 시는 1,200首 가운데 35首만을 취하였고, 숙부(小川)의 시는 2,000首인데 220首만을 취하였다. (祖考詩, 旣千四百分 而取二十三, 則若可以四十六矣, 先父詩, 亦千二百二, 取三十五, 則若可以取七十矣, 叔父詩, 二千分, 而取二百二十, 則若可取四百矣.)"(王粹煥, <與金滄江書>, 『문묵췌편』 하, 118쪽)

118) 김월성, 「창강 김택영 시가문학의 신운미 연구」, 강원대학교 석사학위논문, 2001.
서일권, 「조선시인 김택영과 중국청조시인 왕사정」, 『崇實語文』 제9집, 崇實語文學會, 1992.
오윤희, 「滄江 金澤榮의 詩文學의 硏究」, 동국대학교 대학원 박사학위논문, 1989.
최혜주, 「창강 김택영 연구」, 『韓國史硏究』 제35집, 한국사연구회, 1981.
현계순, 「澤榮의 社會思想과 歷史認識」, 인하대학교 대학원 박사학위논문, 1993.

의 시는 조선조 5백 년에 있어서 몇 손가락 안에 꼽힌다. 그 十節圖詩
는 더욱 아름다우니, 피맺힌 충성심에서 흘러나온 것이기에 기교를 부
리지 않아도 자연히 잘된 것이리라. 비단옷 위에 양가죽 옷을 더한 것
과 같으므로 비록 어린아이라도 그 아름다움을 알 것이다. 황현은 뛰어
난 문장에 높은 절개를 더하니, 그 빛이 백세에 드리울 것을 어찌 의심
하겠는가?"119)라고 하여 매천의 文章 節義를 극찬하였다.

　　그러나 매천시파와는 일면식도 없었다.120) 그럼에도 불구하고『매천
집』간행을 계기로 書信을 통해 긴밀하게 협조 체제를 구축하였다. 간행
할 당시 選詩부터 세세한 부분까지 연락을 취하였다. 이어『開城家稿』,
『燕巖集』등을 발간하고 판매하는 과정에서 시문이 오가고 평을 하는
등 문학적으로도 매우 긴밀하였다. 또한 이언우의『용재집』,『이산시고』
의 서문, <안선재기>, 박태현의 묘갈명 등을 지었다.

　　매천시파는 김택영을 문학의 선배로서, 또 어른으로서 대하였다. 영
재 이건창은 김택영의 시를 보고 크게 놀라 다른 사람에게 말하기를
"백년 내에 이와 같이 지은 이가 없다."라고 하고, 또 "내가 시를 배운
지 수십 년에 평범하여 족히 장단점을 논할 수 없지만 雨霖 같은 이는

---

119) "論曰玹之詩, 在本朝五百年, 指不幾屈, 而其十圖詩, 尤爲美焉, 豈忠義血性
　　之所流出, 不求工而自工者歟, 加羔裘於錦衣之上, 雖孩提之童, 無不知其美
　　也, 以玹之文章, 而加之以姱節, 其光垂百世, 奚疑焉."(金澤榮, <成均生員黃
　　玹傳>)

120) 왕수환과 권봉수, 박창현이 김택영에게 보낸 서신에, "저희들이 젊었을 때
　　부터 귀로는 선생님의 명성을 많이 들었고, 눈으로는 선생님의 瓊篇佳什을
　　보고 부러워했으니, 이는 곧 평생의 친분이라 하겠습니다. 그런데도 아직
　　뵙지 못했으니, 이는 곧 평생의 유감으로 삼아 매양 한 번 軒屛에 나아가
　　樂君의 韶音을 듣고 荀令의 향기에 젖어들려고 하였으나 구름 탄 학처럼
　　하늘 밖으로 날아갔으니, 더욱 흙 속의 벌레 같이 복이 없음을 탄식합니다.
　　(生等, 自弱冠時, 耳稔先生之姓猷, 眼艶先生之瓊篇佳什, 卽生平之親也, 而猶
　　以未承顔, 爲一生之歎, 每擬一進軒屛, 聆樂君之韶音, 熏荀令之座香, 及夫雲
　　鶴之矯翼天外, 益嘆壤虫之無福矣."(『문묵췌편』하, 175쪽)라고 하였다.

참으로 天馬가 공중을 달리는 것 같아 따라 미칠 수 없었다."라고 할 정
도로 인정하였다.[121] 그러나 상반된 평가도 있었다. 먼저 황원의 만시
를 보자.

長庚奎宿化麒麟　　장경성 奎星이 기린으로 변하여
萬里萍蓬一葉身　　만 리에 떠다니는 부평초 신세라.
洗筆江淮修國史　　강회에 붓을 씻고 국사를 편수하다가
棄官廊廟作華人　　조정의 관직 버리고 중국사람 되었네.
千秋血胤文章在　　천추를 피로 이은 문장이 있고,
百世壽藏烈士隣　　백세에 무덤은 열사와 이웃했네.
白馬何時西渡去　　어느 때 백마 타고 서쪽으로 건너가
狼山春初哭新墳　　狼山의 봄풀 난 새 무덤에 곡할거나.
<哭金滄江先生>[122]·1927

　　장경성의 규성이나 천추의 문장 등은 그의 문장을 매우 높이 평가한
것이다. 주지하다시피 奎星은 문장을 맡은 별을 이른다. 狼山은 김택영
이 묻힌 곳이다. 황원은 창강의 높은 문장력과 역사서, 문집 등 우리나
라의 책을 편찬한 공도 높이 평가하였다. 그러나 이와는 달리 高墉柱는
창강의 選詩 안목을 폄하하였다.

　　왕사찬공의 시를 읽어보니 평일 여러 사람들에게 膾炙되었던, "근심
스러울 때 닭 우는 소리도 지루하게 들리고, 그리울 때 임이 오면 난만하
게 보인다.", "벌레 우는 소리에 밤은 깊어가고, 하늘에 한 줄의 기러기
가을을 알린다.", "가을 모습 추어서 보이지 않고, 강물 소리만 고요히 들
려온다.", "구름은 부르지 않아도 저절로 오누나." 등의 시구가 하나도 보
이지 아니하니 심히 유감스러울 뿐입니다. 그러기 때문에 내가 항상 말하
기를 "창강은 재주는 높아도 견식이 아직 멀었다."라고 했습니다. 예기에
"다 된 의복과 그릇은 탓하지 말라."라고 하였거늘, 하물며 이와 같은 至
寶에 있어서랴?[123]

---

121) 李建芳, <金滄江墓碣銘>, 『문묵췌편』 하, 323쪽.
122) 황원, <哭金滄江先生>, 『강호여인시고』.

고용주는 왕사찬과 매천에게서 수학하였다. 따라서 스승 왕사찬의 시문에 대하여는 누구보다도 잘 알고 있던 터였기 때문에 김택영의 안식을 폄하한 것이다. 이보다 앞서 매천시의 選詩에 대해서도 황암현이나 유제양 등은 김택영을 탐탁하지 않게 여겼다.『매천집』의 誤字 또한 매우 많았고[124] 작품의 편 수 또한 너무 적었기 때문이다. 이들은 단순히 필요에 따라 편지 왕래만 한 것은 아니었다. 때때로 의심나거나 반박할 사안이 생기면 주저 없이 논하고 해명하기를 마다하지 않았다.

李方씨는 내가 雲養公을 가리켜 문장이 맑지 못하다고 한 것을 의심하는데 이것을 부득이 변명하지 않을 수 없습니다. 대저 문자의 道란 이치가 있고, 기운이 있고, 신기로움이 있어야 하는데, 이 세 가지를 얻으면

---

123) "略涉小川公詩, 則平日所膾炙者, 如'愁時鷄唱支離聽, 戀際人來爛燭看, 夜密螢蟲地, 秋傳一雁天, 秋影寒無見, 江聲靜有聞, 雲來不費呼.' 等諸驚句, 一不見焉, 甚憮然處耳. 故吾常以爲滄江, 才高而識不到, 禮曰, 無豸衣服成器, 況此至寶乎?"(고용주, <答雲樵大人序>,『문묵췌편』하, 135쪽)

124) 김택영은 정오표를 보내면서 다음과 같이 말했다. "'『매천집』의 오자는 혹은 내가 늙고 서툴러 잘못한 데에 원인이 있고, 혹은 본래의 원고가 오자가 많은 데도 원인이 있습니다. 이 두 가지 외에 이것과 원고가 다른 것은 혹은 시국에 저촉되어 고친 것이요, 혹은 글자가 괴벽하여 새기기 어려운 데를 고친 것이요, 혹은 문맥이 통하지 않은 것을 고친 것입니다. (梅集之誤或有因鄙人老悖者, 或有人本稿已多誤者, 此二者之外之與本稿異者, 或是因忌諱而改之者也, 或是因字僻難刻而改者也, 或是因文理不暢而改者也.)"(金澤榮, <與王粹煥書>, 앞의 책, 169쪽)
"'『매천집』중 정오표 외에 잘못된 것이 근 20자나 나왔으므로 권봉수에게 편지로 부쳤다. 오자가 이와 같이 많이 나온 것으로 봐서 문집이 정밀히 간행되지 못했음을 알 수 있다. (梅泉集中正誤外, 又多誤近卄字, 故書寄權鳳洙, 亦知誤字尙多如右恨集, 不精刊.)"(『시언』, 1912년 11월 18일 일기) 상해본『매천집』의 誤字는 1권(1), 3권(15), 4권(12), 5권(2), 6권(9), 7권(11) 총 50字이다. 따라서『황현전집』은 아세아문화사에서 1978에 교정이 없이 발간한 것이기 때문에 상해본과 아세아문화사본을 기본 텍스트로 하여 매천 논문을 썼을 경우 텍스트 오류의 개연성이 충분하다.

맑은 才士요 문장가입니다. 오늘날 문장으로 말한다면 秋琴·梅泉의 시
와 寧齋·壺山의 글로, 모두 이 세 가지를 터득한 것입니다. 운양 공 같
은 분은 다만 때때로 겨우 이치를 얻은 것뿐이니 어찌 흐리다고 말하지
않겠습니까?125)

상해의 창강이 운양 김윤식의 문장에 대해 맑지 못하다고 하였다.
이에 대해 황원이 창강에게 의문을 제기하자 이에 해명하는 편지이다.
또 시문에 대한 교정도 마다하지 않았다.

오늘 아침 형에게 답서를 우송하고 오후에 또 글을 받았습니다. 村字
韻의 시는 뛰어난 시이지만, 청컨대, 第3句를 고쳐 "樵船大有漁船趣"라
함이 어떻습니까?126) 연암집 일은 내가 이미 이 노인을 위해서 좋은 일
을 만들려고 했는데 또 망령된 생각이 납니다. 청컨대 형의 훈계를 받들
겠습니다. 매천집이 간행될 수 있었던 것은 문장력이 천지를 동하기 때문
입니다. 그러나 형의 이른바 福이란 한 글자는 또 썩 능란한 이론입니
다.127)

이처럼 김택영과 매천시파는 단순한 교유에 그친 것이 아니라, 매천
및 구례인사들의 문집을 발간하고, 서로 시문에 대해 평가하고 조언하
는 관계였던 것이다.

---

125) "季方氏疑我指, 雲養爲濁, 此不得不辨, 夫文字之道, 有理, 有氣, 有神, 其得
此三者, 淸才也, 文章也. 以近日言之, 秋琴, 梅泉之詩, 寧齋, 壺山之文, 皆得
此三者矣, 雲養公, 則但時時僅得於理者也, 不曰濁而謂之何哉."(金澤榮,
<寄黃處士季方書>,『문묵췌편』하, 155쪽)
126) 여기서 말하는 작품은 "江露迷漫趁足痕, 江風百掃出蘆根. 樵船大有漁船趣,
滿載斜陽過水村."(黃瑗, <文江道中>,『松濤閣詩稿』)이다. 황원의 시고에
는 김택영의 충고를 받아들여 수록되어 있다.
127) "今朝, 答兄書付郵, 而晡時又奉書矣, 村字韻, 絶唱也. 請改第三句 曰, 樵船
大有漁船趣, 以爲何如? 燕集有吾已爲此翁好事, 而又生妄念矣, 請奉兄戒, 梅
集之得刊, 文章之力, 動天故也, 然兄所云福之一字, 亦達論也."(金澤榮, <答
黃季方書>,『문묵췌편』상, 161쪽)

3. 詩社 및 敎育 · 文化 活動

앞서 언급했듯이 구한말에 구례는 궁벽한 고을이었다. 그러나 매천
시파는 주로 이런 작은 고을에 살면서도 대내외적으로 활발하게 활동
했던 흔적들을 곳곳에서 찾아볼 수 있다. 본절에서는 매천시파가 詩社
및 敎育 · 文化 活動을 어떻게 전개하였는지 살펴보기로 하겠다.

매천시파의 가장 두드러진 활동은 詩社 結成 및 활발한 詩社 活動이
었다. 19세기 중반 이후 구례에서는 수많은 詩社가 활동하였다. 그러나
학계에 알려진 詩社는 극히 일부에 불과하다. 구례의 최초 詩社 기록은
왕석보와 왕사각의 문집에서 확인된다. <甲子中夏望華嚴洞口 臨溪藉草
作詩社 第一會>[128]라는 제목의 시가 실려 있는데, 갑자년은 1864년이
다.[129] 또 하나는 토지면 운조루 일가를 중심으로 결성한 德隱川詩社로
수년간 지속되었다.[130] 또 1870년에는 토지면을 중심으로 '一器會' 시
모임이 있었다.

이건창은 그의 시에서 "光陽의 卯園 許奎[131]와 順天의 酉堂 尹鍾均
은 黃梅泉詩社 사람이다."[132]라고 적었다. 1895년에 보성으로 유배되었
을 때 허규와 윤종균이 그의 謫所를 방문한 것을 두고 이른 말이다. 간
혹 매천은 그의 문생들과 화엄사 등지에 가서 시회를 갖기도 하였지만
詩社에 대한 자세한 기록은 남아 있지 않다. 그것이 일반적인 詩社의

---

128) 王錫輔, 『川社集』.

129) 王師覺, 『鳳洲遺稿』 利 참조.

130) 『시언』. "戊午載春日, 集于水石 創始也, 詩以會也, 風日且流麗 略紀同遊姓
名及號 于石壁."(1920년 4월 27일 일기)

131) 허규는 광양 사람이 아니고, 구례 사람이다. 또 그는 당시 구례군 간전면
만수동에 거주하고 있었다.

132) "光陽許卯園奎, 順天尹酉堂鍾均, 黃梅泉詩社中人也."(李建昌, 『李建昌全集』
상, 亞細亞文化社, 1978, 214쪽)

의미로 쓰이지는 않았을 것으로 보인다.『梅泉全集』이나 매천시파 성원
들의 유고를 보면, 매천은 끊임없이 시제를 주어 제자들을 훈련시켰으
며, 승경을 찾아 詩會을 갖기도 하였다.

　　매천시파가 맨 먼저 결성한 詩社는 1913년 王粹煥과 李炳浩가 이끈
龍臺詩會였다.『매천집』발간 이후 평범한 일상으로 돌아가면서 郡內
인사들이 정보를 교환할 수 있는 結社體가 필요했던 것이다. 이것이 구
례 지역에서는 가장 먼저 용대시회로 나타난 것이다. 이들은 先賢들의
救國의 有志를 추모하고 國恥의 恨을 달래는 한편 民族魂을 振作시키려
는 의도를 가지고 있었다. 용대시회의 詩社員을 구체적으로 알 수 있는
자료는 현재 남아 있지 않다. 그러나 왕수환의 유고를 보면 1913년 重
陽日부터 1917년 3월까지 매년 춘추가절에 정기 시회를 가졌으며 詩社
의 규모는 대략 20여 명 정도였다는 것을 알 수 있다.133)

　　이후 두 사람은 용대시회를 확대하여 龍湖亭詩契를 결성하였다. 1917
년 이병호 등이 제안하여 군내 鼓角樓를 사들여 현재의 정자를 세운 것
이다.134) 곧 매천시파 중심으로 구성된 용대시사를 구례 지역 儒林으로
확장한 것으로 볼 수 있다. 이들보다 앞 세대 문인들이 자주 들러 소요음
영하던 곳이다.135) 용호정시계는 현재도 명맥을 유지하고 있으며, 1996

---

133) 유제양의 일기『시언』에는 "왕수환이 편지로 중구절에 용대에서 작은 모
　　 임을 갖자고 하였다. (王友粹煥有書, 約重九龍臺小集)"(1913년 9월 3일)라
　　 고 하였고, 이에 그는 "왕수환에게 모임에 참석할 뜻이 없다고 답장했다.
　　 (答王友書, 無意於會)"(9월 5일)라고 하였으니 왕수환의 주도로 용대시회가
　　 이루어졌음을 알 수 있다. 유제양이 용대시회에 참석하지 않은 것은 그 날
　　 마전천에서 작은 모임이 약속되어 있었기 때문이었다. 왕수환의『운초경
　　 여록』에 의하면 최초의 시회는 1913년 9월 9일 龍臺에서 가졌는데, 이 때
　　 모인 사람은 21인이었다. 왕수환의 유고에는 이병호의 시가 함께 수록되
　　 어 있다.

134) 姜昶秀, <龍湖亭記>,『求禮樓亭集』(구례문화원, 1996), 49쪽.

135)『기어』, 1917년 5월 1일 일기 참조.

년에는 구례문화원에서 詩軸을 모아『龍湖亭詩稿』를 발간하였다.

鳳城詩社는 1924년에 이병호가 결성한 詩社이다. 봉성시사도 매천시파가 중심이 되었으며, 1924년부터 1937년까지 14년간 봄가을로 군내의 봉성루, 용호정, 애천(화엄사 입구) 등 명승지를 돌며 시회를 열었다. 봉성시사 회원 허규, 윤종균, 황원, 이병호, 오병희, 왕재소, 권봉수, 왕경환, 이제풍, 양현룡, 정난수, 권홍수, 이제관, 유형업, 김택균, 이건호 등 대다수가 매천시파이다. 봉성시사는 표면적으로는 구례읍을 중심으로 한 詩社이지만, 거의 용호정시계의 詩社員들과 겹친다. 1938년 이병호는 그간의 시첩을 모아『鳳城詩稿』1책을 발간하였다.

梅月吟社는 1927년 결성되었으며 梅泉의 '梅'와 매천이 살았던 月谷의 '月'을 따서 명명한 것이다. 매천이 1910년 경술국치에 분노하여 음독 殉節한 이후 매천의 門人들은 스승의 文章 節義를 기리고 숭고한 뜻을 추모하고자 하였다. 당시 여건상 이러한 뜻을 표면에 내세울 수 없었으므로 吟社라고 명명하여 한시 음영 단체임을 표방하였다. 엄밀하게 말하자면 매월음사는 여타의 詩社나 시계처럼 시의 음영을 목적으로 한 단체가 아니었다. 그렇기 때문에 사원의 조건에 시를 짓는 여부는 문제되지 않았다. 다만 일제의 집회 결사에 대한 감시의 눈을 피하기 위해 詩社로 위장하였을 뿐이다. 물론 광복 후에는 총회 때 시를 쓰기도 하였다. 창립 사원으로는 朴暢鉉, 金顯權, 權鳳洙, 權鴻洙, 朴海邊(이상 광의면 지천), 李建浩, 李昌雨, 李相萬, 金度權(이상 마산면 하사), 金澤珍(문척면 토동), 張垏, 張塤, 李瑢植(이상 광의면 월곡) 등 13인으로 매천의 문인이나 후학들이었다. 이 가운데 권봉수, 김택진, 이건호, 그리고 이창우만 용호정시계의 詩社員이었다. 따라서 이 두 詩社는 전혀 별개의 것이었다.[136] 이들은 매천을 숭모하기 위해 비밀리에 사당을 짓고자

---

136) 권경안은 그의『큰산 아래 사람들』에서 용호정을 세운 사람들이 매월음사를 결성한 것으로 보았는데, 그는 용호정시계와 혼동한 것이다.

하였으나 倭警에 알려져 뜻을 이루지 못했다. 다음 시는 권홍수가 매월음사 총회 때 지은 작품인데, 이를 통하여 이 詩社의 성격의 일단을 살펴볼 수 있다.

端陽從古信佳期 　단옷날은 예부터 아름다운 절기거니
一會歡遊也不非 　만나서 기쁘게 즐기니 더욱 그러하네.
綵縷喜纏童子臂 　동자들은 어깨에다 비단 끈 두르고
靈符羞帶老人衣 　노인들은 옷 위에 영부 띠를 둘렀네.
誰敎槿域瓜分半 　누가 근역(조선)을 오이 쪼개 듯 하였는가,
悄憶梅師淚忽霏 　매천 선생 생각하니 눈물이 절로 나네.
寄語諸君須記取 　여러분에게 한 마디 하노니 부디 기억하시게,
素心無變好同歸 　본마음 변함없이 즐거이 함께 가자고.[137]

1952년에 다시 梅泉社彰義契[138]로 명명하고, 매천의 기일인 음력 8월 7일에 지내는 忌日祭에 일조하였다. 이들은 1962년에 梅泉祠를 건립하였으며, 1988년에는 활동의 범위를 더욱 확대하여 梅泉祠彰義會로 개칭하였다. 지금도 매천사창의회에서는 해마다 석채례를 주관하고 매천사를 유지 보존하면서 순절의 정신을 기리는 활동을 하고 있다. 매천의 文章 節義를 앙모하고 선양하려 했던 인사 가운데 눈에 띠는 이로는 이건호를 들 수 있다.

　　이건호가 『매천집』 3책을 갖고 왔는데 당시 보기가 금지되어 있어 더욱 귀중하다. 앞으로 책으로 발간하고자 한다면서 나에게 『매천집』 중 聯句가 아름다운 것에다 빨간 표식을 해줄 것을 청했는데, 저번 『集聯』과 같아 허락했다. 李군은 뜻이 있는 선비다.[139]

---

137) 權鴻洙, 『石荷偶存』 권1.
138) 제1장 주 14) 참조.
139) "李建浩 手致梅泉集三册, 時見禁, 尤貴重也. 示余請, 集中聯句之佳者以朱幖選, 將欲寫出, 亦如前日選集聯者, 故曰, 諾. 可謂有志士也. 夜雨."(『시언』, 1918년 2월 20일 일기)

이건호는 俛宇 郭鍾錫의 문인으로 마산면 상사리 하사마을에 거주하였으며, 허규, 황원, 이병호, 이언우 등과 매우 가깝게 지냈다. 그는 앞의 유제양의 일기에서 보다시피 매천의 시문을 매우 좋아하였으며, 매월음사에도 적극적으로 활동하였다.[140)

타불천음사는 1929년 유형업과 허규가 중심이 되어 결성한 詩社이다. 他不川이란 유형업의 조부 二山이 19세기 말에 문수동 덕은천 상류의 아름다운 계곡을 명명한 것인데, "다른 내는 내라 할 수 없다."는 뜻으로 '他不川'이라 하였다.[141) 매년 3월과 단오, 9월에 시회를 가졌다. 대부분의 詩社는 봄가을로 1년에 한두 차례 시회를 갖는 것이 보통이나 타불천음사는 춘추 시회와는 별도로 매달 시를 지어 운조루에 보내도록 하였다. 이는 사원들에게 작시를 장려하기 위함이었다. 詩稿에 보면 매월분 시축이 실려 있는데, 이는 여느 詩社에서도 볼 수 없는 현상이다. 타불천음사의 주요 사원으로는 허규, 유형업, 이건호, 이남의, 김동진, 마서하, 유인규, 장택로, 천두식, 김규태, 김택진 등이다. 제1회 시축에 실린 인원만 해도 57명에 이른다. 허규와 이병호가 시관을 맡았다. 타불천음사는 대략 유형업이 타계한 1944년까지 지속되었던 것으로 추정되는데, 『他不川唫社詩集』에는 1936년까지의 작품만 수록되어 있다.

蘭竹社도 매천시파를 중심으로 1929년 봄에 결성된 詩社이다. 이들은 춘추가절에 산수 그윽한 곳에 모여 술을 마시고 미친 듯이 노래하며, 時局과 詩를 논하며 가슴속에 쌓였던 울적한 마음을 달랬다.[142) 용호정시계나 타불천음사다는 규모가 크지 않았으며 한 번씩 모이면 대

---

140) 2006년 2월, 그의 장자 李秉璣(전 구례향교 전교)가 선친의 흩어진 유고 80여 점을 모아 『菊田遺稿』를 발간하였는데, 문집 출간 직전에 필자는 20여 편의 시문을 추가로 尋抄하여 보탠 바 있다.

141) "中山里西北 川石俱佳, 然久無其名, 但謂之文殊洞德隱川也. 故余始到于此 意甚佳之, 名其川曰他不川, 盖其餘者不足以爲川."(앞의 책, 1900년 4월 28일 일기)

142) 權鴻洙, <整釐蘭竹社案及詩序>, 『石荷偶存』卷2 참조.

략 열두세 首씩 지어졌다. 난죽사 사원으로는 윤종균, 황원, 이병호, 권
봉수, 왕경환, 양현룡, 유영모, 김성권, 황암현, 권홍수, 박해룡, 李南儀,
황위현 등이었다. 이들 가운데 대부분은 한국전쟁 이전에 타계하고 권
홍수가 1960년대까지 詩社를 이끌었다. 詩社集으로『蘭竹社詩稿』1책
이 남아 있다.

　方丈詩社는 1936년 이병호와 王在沼가 결성한 詩社이다. 詩社案이
남아 있지 않기 때문에 자세한 기록은 살펴볼 수 없으나, 1936년에 발
간한 방장시사 입선시집인『智異山詩集』을 보면 어느 정도의 편린은
알 수 있다. 도내 인사 및 서울, 제주 등 타도 인사들뿐만 아니라, 일본
인의 작품까지 현상공모 작품 백여 수가 수록되어 있다. 이건방이 詩題
를 내고 작품 심사를 하였다.

　一靑軒詩社는 광의면 지천리 일청헌에 두었던 詩社이다. 윤종균, 왕
재소, 권봉수, 양현룡, 권홍수, 박해룡 등 매천시파만으로 구성되어 있
다. 1930년부터 3년 정도 이어졌으며,『一靑軒唱酬集』을 남겼다.[143]

　壺陽吟社 또한 매천시파 중심의 詩社로 1933년에 조직되었다. 이 때
사장은 황원, 재무는 권봉수였으며, 사무실은 광의면 지천리에 두었다.
이 밖에 이병호, 정난수, 왕재소, 유형업 등이 참여하였다. 1933년에 권
봉수와 왕재소가 호양음사 시를 현상 공모하여 책으로 출간하였다고
하나 확인되지 않고 있다.[144]

　雲山詩契는 1938년에 吳秉熙가 주도하여 결성한 간전면 중심의 詩
社였다. 詩契員은 약 50여 명이었다. 雲山이라 함은 간전면이 白雲山으
로 둘러싸여 있기 때문이다.[145] 詩社案이나 시집은 발견하지 못하여 자

143) 權鴻洙, 앞의 책 ; 權鳳洙,『지촌유고』.
144) 丁蘭秀,『東谷偶存』. "王藍山在沼權芝村鳳洙主催, 設壺陽吟社, 懸賞暮詩,
　　而命題龍湖." ; 柳瑩業, 앞의 책. "壺社二律投稿料 金六十錢李白村去"(1933
　　년 11월 19일 일기) ; "壺陽吟社入選詩刊行件, 來自芝川里也. 京城蘭谷李
　　建芳氏, 考評, 而辛酉老人, 豈無老昏之氣也."(1934년 2월 16일 일기)

세한 내용은 알 수 없다.

　20세기 구례 지역 詩社 가운데 매천시파가 참여하지 않는 詩社는 雲興亭詩社와 方壺詩社, 그리고 磻川詩社뿐이다.[146] 이 밖에 구례의 많은 시인들은 인근 광양 다압면 염창에 소재한 鑑湖亭光霽社와 경남 하동군 雙溪寺輔仁契에도 詩社員으로 참여하였다. 鑑湖亭은 매천의 벗 金應瀾의 개인 정자이지만 경관이 아름답고 家産이 넉넉하여 많은 시인 묵객들이 이곳에 들러 시를 읊었다. 詩社를 운영하고 광복 이전까지 매년 시회를 열었다. 구례와 광양, 그리고 인근 하동의 시인들이 정사원으로서 참석하였다. 감호정의 詩板이나, 『鑑湖亭光霽社雅集』에 매천의 <鑑湖亭重建記>와 매천시파의 시가 보인다.[147]

　雙溪寺輔仁契는 花開의 海痴 金洛玄과 松圃 金相基가 1925년에 영호남 시인 10여 명을 하동 쌍계사로 초치하여 조직한 詩社로서 매년 3월과 9월에 詩會를 가졌다. 매천시파 가운데는 허규와 오병희 등이 정

---

145) <雲山詩契序>, 『翠軒遺稿』.

146) 운흥정시사는 1924년 4월 梁海錫 등 4인이 산동면의 문인을 규합, 창립계를 조직하였다. 1926년에 운흥정을 건립하고 詩會의 장소로 이용하여 왔다. 방호시사는 산동면 방호정을 중심으로 한 詩社이다. 1927년 산동지역 문인 58명으로 출발하였다. 『方壺詩社案』과 『方壺亭誌』이 전해온다. 특이한 것은 운흥정과 방호정 석벽에 사원의 이름을 하나하나 새겨 넣음으로써, 매우 배타적인 면을 보였다는 점이다. 실제 시축에도 외부 인사들은 거의 보이지 않는다. 반천시사는 1957년 구례에서 가장 뒤늦게 결성된, 구례군 문척면을 중심으로 한 시사이다. 兼山 安秉柝(1904~1994)이 주관하여 4월과 8월에 정기적으로 시회를 가졌다. 이들은 단순히 음풍농월만을 한 것이 아니고, 각 사원들이 한 부분씩 주제를 맡아 사서오경 등 경서를 강론하기도 하였다. 2004년까지 매년 시회를 열어 『磻川詩稿』 9책을 남겼다. 필자는 이 시사의 의뢰를 받아 2005년에 『磻川詩稿』(구례향토문화연구회, 2005)를 간행한 바 있다.

147) 『鑑湖亭光霽社雅集』에는 황원, 이병호, 왕재소, 양현룡, 권봉수, 황우연, 이제관, 오병희, 김택진, 송하섭, 정난수, 허규, 이제풍 등 매천시파의 시가 실려 있으며, 이들 가운데 몇 명은 지금도 감호정에 시판으로 揭額되어 있다.

사원으로 참여하였다.[148]

한편 앞에서 밝혔듯이, 윤종균은 20세기 초입에 순천 지역을 중심으로 蘭菊契를 10여 년 동안 운영해오다가 1913년 金孝燦(1861~1930), 李秉輝 등과 함께 '蘭菊社'로 개명 확장, 수년간 詩社를 이끌었다. 이것이 현재 순천의 江南蘭竹吟社와 昇平吟社의 前身이다.

봉성시사와 타불천음사, 난죽사, 용호정시계와 매월음사, 봉성시사 등 매천시파의 詩社는 詩社員들이 여러 詩社에 출입하는 경우가 많았다.[149] 한편 유제양, 허규, 윤종균, 이병호, 권홍수는 각 詩社의 시관과 시평을 겸하기도 하였다. 간혹 서울의 李建芳이 시제를 내거나 시평을 하기도 했다.

조선 후기 여항 시단의 경우 洛社 이후로는 대체로 정자를 중심으로 詩社가 형성되었다. 20세기의 경우도 예외는 아니었다. 또한 조선후기 松石園詩社[150]나 구한말 감호정광제사처럼 경제적 여력이 있는 개인이 명승지에 정자를 짓고 詩社를 만든 경우도 있지만, 契를 조직하고 십시일반으로 자금을 모아 공동의 정자를 짓는 경우가 대부분이었다.

매월음사, 타불천음사, 호양음사, 난죽사 등은 처음부터 정자 건립을 계획하지 않았던 것으로 생각된다. 타불천음사의 경우는 운조루에 사무실을 두고 미리 작품을 투고하고, 문수골 덕은천 상류 타불천을 모임의 장소로 하였기 때문에 별도로 정자를 짓지 않았으며, 시회를 마치고 일부는 예외 없이 토지면 오미리의 운조루로 옮겨가 여흥을 즐기기도 하

---

148) 許奎, <輔仁契序>, 『卯園遺稿』; 『卯園日記』 참조.
149) 제3장 주 2) 참조.
150) 1786년(정조 10) 千壽慶을 맹주로 하여 서울의 중인계층이 仁王山 玉流洞 松石園에서 결성한 시사이다. 玉溪詩社라고도 한다. 사대부문학이 중심을 이루던 조선사회에서 閭巷人들의 문학 활동과 집결체 구실을 하였다. 주로 자신들의 경제적·신분적 불평등에 대한 불만, 자포자기적 심사 등을 읊은 작품들을 남겼다. 이들은 『風謠續選』을 간행하면서 1818년(순조 18)까지 활동하였다.

고 시를 논하기도 하고 또 밤을 새워 시를 짓기도 하였다. 그러나 매월음사나 호양음사,151) 난죽사 등은 처음부터 매천의 제자들을 중심으로 인원이 극히 제한된 숫자만을 회원으로 하였고 또한 사원들의 재력도 넉넉하지 않았기 때문에 별도로 정자를 지을 수가 없었을 것이다. 따라서 이들 詩社는 매번 장소를 달리하면서 모임을 가졌던 것이다. 한편 용호정은 용호정시계뿐만 아니라 봉성시사, 난죽사, 반천시사 등 많은 詩社 모임으로 쓰였다. 또한 詩社가 아니라도 일반적인 시회 장소로 활용되었다. 정자를 중심으로 한 詩社의 경우, 일시에 출연금을 마련하여 정자를 건립하였기 때문에 회원은 그 자격이 자동으로 자손으로 승계되었다. 또한 추가로 사원을 모집하는 경우는 별도의 기금을 불입하였다.

그러나 정자를 중심으로 하지 않았던 詩社는 회원을 추가로 받지 않고 대부분 짧게는 몇 년, 길게는 20~30년 이어지다 當代에 끝나버렸다. 봉성시사, 타불천음사, 일청헌시사, 난죽사 등이 그 예이다. 다만 예외적으로 매월음사의 경우 광복 이후 두세 차례 추가 사원을 모집하였다. 이는 음영이 아니라 梅泉崇慕를 목적으로 하였기 때문에 가능하였던 것으로 보인다.

앞에서 살펴본 바와 같이 20세기 매천시파가 결성하거나 주요 구성원으로 활동한 구례 지역의 詩社는 용대시회(1913), 용호정시계(1917), 봉성시사(1924), 매월음사(1927), 타불천음사(1929), 난죽사(1929), 일청헌시사(1930), 호양음사(1933년), 방장시사(1936), 운산시계(1938) 순으로 조직되었다. 이들 詩社의 특징적인 면모를 정리하면 다음과 같다.

첫째, 1910년대 중반에서 1930년대 중반 사이에 집중적으로 조직되어 활발하게 활동하였다. 일제시대 대부분의 詩社들이 그러했지만, 詩社를 통하여 國變의 한을 달랬던 것이다. 특히 용호정시계나 매월음사,

---

151) 호양음사의 시회 개최지는 자료의 한계로 자세히 확인할 수 없지만, 『翠軒遺稿』에는 <龍湖亭 壺陽吟社> 2首가 보인다. 이로 보면 용호정 등지에서 시회를 가졌다는 것을 알 수 있다.

그리고 호양음사처럼 매천의 유지를 잇고 詩社를 통하여 일제의 감시를 피하여 모임을 지속하려는 성격이 강하였던 것으로 보인다.

둘째, 동시에 여러 詩社의 교류가 이루어졌다. <표 2>[152]에서 보는 바와 같이 허규는 용호정시계 詩社貝으로 활동하면서 동시에 봉성시사, 타불천음사, 쌍계사보인계의 정사원으로 참여하였으며, 이병호는 용호정시계는 물론 봉성시사, 타불천음사, 난죽사, 호양음사, 방장시사에 관여하였다. 이 밖에도 이들 詩社의 인물들은 다른 시축 속에서도 다수 보인다. 앞서 용호정의 경우처럼 동사원들만 음영을 한 것이 아니고, 여타의 詩社貝들도 이곳에서 시회를 개최하였다.

셋째, 용호정시계와 매월음사는 방호시사, 운홍정시사, 반천시사와 함께 현재까지 이어져 오고 있다. 해방 후 일제의 감시에서 벗어나자 梅泉社彰義契로, 다시 梅泉祠彰義會로 개명하고 지금까지 매년 3월이면 釋菜禮를 행하고 있다.

매천시파의 또 다른 활동 가운데 하나는 후진 양성이었다. 신학문에 대한 매천의 관심은 1894년 이후 청일전쟁과 갑오경장 등을 경험하면서 외세의 침략적 성격에 대하여 보다 명확하게 인식하게 되고, 종래의 우리 학문으로는 외세에 대항할 수 있는 힘을 제대로 기를 수 없다는 한계를 느끼게 되면서 서양 서적을 구입하여 읽고, 중국의 서적을 대수롭지 않게 여기게 되었고,[153] 일찍이 서양의 이용후생을 배우지 못한 것을 유감스럽게 생각하였다. 일찍이 한 제자에게 이르기를 "내 나이 너보다 많으나 서양의 厚生하고 나라를 이롭게 하는 방법을 배워 나라의 시국을 구하는 데 도움이 되지 못한 것이 유감이다."[154]라고 하였다. 그리고 全州養英學校로 나가는 高墉柱를 위해 쓴 <養英學校記>에서

---

152) 제3장 주 2) 참조.
153) 黃瑗, <先兄梅泉公事行零錄>, 『黃玹全集』 상, 31면 참조.
154) "恨光陰之多於汝, 不能學泰西厚生利國之術, 爲救時之一助."(金祥國, <梅泉先生墓誌銘>, 『문묵췌편』 상, 144쪽)

신학문 수용을 강조하였다.

나라를 스스로 망하도록 맡겨 둘 수는 없고 백성을 스스로 죽도록 맡겨 둘 수는 없는 일이다. 오직 마땅히 힘써 저들과 대적하여 弱肉强食의 상태를 벗어난 후에야 비로소 천하게 나 또한 인간이라고 소리칠 수 있을 것이다. 그 방법은 무엇이겠는가? 그것은 저들의 부강함을 본받는 것이요, 부강하고자 하면 저들의 학문을 본받는 것이다. 이것이 오늘날 학교를 새로이 하는 데 서로 화답하고 호응하는 까닭이다.155)

매천 문인들은 이와 같은 스승의 유지를 받아 私立壺陽學校를 설립, 운영하며 신학문 보급과 민족 교육에 주력하였다. 發起人 6人 가운데 王粹煥, 王在沼, 權鳳洙가 문인이다. 1908년 8월에 반포된 私立學校令에 대하여 매천은 다음과 같이 기록하였다.

이 때 私立學校가 각 군에 다투어 설립되었는데, 그 교과서 찬술은 우리나라 사람들이 하였기 때문에 나라가 망한 것을 분하게 여겨 모두 비슷한 내용을 서술하였고, 종종 비분강개의 뜻으로 서로 감정을 선동하였다. 왜인들이 그것을 싫어하여 이재곤으로 하여금 제재하도록 하였다. 그리하여 애국을 다룬 교과서는 모두 거두어 소각하였으며, 다시 관리들에게 교과서를 편집하게 하여 온순하고 공손한 사실만으로 책을 만들어 외우고 익히게 하였다.156)

그러나 상당수의 사립학교들은 일제의 각종 탄압과 재정난에도 불

---

155) "然國焉而不可任自亡, 民焉而不可任其自殲, 惟當奮勵振淬力與之敵, 得免弱肉强食然後, 始可以號于天下 曰我亦人耳, 其術顧安在哉, 不過曰效彼富强, 欲富强, 不過曰效彼學間, 此近日學校之新所以."(黃玹, <養英學校記>, 『梅泉全集』권2, 118쪽)

156) "是時私立學校, 逐郡競起, 而其教科諸書撰述, 皆出我人, 故痛忿國亡, 比類屬辭, 往往寓悲憤激發之意, 以相感動, 倭人惡之, 飭載崑, 鉗制之, 凡教科之語涉愛國者, 悉聚燒之, 更令官吏編輯, 只采遜順愿恭之行, 以成書, 俾誦習之."(황현, 『매천야록』권6. 468면)

구하고 일제강점 이전은 물론 이후에도 상당 기간 동안 음양으로 민족 의식 고취를 위한 교육에 주력하였다.[157] 태극기와 飛天像이 선명하게 양각되어 있는 銅鐘으로 볼 때, 壺陽學校의 교육 내용 또한 이처럼 항일 의식을 고취하는 방향으로 구성되었을 것임을 짐작할 수 있다. 설립 이후 10여 년간 학교 운영을 해 오다가 일제의 감시와 탄압 그리고 재정난으로 1920년 3월 공립 光義初等學校의 개교와 동시에 폐교되고 말았다.[158] 壺陽學校는 교육 활동만 한 것은 아니었다. 권봉수나 왕수환을 중심으로 시인들의 시회의 장소로도 기능하였다. 이곳에 모여 작시 활동을 한 주요 인물로는 이들 외에, 尹鍾均, 李炳浩, 王在沼, 丁蘭秀, 權鴻洙가 있었다. 이 때 읊은 작품들은 주로 왕수환과 윤종균의 유고 속에 함께 수록되어 있다.

이들 외에도 윤종균은 1906년에 郡立 昇明學校 교사로 잠시 재직한 바 있다. 고용주는 앞서 언급한 바와 같이 전주 양영학교를 시작으로 1910년 부터 구례보통학교와 전주고등보통학교 교사를 지냈으며, 김상국은 서울에서 사립태극학교 훈도와 文藝社를 주간을 맡았다. 이 두 사람은 교육에 관한 특이한 이력은 보이지 않는다. 그러나 고용주는 1927년 신간회 구례지회장을 맡아 이끌었으며, 매천시파의 시문을 精選하였다. 그리고 黃渭顯은 광복 이후 求禮民衆學院[159]에서 역사를 가르쳤다.

매천시파의 문화 활동으로는 문집 간행을 들 수 있다. 사실 매천의 갑작스런 自決은 가족뿐만 아니라 門人들 또한 큰 충격이 아닐 수 없었

---

157) 유승렬, 「한말 사립학교 변천의 경위와 그 역사적 의미」, 『강원사학』 13·14 집(강원대 사학회, 1998), 328쪽 참조.

158) 이 학교 제1회 졸업생 중에 王京煥의 長子 王在一(王粹煥의 養子)이 있다. 그는 광주학생운동의 주역 가운데 한 사람으로 독립 운동을 하다 10여 년 동안 수감되었다.

159) 구례민중학원은 문척면 文彰會가 건립하여 법률, 경제, 상식, 지리, 국사, 영어, 수학 등 중학교 과정을 가르쳤다. 그러나 광복 후 혼란한 사회 현상으로 2기까지만 졸업생을 배출하고 문을 닫았다.

다. 그러나 매천 사후 매천집의 발간으로 인하여 그간에 느슨했던 門人 간 결속을 다지는 계기가 되었다. 뿐만 아니라 문집 발간을 계기로 매천의 文章 節義와 구례 시단은 전국적으로 주목을 받게 된다.

매천집의 발간은 여타의 문집 발간의 경우와는 사뭇 다른 면이 있다. 보통 문집 간행은 제자들이 십시일반 보태어 이루어지거나, 집안이 넉넉하여 자비를 들여 간행하거나, 官 주도로 이루어진다. 그러나 매천의 경우 집안이 문집을 간행할 정도로 넉넉하지 못했고, 매천의 문인들 또한 넉넉한 편이 아니었다. 또 매천시문의 경우 총독부 검열에 무사히 넘길 만한 내용이 되지 못하였으므로 사실상 국내 출간이 어려웠다. 매천집 간행과 관련한 주요한 기록은 『黃梅泉 및 關聯人事 文墨贅編』에 잘 나타나 있다. 살벌했던 식민치하에서, 당시로는 불온하기 이를 데 없는 매천 유고를 간행하는데, 門人 이외에 발을 들여놓는 다는 것은 다들 위험천만한 일이라고 생각했던 듯하다. 당시는 일제치하에 들어선 직후였기 때문에 지식인들의 활동이나 출판 등은 엄격하게 통제를 받았다.160) 당시의 정황은, 매천의 평소 글의 성격을 헤아려볼 때, 식민지 당국의 검열에 통과하지 못할 것이 불 보듯 했기 때문에 온전한 간행을 위해서는 당분간 추이를 지켜보는 것이 좋겠다는 의견이 강했다. 이에 대해 당시 구례에서 매천의 유고를 간행하려던 이들은 허탈감에 빠졌다. 그러나 어찌할 수 없는 현실에 뒤로 물러설 수밖에 없다고 결론을 내리게 되었다. 그러다가 이들은 마침 중국 淮南에 망명을 가서 출판사에 근무하던 창강 김택영으로부터 유집 간행을 요청받고 크게 힘을 얻

---

160) 일본의 경우, 1945년 이전의 납본 제도는 출판 행정과 관계되는 제도로서 검열과 통제가 그 목적이었다. 신문과 책의 납본 규정은 明治 2년(1869)으로 거슬러 올라간다. 즉, 신문은 「新聞紙印行條例」에, 책은 「출판조례」에 납본이 규정되어 있었다. 그 규정은 수차례의 개정을 거쳐 신문지법과 출판법으로 바뀌는데 모두 검열 목적의 납본 규정이었으며, 사상, 언론, 출판에 대한 탄압의 법적 근거가 되었다.

게 되었다.

> 금년 봄에 동지 약간 명과 더불어 출간을 의논하였으나 모금할 때 조
> 사당할까 두려워하고, 혹은 출판 인가를 얻지 못할까 의심하여 착수하지
> 못하였습니다. 뜻은 꺾이지 않고 몇 달 동안 망설였으나 힘이 미약하여
> 용단을 내리지 못하였는데, 다행히 만 리 淮南 땅에서 망명객의 생활에
> 틈이 없음에도 돈을 내고 계책을 세워 고국 遺民들에게 권유하시는 편지
> 를 보내어 간절하고 독실하게 말씀하여 주시니, 저희들은 편지를 받아 거
> 듭 읽고 감읍함을 깨닫지 못하였습니다.[161]

이후로 황원과 황암현은 매천의 시문을 轉寫하여 창강에게 보냈고,
창강은 이를 토대로 작품을 선하고 인쇄에 들어갔다. 한편으로는 왕수
환, 박창현, 권봉수 등이 중심이 되어 각지에 통문을 보내고 발 빠르게
모금을 시작하게 되었다. 이러한 모든 일들은 신속하게 그리고 비밀리
에 진행하였다.

이 외에도 『開城家稿』, 『燕岩集』, 『霅齋集』, 『三國史』 등을 발간하
는 데 김택영과 긴밀한 관계를 유지하며 적극 협조하였다. 뿐만 아니라
이언우의 『慵齋集』과 정영하의 『杞軒詩集』 등의 문집 간행, 그리고 시
사집의 발간 등 출판에도 관심을 기울였다. 특히 『梅泉集』, 『開城家稿』,
『燕岩集』, 『霅齋集』, 『三國史』 등은 국내에서 간행된 것이 아니라 김택
영과 편지로 긴밀하게 연락하며 출간하였다는 점에서 매우 의미 있는
작업이었다. 당시 이 책들은 일제치하에서 간행이 허가되지 않은 상태
였기 때문이다.

궁벽한 고을이었으나 이들은 처해진 환경에 매몰되지 않고, 道內는

---

161) "今年春, 與同志若干人, 議梅泉集刊出, 而或疑慕金之被查, 或疑出認之有阻,
謀未遂焉, 志猶未已, 遷延幾月, 嘆卑微之無伕, 而不能勇斷, 何幸於萬里淮南,
寓公之旅屑無暇, 而能出物發謀, 專書於故邦遺民, 勸喩懇篤, 辭氣俱贄, 生等,
奉書圭復, 不覺感泣."(王粹煥・權鳳洙・朴暢鉉, <與金滄江書>, 『문묵췌편』
상, 176쪽)

물론 경상도, 충청도, 서울, 경기도, 함경도, 그리고 중국에 이르기까지 긴밀하게 연락을 주고받았던 것은 높이 살만하다. 편지뿐만 아니라 직접 방문하여 이들과 교통함으로써 자신들의 역량을 충분히 발휘하였다.

제4장 梅泉詩派 詩人들의 詩

앞에서 살펴보았듯이, 매천시파의 주요 성원들은 詩人들이었다. 학교에서 학생을 가르치면서, 서당에서 학동을 훈육하면서, 농사지으면서, 여행하거나 벗들과 만나서도 그들은 시를 창작하였다. 대체로 그들은 생활이 詩였고, 詩가 곧 생활이었다. 앞에서 언급한 崔益翰의 「漢詩鄉인 求禮」는 매우 시사적이다.

> 고종 연간에 本鄕의 詩風이 大振하여 黃梅泉, 王小川, 李海鶴을 筆頭로 하여 濟濟多駮한 시인 거장이 簇出하였으나, 澗翠 鄭顯敎, 二山 柳濟陽, 蓮史 金澤柱, 雲樵 王粹煥, 美坡 吳昌基, 懦齋 李彦雨, 卯園 許奎, 五峯 金澤珍 제씨는 이미 고인이 되었고, 현존하는 韻士中은 斯界의 重鎭으로 酉堂 尹鍾均(名作大家로 유명하여 小作이 무려 萬여 수), 石田 黃瑗(매천의 아우), 白村 李炳浩, 玉泉 王京煥, 東谷 丁蘭秀, 芝村 權鳳洙, 荷田 金性權, 藍山 王在沼, 滄山 金祥國, 蘭史 黃渭顯(매천의 둘째아들) 등 제씨는 각기 일가의 風流를 把持하고 있다.[1]

최익한은 구례 한문학의 핵심을 摘示하였다. 그가 언급한 시인들 대부분은 매천과 梅泉詩派이다.[2] 말하자면 20세기 구례 시문학을 주도한 인물들은 곧 매천시파라는 말이다.

매천시파에서 문집이나 未定稿가 남아 있는 이는 許奎, 尹鍾均, 朴暢

---

1) 『朝鮮日報』, 1938년 12월 2일자 5면.
2) 22쪽의 <표 2> 참조.

鉉, 王粹煥, 朴文在, 黃瑗, 權鳳洙, 吳秉熙, 王京煥, 李彦雨, 丁蘭秀, 李敦模, 朴賢模, 李俊模, 丁永夏, 金澤珍, 黃巖顯, 權鴻洙 등 18人임을 확인하였다. 이 가운데 문집을 간행한 이는 윤종균, 권봉수, 이언우, 정영하, 이돈모, 박현모, 김택진 정도이고, 다른 이들은 모두 미간행 초고본으로 전해지고 있다.3) 윤종균과 황원은 3,000여 首 이상을 남겼고, 다른 이도 적게는 수백에서 많게는 1천여 수 이상의 시를 남겼다. 이들의 문집을 보면 文은 거의 보이지 않고 詩만 있거나, 문이 있더라도 거의 미미하다. 이들의 관심은 오로지 詩에 있었던 것이다.

유고가 있었지만 소실되었거나 확인할 수없는 경우는 高塘柱, 李炳浩, 張塤, 王在沼, 李齊豊, 梁顯龍, 金祥國 등이다. 이병호는 개인 유고는 한국전쟁 때 혼란으로 소실되었지만, 다행히 필자는 여러 문집 등에 산재해 있던 것을 약 150여 편 정도 취합하였다. 고용주나 김상국은 전주와 서울로 옮겼기 때문에 확인할 길이 없었고, 장훈이나 왕재소는 후손의 집에 찾아가 여러 고문서를 확인하였지만 발견하지 못했다. 물론 이들의 시는 詩社集이나 개인 초고본에서 어느 정도 확인되고 있다. 매천시파의 시세계를 모두 다루기에는 너무나 방대한 양이다.

본 장에서 다룰 인물에 대해서는 다음 몇 가지 조건을 점검하였다. 1) 梅泉, 石亭, 滄江, 二山 등 당시 대가들이 詩才를 인정한 인물이었는가. 2) 최익한의 기사에 들어 있는 인물인가. 3) 문집 등 객관적으로 평가할 자료가 남아있는가. 4) 詩社 활동 등 주도적으로 활동하였는가. 5) 매천이나 매천시파의 특성을 유지하고 있는가.4) 본고에서는 이러한 제 요건을 충족하는 인물로 윤종균, 허규, 왕수환, 황원, 권봉수를 들었다. 이병호와 김상국 또한 충분히 다룰 만한 인물이기는 하나 객관적으로 검증할 문집이 남아있지 않기 때문에 제외하였다.5) 이제 이들 주요 시

---

3) <표 2>에 매천시파의 遺稿 현황이 나타나 있다.

4) <표 2> 참조.

5) 이병호의 경우는 현재 남아 있는 작품이 대부분 詩會 등에서 읊은 것이어서

인들을 대상으로 그들의 시를 살펴보고자 한다.

1. 卯園 許奎

卯園 許奎(1861~1931)는 윤종균과 함께 매천시파의 맏형이다. 그의
작품은 내용상으로 懷人詩, 樓亭詩, 田園詩, 世態詩 등으로 분류되며, 淸
切한 풍격을 지닌다. 淸遠이 청징하고 담박한 사물과 심경에서 느껴지
는 미감이라면, 淸切은 일상생활 속의 넉넉하고 여유로운 감정, 혹은 고
통과 슬픔에서 우러나는 미감이다.[6] 이는 매천의 주요 풍격 가운데 한
특성이다.

> 春風吹滿郡之西　　봄바람이 서쪽에도 가득 불어오니
> 杏樹桃花相映低　　살구꽃 복숭아꽃이 서로 활짝 비추네.
> 物色依然如舊歲　　물색은 의연히 예전 그대로 남아
> 詩人多少渡前溪　　시인 몇 명이 앞개울을 건너네.
> <與酉堂七絕限韻>[7] · 1915

벗 윤종균와 더불어 몇몇 시인들이 賞春을 겸하여 들로 나갔던 것
같다. 起句에서 봄바람이 郡의 서쪽에도 가득 불어온다는 것은 완연한
봄이 되었다는 것이다. 구례는 내륙인데다 산으로 둘러싸여 있어서 광

그의 시적 특성을 살피는 데는 적절하지 않다. 김상국의 경우 시재는 인정
된다 하더라도 현재 남아 있는 작품이 몇 편에 불과하다.
6) 기태완, 『황매천시 연구』, 앞의 책, 203쪽.
7) 許奎, 『卯園詩抄』. (『묘원시초』는 1916년에 抄한 저자 친필본으로 1895년부
터 1916년까지의 시 359수가 수록되어 있다. 이후의 시와 문은 초고본 『卯
園日記』에 行草로 수록되어 있다. 그나마 유실되고 3년간의 일기만 남아 있
다. 이 일기는 『是言』, 『記語』와 함께 당시 매천시파의 활동상을 파악할 수
있는 중요한 자료로 간주된다.)

양이나 하동보다는 다소 봄이 늦게 찾아든다. 承句는 그래서 봄의 상징
인 살구꽃과 복숭아꽃이 동네 어귀에서 환하게 서로를 반긴다. 기구와
승구는 봄기운이 시각과 후각을 통해 스며든다. 詩想이 밝고 산뜻하다.
轉句는 겨우내 검은 산과 들에 온갖 꽃과 싱그러운 새잎이 돋아나 예년
의 아름다운 모습을 되찾았다는 것이다. 結句는 이런 새봄을 맞아 詞客
들이 모여 봄의 정령을 만나 노래하기 위해 개울을 건너고 있다. 행간
에서 발걸음이 가볍고 도포자락도 산뜻한 시객들의 행보가 느껴진다.
畵中有詩의 정경이다.

杖藜昏黑到西岡　　석양에 지팡이 짚고 西岡에 이르니
精舍閉門花自香　　精舍는 문 닫혔고 꽃만 향기 발하네.
道是主翁汾晋去　　말하기를 주인옹은 분진에 갔다고,
東風回首路茫茫　　봄바람에 고개를 돌리니 길이 아득하구나.
<又抵西岡舍訪趙復齋不遇>8)

　　봄을 맞아 벗을 찾아간 듯하다. 지팡이를 짚고 걸어서 겨우 석양에
벗의 집에 이르렀으나 벗은 없고 뜰 가운데서 꽃향기만 가득하다. 唐나
라 高騈(?~887)의 "섭섭하구나, 신선은 어디를 가고, 뜰 가득히 붉은 살
구 碧桃花만 피었구나."9)에서 의경을 취하였다. 옆집 사람 말을 들어보
니 주인은 汾晋이라는 곳에 갔다고 한다. 분진이 구체적으로 어떤 곳인
지 확인할 수 없으나, 상당히 먼 곳으로 출타한 것임은 틀림이 없다. 석
양인데 다시 왔던 길을 되돌아가려 하니 까마득히 멀다. 예전에는 누구
나 한 번쯤 겪어 보았을 법한 일이다. 그러나 어디에도 부정적인 모습
은 보이지 않는다. 여유와 넉넉함은 옛사람의 풍모를 느끼게 한다. 이와
같은 정서는 다음 시에서 특히 잘 나타난다.

---

8) 앞의 책.
9) "惆悵仙翁何處去, 滿庭紅杏碧桃開."(高騈, <訪隱者不遇>, 『增訂注釋全唐詩』
　　第4冊, 北京 : 文化藝術出版社, 2001, 349쪽)

山高水落寺門秋　　절문에 가을이라 산 높고 물은 줄어드니,
樹樹凉蟬舊渡頭　　옛 나루 나무마다 매미들이 울어댄다.
濁酒三杯詩一絶　　탁주 세 잔에 시 한 편씩 지으며
不妨終日溯淸流　　온종일 맑은 물결 오르내린들 어떠하리.
　　　　＜入泉隱寺道中＞[10) · 1926

　1926년 7월 봉성시사에서 읊은 작품이다. 詩社詩의 遊興的 특성이
잘 드러난다. 지리산 입구는 어디나 절경이다. 천은사도 많은 관광객들
이 찾는 곳이다. 시냇가 나뭇가지마다 여름의 막바지를 아쉬워하는 매
미들의 울음소리가 매달려 있다. 초가을 천은사 가는 길목 시냇가에서
시회를 가진 모양이다. 시인은 시원한 물가에서 詩友들과 탁주를 마시
며 즐기고 있다. 경쾌하고 멋들어진 정경이다.
　다음은 젊은 날 그가 구안실에서 공부할 때, 인근 화엄사에 가서 詞
客들과 함께 들러 쓴 작품이다.

方丈三月幾人迴　　삼월이라 방장산을 몇 사람이나 밟았더냐
惟有先生眼忽開　　오직 선생만 눈에 뜨이도다.
花下賦詩招客去　　꽃 아래 시 짓다가 객 맞으러 가시고
送根間藥與僧來　　소나무 아래서 약초 캐는 곳 묻다 스님과 오시네.
老將安用甘無事　　늙으면 어디에 쓰겠는가 탈 없으면 그만인데
生旣多情患有才　　생전에 다정하여 재주 있는 게 걱정이지.
造物如知相送恨　　조물주도 서로 헤어지는 서운함을 아는지
東風吹拂掌中杯　　봄바람이 손에 든 술잔에 스쳐가네.
　　　　＜與李海鶴沂李石亭遊華嚴寺＞[11) · 1895

　석정이 1차 구례를 방문했을 때 일행들과 화엄사에서 시회를 가졌
다.[12) 이 작품에서 시적 대상은 이정직이다. 매천·소천·해학·석정의

─────────────────

10) 許奎, ＜入泉隱寺道中＞, 『鳳城詩稿』.
11) 허규, 앞의 책.
12) 『석정이정직유고』 번역본에서는 ＜土金書齋拈堂字＞ 제하의 이정직 작품으

제자들은 시를 써서 詩老들에게 보였다. 함련 "花下賦詩招客去, 送根問藥
與僧來"의 표현은 자못 청아하다. 미련의 시상 또한 신선하다. 다음 시는
자연 속에서 벗과 평생 함께 하고자 하는 작은 소망을 담은 작품이다.

要君此地老煙霞	이 땅에서 煙霞와 함께 살고 싶어라
萬竹溪南照白沙	대나무 숲은 시냇가 백사장을 비추네.
春雨灌田同聽水	봄비 오면 밭에 물을 대며 물소리 함께 듣고
東風接屋共栽花	동풍 불면 이웃하여 함께 꽃을 심세나.
死當埋我眞名士	내 죽으면 응당 묻어 주는 것이 진정 名士요
窮益工詩自一家	궁할수록 시를 연마하여 절로 일가를 이루세.
近日朱門無好事	근래엔 朱門에 좋은 일 없으니
肯愁零落在天涯	零落하여 타향에 떠돌까 근심이로세.

<苟安室 與尹酉堂小酌>13)・1895

1895년 35세로 동갑내기 친구인 윤종균과 구안실에서 시를 공부할
때 우정을 다짐하는 내용이다. 윤종균은 1890년에 매천을 찾아가 시를
공부하다가, 1895년에 남원부 主事를 지낸 적이 있는데, 이 시는 그 해
에 쓴 것이다. 당시 구례는 동학군이 평정되고 사회적으로 평온한 시절
을 맞고 있을 때였다.

허규도 군수 韓憲敎를 따라 잠시 벼슬길에 나간 듯하다. 그러나 앞
에서 살펴보았듯이 생계를 위한 것이었다. 수련에서 그는 친구 윤종균
에게 구례의 자연을 벗 삼아 함께 늙어가고 싶다는 소망을 밝히고 있
다. 그러면서 下句에 연하 속에 펼쳐진 대나무 숲과 시내와 백사장을
배경으로 제시하고 있다. 실제 이들은 지근거리에 살며 여생을 마쳤다.

함련은 자연 속에서 살 때의 구체적인 모습이다. 속기가 전혀 없이

로 되어 있다. 그러나 이는 유고 번역본을 편집하는 과정에서 범한 오류이
다. 이 작품은 『묘원시초』에 수록되어 있고, 또 같은 운자로 쓴 왕사찬의 시
가 『小川漫稿』에도 수록되어 있다.

13) 허규, 『묘원시초』.

매우 맑다. 대우도 견실하다. 對를 이루지만 대립을 이루지는 않는다. '同·共'은 혼자가 아니라 벗과 함께하는 것이다. 김상용의 "南으로 窓을 내겠소./ 밭이 한참갈이/ 괭이로 파고/ 호미론 풀을 매지요.// 구름이 꼬인다 갈 리 있소./ 새 노래는 공으로 드르랴오./ 강냉이가 익걸랑/ 함께 와 자셔도 좋소.// 왜 사냐건/ 웃지요."라는 시를 떠올리게 하는 구절이다. 경련에서도 계속하여 벗으로서 서로를 위하고 함께 시를 연마하여 시인으로 일가를 이루자는 권유이다. 수련의 정조가 계속 이어지고 있다. 미련에서는 근심의 실체가 드러난다. 바로 벗 윤종균이 가난 속에서 떠돌이 생활을 하지 않을까 염려된다는 것이다. 이후 실제로 윤종균은 구례와 순천을 오가며 나그네 생활을 계속하였다. 생활이 너무 궁벽했기 때문이다. 주로 서당 훈장을 하면서 근근이 생활을 하다가 晩年에야 제자가 마련해 준 집에서 겨우 정착하게 된다. 우연이기는 하나 그의 이 시는 예언시적인 기능을 한 것이 아닌가 싶다.

다음은 이정직과의 화답시이다. 먼저 이정직의 작품을 보기로 한다.

詞客門庭草樹香	시인 오시니 뜰에는 초목이 향기롭고
夏天日影未云長	여름날 해 그림자 길다고 하지 않네.
嶺頭雲礙松千尺	고갯마루 구름은 천 척 소나무에 걸리고
石面苔滋水一方	바위에는 이끼가 물에 젖은 한쪽에서 자라네.
苦被淹留應不怪	오래 머물도록 해도 괴이할 것 없고
更爲離別正難忘	다시 헤어지려니 정녕 잊기 어려우리.
出山滾滾多塵想	산을 나서면 속세의 생각 거세게 밀려올 터
何處相看有此堂	어디에서 이런 곳을 볼 수 있을까?

<王小川見顧于萬壽洞 拈香字>[14]·1997

이정직이 구안실에서 구례 지인들을 만난 기쁨을 노래하고 있다. 세속의 욕망이라고는 전혀 찾아볼 수 없는 구안실의 분위기에 대한 찬사

---

14) 『석정이정직유고』Ⅲ, 297쪽.

이기도 하다. 그는 1895년 1차 방문 후 구안실에 대한 강렬한 느낌을 가지고 있었다. 다음은 이 시에 대한 허규의 화답시이다.

萬壽山中花木香   만수산의 꽃과 나무 향기로우니
相尋不覺道途長   찾는 길 멀게 느끼지 않으시네.
平生慧眼空千古   평생 慧眼일랑 천고에 허무하나
老大芒鞋遍四方   늙도록 미투리로 사방을 돌아다니시네.
豊沛羈蹤應已厭   전주 타향살이 이미 싫증나고
鳳城風氣未能忘   봉성의 분위기를 잊지 못하시네.
如何少一前遊處   어찌 예전 놀던 곳 하나라도 줄일 수 있으리오
病起三旬到此堂   한 달 병석에서 일어나 구안실에 이르셨네.[15]

이 시에서 시적 대상은 물론 이정직이다. 수련의 上句에서 만수산의 꽃과 나무가 향기롭다는 것은 매천의 文香을 상징하는 것으로 여겨진다. 실제『석정집』에 실린 매천과의 왕복 서한을 보면 이정직이 매천을 매우 높이 평가하였고, 여러 가지로 의지하려는 마음이 컸음을 알 수 있다.[16] 수백 리 길을 마다하지 않고 즐거이 찾아온 것에 대한 감사의 표현이라 하겠다. 함련에서는 여행하는 뜻이 끊임없는 慧眼을 얻기 위한 그의 지적 태도에서 기인되었음을 말하고 있다. 사실 그의 교유의 현상이 유별나다. 그의 인간적 교유 자체가 詩友 간의 범주를 벗어나지 않는 듯하다.[17]

경련은 이정직이 전주살이를 청산하고 구례에 대한 미련을 버리지 못함을 말한 것이다. 실제 이정직은 2차 구례 방문을 마치고 돌아간 뒤

15) 앞의 책.
16) 최영성,「이정직의 학문 정신과 경세 사상－존고정신과 관련하여」,『제1회 학술대회 석정 이정직의 학문과 예술』(한국서예문화연구회, 2004. 11), 10쪽 참조.
17) 이월영,「이정직의 교유와 시 특성 고찰」,『제1회 학술대회 석정 이정직의 학문과 예술』, 37쪽 참조.

에 家産을 정리하여 구례로 이주하고자 하였으나 여건이 되지 않아 실
행하지 못했다. 함련과 경련의 대우가 견실하다. 上句와 下句의 대를 통
하여 구례에 대한 그의 그리움을 배가시키고 있다. 그래서 미련에서는
한 달 병석에서 일어나자마자 구례로 달려왔다고 하였다. 이정직의 구
례에 대한 그리움이 얼마나 컸는지를 알 수 있겠다.

偓偓臨水滌塵襟	가벼운 걸음으로 물에 와 옷깃에 묻은 때 씻고
語笑不知西日沉	웃으며 이야기하니 해지는 줄 모른다.
玉帶終須波老戲	옥대를 준 것은 동파의 희롱에서지만
虎溪初豈遠公心	호계를 넘은 것이 혜원의 본 마음일건가.
方壺一面風塵少	방호산 한쪽은 풍진이 적은데
五月上房流木深	5월이라 천은사에 꽃나무 성하구나.
好是溪山如自寶	강산의 좋은 경치 그대로 보배이니
騷人不惜萬黃金	시인은 많은 황금 아끼지 않으리.

<泉隱寺二十九日作>[18] · 1927

1927년 蘭谷 李建芳과 三然 李舜夏(1857~?)가 단오에 운봉의 花樹
閣 낙성식을 거행한 후 구례에 들러 시회를 열었는데, 이 작품은 천은
사 모임 이튿날 지은 것이다. 천은사는 신라 때 창건된 남방 제일 禪刹
로, 지리산 서남쪽에 위치하고 있는 화엄사의 말사이다. 절은 지리산 가
운데서도 특히 밝고 따뜻한 곳에 자리하고 있는데, 지리산의 높고 깊은
계곡에서 흐르는 맑은 물이 절 옆으로 펼쳐지고 우람한 봉우리가 가람
을 포근히 안고 있다. 천은사 초입에 매천사와 壺陽學校 터가 있다.
　수련은 의경이 다소 진부한 감이 없지 않지만, 세속의 때를 벗은 듯
하다. 난곡과는 오랜 친분이 있기 때문에 더더욱 친밀한 느낌이 들었을
것이다. 옛 시인들이 말하는 세속이 의미와는 다르지만 세상사의 근심
걱정을 잠시 씻어낸다는 의미로 볼 수 있다.

---

18) 이정직, <泉隱寺二十九日作>, 『문묵췌편』 하, 37쪽.

　　함련에서는 蘇東坡(1036～1201)와 慧遠의 고사를 곁들였다. 佛印了元(1032～1098)이 어느 날 방에 들어가려는데 생각잖게 동파가 오자, 그에게 말하였다. "이곳에는 앉을 자리가 없어 거사를 모실 수 없습니다.", "잠시 스님의 육신[四大]을 자리로 빌어 앉아 봅시다.", "이 산승에게 한 가지 질문이 있는데 거사께서 만일 대답을 하면 앉도록 하겠지만 대답을 못하신다면 玉帶를 풀어 주시오." 이 말에 소동파가 선뜻 말씀해 보라 하니 佛印이 말하였다. "거사는 조금 전에 이 산승의 육신을 빌어 앉겠다고 하셨는데, 이 산승의 육신은 본디 빈[空] 것이며 五陰도 있는 것이 아닙니다. 거사는 어디에 앉겠소?" 이 말에 소동파는 생각해 보았지만 대답하지 못하고, 마침내 옥대를 풀어 놓고 껄껄대며 밖으로 나가자 佛印은 행각할 때 입던 누더기를 그에게 선물하였다고 한다.19) 또 下句는 東晉의 고승 慧遠의 고사이다. 慧遠이 東林寺에 머물면서 누가 와도 山門 앞을 흐르는 虎溪를 30년간 넘은 적이 없는데, 한 번은 儒家의 陶淵明과 道家의 陸脩靜이 찾아와서 담소를 즐기다가 헤어질 때

---

19)『五燈會元』卷十六에는 이 때 소동파가 읊은 세 수의 偈가 실려 있다.

百千燈作一燈光　　백천 개의 등불이 하나의 등불이라
盡是恒沙妙法王　　항하의 모래알이 모두가 묘한 법왕이기에
是故東坡不敢惜　　나 소동파는 감히 이를 아끼지 않고
借君四大作禪床　　그대 육신을 빌어서 자리 삼으려 하였다오.

病骨難堪玉帶圍　　병든 몸에 옥대를 두르기란 벅찬 일이라
鈍根仍落箭鋒機　　노둔한 근기가 그대의 활촉 같은 기봉에 떨어졌노라.
會當乞食歌姬院　　기생집 앞에서 걸식할 뻔하였는데
奪得雲山舊衲衣　　행각선승 옛 누더기와 바꾸었다네.

此帶閱人如傳舍　　이 옥대 숱한 사람 여관처럼 거쳐오다가
流傳到我亦悠哉　　이 내 몸에 전해온 지도 아득하여라.
錦袍錯落猶相稱　　비단 도포 위에 서로 어울리더니
乞與佯狂老萬回　　거짓 미치광이 노스님에게 빌려 주노라.

도 이야기가 하도 재미가 있어서 자신도 모르게 호계를 넘어가던 중 혜원이 기르던 호랑이가 울어서 문득 자신이 虎溪를 넘은 사실을 알고 파안대소하였다고 한다.[20] 허규는 특히 이들의 만남과 대화가 혜원의 경우처럼 자연스럽고 호쾌하고 즐거웠음을 그리고 있다. 또한 즐거운 대화로 평소에 스스로 금하고 있었던 것을 잊을 정도였음을 은근하게 드러내 보이고 있다. 대우도 견실하다.

경련은 천은사의 맑고 아름다운 경치를 노래하고 있다. '少'와 '深'의 쓰임이 묘하다. '少'는 '거의 없다'는 부정적 의미를 가지지만 '風塵'이라는 부정어와 결합되면서 긍정의 의미를 띠고 있다. '深'은 綠陰이 짙고 그윽하다는 뜻이다. 미련은 아름다운 이 강산의 경치는 보배이므로 시인은 어떤 값을 치르더라도 아깝지 않다는 것이니 자연에 대한 아낌없는 예찬이라 할 것이다. 이 시는 지인들에 대한 애정과 자연에 대한 남다른 관심을 보여주는 작품이다.

富貴繁華妄自思	망령되이 스스로 부귀영화 생각했지
十年憶在漢師時	십년 전 한양에 있을 때가 떠오르네.
商量故事多羞面	옛일 생각하면 낯이 부끄러워라
導引餘生擬展眉	여생을 생각하며 찌푸린 눈썹 펴리라.
花鳥房櫳招客起	화조가 창문에 가득하여 객을 부르려 일어나
竹梧池館抱書之	대 오동 심은 못가의 집에 책을 안고 가네.

20) 그러나 실상 이 이야기는 후세 사람이 만들어 낸 이야기라 한다. 이것은 儒·佛·道의 진리가 그 근본에 있어 하나라는 것을 상징한 이야기이다. 최근 우리나라에서 불교·기독교감리회·성공회의 성직자들이 '虎溪三笑'라는 친목회를 만들어 봉사활동을 하는데, 종교를 초월한 이들의 행적을 본뜬 것이다. 虎溪三笑와 관련하여 李白의 <別東林寺僧>(『增訂注釋全唐詩』第1册, 1367쪽) 를 참고로 제시한다.

東林送客處	동림사에서 손님을 보내는 곳에
月出白猿啼	달이 뜨고 흰 원숭이가 우네.
笑別廬山遠	웃으면서 이별하니 여산이 멀어 보이는데
何須過虎溪	어느새 나도 모르게 호계를 건넜다네.

採山釣水非騃漢　採山釣水한다 해서 어리석은 이 아니거니
半世微斯我與誰　반평생 이런 사람 아니면 누구와 함께할꼬?
<自笑>[21] · 1897

　　시인은 上京하여 과거 공부하던 때를 회상하며, 혼탁한 세상에서 출
세하고자 했던 자신의 욕망을 부끄러워하고 있다. 대체로 王錫輔 계열
의 文人들은 19세기 후반에 서울에 들러 관계에 나가려고 하였고, 한양
에 가서 몇 년씩 공부하였다. 그러나 이들이 목격한 것은 科擧의 비리
와 혼탁한 정치 현실이었다. 이들은 하나같이 중앙 정계의 풍토에 환멸
을 느끼고 돌아오고야 말았다. 매천을 비롯하여 王師覺, 李沂, 王師瓚,
柳濟陽, 許奎 등이 그들이다. 이들보다 후배인 문인들은 과거 폐지 뒤였
기 때문에 원천적으로 官界에 나아갈 수가 없었다. 그래서 그는 이후로
고향에서 안빈낙도하며 소박한 삶을 살겠다고 선언한다. 그는 평생 농
사를 짓는 한편, 시를 통한 우정을 다지며 구례를 떠나지 아니하고 여
생을 마쳤다. 자신과의 약속을 지킨 셈이다.

柴門寂寂此相尋　문밖이 적적하여 벗을 찾아가
强把壺觴到夜深　술병 손에 잡으니 어느덧 밤이 깊었네.
城市囂塵行已遍　城市의 자욱한 먼지를 두루 거쳐
山房紅燭苦相唫　山房 등불 아래 괴로이 읊조리네.
一園脩竹風生韻　동산 수죽은 바람결에 노래하고
滿地黃花月有陰　땅 가득 국화꽃은 달 그림자지네.
從此優遊林下屋　지금부터 林下의 집에서 넉넉히 노닐고
卷中年日誓吾心　날로 책 속에서 내 마음 삼가리라.
<與酉堂 宿黃石田茅廬>[22] · 1905

　　윤종균과 함께 월곡에 살고 있던 벗 황원을 찾아가 밤새 술을 마시

21) 허규, 앞의 책.
22) 허규, 앞의 책.

며 지은 시이다. 앞서 1897년의 <自笑>에서 보인 바와 같이 "지금부터 林下의 집에서 넉넉히 노닐고, 날로 책 속에서 내 마음 삼가리라." 독서하며 여생을 보내겠다는 각오를 다시 한 번 다지고 있다.

경련의 "一園脩竹風生韻 滿地黃花月有陰"은 함련의 '苦相唫'에 비추어 매우 상쾌한 분위기로 전환되고 있다. 또 곧게 자란 대나무가 살랑부는 바람결에 노래하는 것은 動的인 이미지요, 국화에 달그림자 진다는 것은 靜的인 이미지이니 動中靜인 셈이다. 대우가 정밀하고 표현도 멋들어지다.

이상의 시들은 모두 개인적 차원에서 서정과 주변의 정경을 읊은 것이라면, 다음은 사회적인 시들이라고 할 수 있다. 사회의 모순을 고발하고 시대를 고민하고 연약한 이웃에 대한 연민의 정을 고스란히 담고 있다. 그의 시를 보면 대상에 대한 세밀한 관찰력이 돋보인다.

麥秋天氣無點雲	麥秋 하늘엔 구름 한 점 없고
田家不堪彌月旱(旱)	田家 한 달 가뭄 견디기 어렵구나.
老農占風拂石坐	늙은 농부 바람 점치고 바위 위에 앉으니
林塘處處蛙聲斷(旱)	연못마다 개구리울음마저 끊겼구나.
東菑日烘大麥枯	동쪽 밭은 뙤약볕에 대맥이 말라가고
南澗石出新蒲短(旱)	남쪽 시내는 돌이 솟고 새 부들 짧구나.
山泉涓滴鼉涎細	샘물은 방울방울 악어 침같이 가늘고
村女爭汲侵晨出(質)	아낙들 새벽부터 앞 다투어 물을 긷네.
野田稻芽齊綠鍼	벼 싹들 녹색 침이 물 찌르듯 솟아나니
溝塍爭水人何密(質)	논두렁엔 물 다투는 사람들 빽빽도 하다.
去年七月旱旣甚	작년 칠월 가뭄보다 더욱 심하니
菽粟不給寒廚饘(先)	菽粟이 모자라 찬 부엌에서 죽도 못 쑤네.
今年五月旱如此	금년 오월 가뭄이 이처럼 심하여
米石可直三千錢(先)	쌀 한 섬에 3천 냥이라네.
十指皆血誰家婦	열 손가락 피맺힌 이 어느 집 아낙인가
采采艾葉堆庭場(陽)	쑥 잎만 캐고 개어 마당에 쌓였구나.
縣吏不省民終苦	고을 아전은 백성 곤고 살피질 않고,
官稅頻催威如霜(陽)	추상같이 위협하여 세금만 재촉하네.

彼蒼者天民所賴　　저 푸른 하늘이여, 백성들 힘입은 것
其雨其雨胡不雨(遇)　비요 비여, 어찌 내리지 않은가.
村丁連網下山去　　마을 장정 그물 지고 산 아래 내려가니
前川水落魚無數(遇)　앞 개천엔 물 빠져 물고기가 수도 없네.
捕盡巨細欲無遺　　크건 작건 가리지 않고 죄다 잡으니
腥臭狼藉橋西店(艶)　서촌 주막엔 비린내가 낭자하네.
　　　＜田家待雨＞23) · 1895

　古體 換韻詩이다. 韻字는 旱·質·先·陽·遇·艶이다. 6句 1解는
旱, 4구 1해는 質·先·陽·遇, 마지막 2구 1해는 艶으로 되어 있다.
　가뭄으로 인해 고통 받는 농민들에 대한 애통한 마음이 배어 있다.
보릿고개는 넘기기 힘들다는데, 여기에 한발까지 겹쳐 마실 물도 부족
할 판이니 더욱 힘이 든다. '연못마다 개구리울음마저 끊길' 정도로 물
이 바짝 말라 버렸다.
　3연은 대우가 견실하다. 가뭄 때문에 밭의 대맥은 뙤약볕으로 말라
가고, 시내에는 물이 말라 물밑의 바위가 솟아오르고 부들도 제대로 자
라지 못할 정도이다. '枯'와 '短'을 통해 가뭄으로 정도를 가늠해 볼 수
있다. 4연 "野田稻芽齊綠鍼"은 비유가 신선하다. 먹는 샘물은 악어의 침
처럼 가늘기만 하다는 것이다. 그래서 아낙들은 꼭두새벽부터 샘에 나
가 기다렸다가 겨우 동이물을 길어올 수밖에 없다. 5연의 "野田稻芽齊
綠鍼"는 蘇軾의 시 "이랑 나눈 푸른 물결 雲陣처럼 치달리고, 솟아 나
온 벼 싹들 녹색 침이 물 찌르듯."24)이라는 구절에서 점화하였다. 바늘
이 물을 찌르는 것처럼 벼싹이 물 위로 솟아나온 것을 표현하는 말이
다. 못자리에 심어 놓은 벼 싹이 트자 농부들은 논두렁에 물대기에 여
념이 없다. 농부들의 애타는 마음이 행간에 묻어난다.

---

23) 허규, 앞의 책.
24) "分疇翠浪走雲陣, 刺水綠鍼推稻芽."(蘇軾, ＜無錫道中賦水車＞, 『蘇東坡詩集』
　　卷11 : 『漢詩大觀』 五, 서울 : 景仁文化社, 1987, 2565쪽)

  6·7연은 가뭄이 극히 심하여 쌀의 시세가 엄청나게 오르고 서민들은 서속으로 죽을 쒀먹기도 힘이 든다는 것이다. 8연에서는 먹을 것이 없어 골짜기로 들녘으로 나가 손가락에 피가 맺힐 정도로 쑥을 캐어다 마당에 쌓아놓았다. 밥 대신에 쑥국이라도 쑤어서 허기를 채울 요량에서이다. 식량이 넉넉한 요즈음이라면 마당에 쌓인 쑥이 먹음직스러운 건강식으로 보이겠지만, 먹을 게 없어 이것으로 허기진 배를 채운다고 보면 처량하기 이를 데 없는 것이다.

  9·10연에서는, 고을 아전은 백성의 궁핍은 아랑곳없이 추상같이 위협하여 세금만 재촉한다 하였다. 어느 시대건 세금 문제는 백성들을 괴롭힌다. 물론 나라를 경영하기 위해서는 세금을 거두는 일이 중요하지만 지방 관아에서 항상 백성들과 직접 대면하게 되니 이 또한 어려운 문제임에는 틀림이 없다. 세금도 세금이지만 농민들이 이보다 더 바라는 것은 당장 마실 물과 올 벼농사의 관건이 되는 비가 내려야 한다. 마지막 연에서 개울가에 고기의 씨까지 말라가는 지경에 이르렀으니 더욱 큰 문제가 아닐 수 없다고 맺고 있다.

  허규는 보릿고개와 한발이 겹쳐 고통 받는 농촌과 이웃들의 아픔을 목도하고, 이들에 대한 긍휼한 마음을 시로 표현함으로써, 識者의 책무성을 잊지 않았다. 그 또한 일제 강점기 때 직접 농사를 지으면서 작시 활동을 하였다.

西隣樵夫髮如銀	옆집 초부는 머리가 은결인데
坎坎負薪秋復春	텅텅 나무 베서 봄가을 섶 지고 다닌다네.
去年哭子孫在腹	지난해엔 아들 잃고 손자는 뱃속에 있는데
年老不得聽子孫	나이 들어 자손을 듣지 못한다네.
老妻七十何所爲	老妻도 칠십이니 무슨 일을 하랴
菽水躬奉尤辛勤	菽水로 봉양하니 더욱 고생살이라.
磬室寥寥相看哭	텅빈 집 쓸쓸히 마주보며 곡을 하고
薪貴如桂米如玉	섶은 계수나무처럼 귀하고 쌀은 옥 같아라.

東菑一片禾未熟	한 조각 묵정밭엔 아직 벼는 익지 않아
六月乞糴隣富穀	6월인데 이웃에서 糴糴를 빌리네.
署潦三日廚絶爨	비 내리니 사흘이나 부엌 연기 끊기고
老夫去斫雲根木	노부는 구름 덮인 나무를 베러 가지만
力罷不能穿林遠	힘이 없어 숲으로는 들어가지 못하고
日晏秪在村後麓	해 늦게야 마을 뒤 산자락에 있구나.
榾柮一束汗成漿	등걸 한 묶음에 땀으로 목 축이고
長嘯俯瞰山下屋	길게 한숨쉬며 산 아래 집 굽어보네.
有時松根憩寂寞	때때로 소나무 뿌리에 조용히 쉬면
溪鳥向人看更熟	계곡의 새만 사람 향해 보고 또 보네.

<樵夫詞>[25] · 1895

1895년이면 그가 만수동 구안실에서 시를 공부하던 때이니, 시적 대상은 백운산 자락에 살고 있는 늙은 초부일 것이다. 만수동을 방문하였을 때 촌로들의 말을 빌면 그곳은 한때 수천 명이 살고 있을 정도로 인구밀도가 높았다고 한다. 만수동이나 지리산은 나무가 우거져 나무꾼들이 많았다. 조그마한 땅뙈기에 궁벽하게 살고 있는, 젊은 아들 잃고 고희를 넘긴 노부부와 임신한 며느리가 한 식구이다. 시적 대상은 모두 사회적으로 약자들이다. 6월이면 보리를 수확한 뒤인데도 벌써 양식이 떨어져 버렸고, 비마저 내리니 나무를 해다 팔 수도 없다. 하루 벌어 하루 먹는 하루살이 인생인 듯하다. 대상이 처한 상황을 매우 객관적으로 전개되었지만, 독자들에게 깊은 여운을 준다. 민중에 대한 연민의 정을 보여 주고 있는 대표적인 작품이다. 이 시 역시 대상을 아주 가까이에서 섬세하게 관찰하고 있다.

獨眼龍出雲之陽	獨眼龍이 구름 사이로 나와
鳶峙極天立鬱蒼	여원치 하늘 끝에 울창하게 서 있네.
冬十一月歲甲午	겨울이라 동짓달 해는 갑오년
南國千村盡棘荊	남녘 온 고을이 가시덤불로 변하였네.

---

25) 허규, 앞의 책.

萬馬雲集潢池中	萬馬가 구름처럼 황지에 모여드니
殺氣蔽天天日黃	살기가 하늘을 가려 날로 하늘 누렇구나.
字牧乞命風下噤	수령들은 목숨 구걸하며 바람 아래 입 다물고
文武幾希守封疆	文武 신하 중에 임지를 지키는 자 드물었네.
丈夫三尺秋哭鬼	대장부 삼척 칼이 가을 귀신처럼 울부짖고
立視梟獍如芥蟻	효경같은 맹수들도 하찮게 여겼다네.
大砲聲高地中出	대포의 거센 소리는 지축을 흔들고,
木佛郎機江截紀	佛郎機는 강줄기를 끊어버려,
十萬狙狪烟散地	십만 狙狪도 연기처럼 흩어지고,
百川紛紛腥血紫	온 강물 어지러이 핏빛으로 물들었네.
爭持牛酒來相迎	다투어 소와 술 가져와 맞이하니,
萬家誰不同太平	집집마다 누군들 태평하지 않으리.

<聞雲峯大捷>[26] · 1895

　　雲峯大捷은 1894년 민병대장 朴鳳陽이 동학농민군을 물리친 것을
말한다. 박봉양은 남원에 있는 金開南(?~1894)이 이끄는 부대가 운봉
함양으로 진출하는 것을 막았다. 또 다른 것으로, 1380년 9월에 李成桂
등이 전라도 지리산 부근 황산에서 왜구를 크게 물리친 荒山大捷이 있
다. 논자들 가운데는 매천의 <追賦雲峰大捷>[27]을 이성계의 황산대첩
으로 오해하는 경우도 있다.[28] 매천은 박봉양이 동학군을 맞아 크게 이
긴 소식을 들었지만, 당시 그는 부모상으로 시를 쓰고 있지 않았기 때
문에 '追賦'라고 한 것인데, 이를 간과한 것이다. 동학에 대하여 매천은
매우 비판적인 입장이었다.[29] 또 매천의 작품과 새로 발굴한 허규의 작

---

26) 허규, 앞의 책.

27) 『매천전집』 권1, 96쪽,

28) 李炳基, 『梅泉詩 研究』(보고사, 1994), 88~89쪽 ; 황위현의 『箋註梅泉詩集』
　　에서 시 속의 장군을 이성계라고 했는데, 이 또한 오류이다.

29) 매천이 쓴 글 『東匪紀略』은 동학도를 도적으로 본 것이다. 김창수, 「매천
　　황현의 동학인식에 대하여」, 『新人間』 제416호, 외솔회, 1984. 임경숙, 「매
　　천 황현의 동학농민운동에 대한 인식」, 순천대 교육대학원 석사학위논문,
　　2002 참조.

품은 같은 해에 지은 것으로 시에서 쓰는 몇몇 용어들은 일치하고 있다
는 사실을 알지 못했던 것이다.

'獨眼龍'은 당나라 18대 황제인 僖宗(873~883) 때에 황소의 난을
물리친 李克用(856~906)을 이른다. 이극용의 군사는 모두 검은 옷을 입
고 사정없이 맹공을 가했기 때문에 반란군은 "갈가마귀의 군사[鴉軍]
가 왔다!"며 심히 두려워했다고 한다. 그의 눈은 애꾸눈이었다. 그가 귀
한 자리에 오르자 사람들이 그를 '獨眼龍'이라고 했다. 여원치는 남원에
서 함양으로 가는 국도에 있다. 황산대첩 시 이곳에서 이성계가 행군
도중 백발이 성성한 노파로부터 戰勝의 날짜와 전략을 계시 받았다. 이
성계는 노파가 산신령이라 여기고 이를 기리기 위해 벽에 女像을 새기
고 산신각을 지었다. 그래서 이곳을 여원치라고 부르게 되었다. 대부분
여원치라는 지명 유래를 생각하고 이성계를 떠올릴 수 있다. 그러나 이
고개는 1894년 동학농민운동 당시 남원 접주 김개남이 이끌던 동학군
이 처참하게 패한 곳이기도 하다. 운봉의 박봉양(일명 일목장군)이 진주
와 함양에서 원병을 받아 방아치 전투에서 동학군을 대파했고, 이어 11
월 관음치에서 재차 승리해 그 기세를 몰아 남원 동학군을 물리쳤다.

이 작품은 바로 박봉양의 승전 소식을 듣고 노래한 것이다. 곧 이 시
에서 獨眼龍은 박봉양을 두고 이른 말이다. 대장부 삼척 칼이 가을 귀
신처럼 울부짖고, 효경과 같은 사나운 동학도들도 겨자씨만한 개미처럼
하찮게 보았다는 것이니, 이는 박봉양의 용맹성을 찬미하는 것이라 하
겠다. 마지막 연에서, "다투어 소와 술 가져와 맞이하니, 집집마다 누군
들 태평하지 않으리."라고 한 것은 당시를 보는 역사관에 따라 평가를
달리할 수 있는 부분이다. 당시 매천이나 왕사찬, 유제양 등 대부분 구
례 시인들과 이정직, 정인보 등은 동학농민운동을 부정적 시각으로 인
식하고 있었다. 이정직은 당시 동학군에 의해 전주의 집이 불타고 문집
이 소각되는 등 직접적인 피해를 보았다.

앞의 동학농민운동과 관련하여 다음의 작품 <聞李海鶴爲盟主 喜唫
七絶>도 비슷한 입장을 보이고 있다.

書生一劒掃風塵　　서생이 검 하나로 풍진을 쓸어버리니
十里桃花馬亦春　　십 리 桃花馬 또한 봄빛을 띠었구나.
却愧穹淵無所事　　부끄럽게도 穹淵에서 하는 일 없이
卄年黃券我何人　　이십 년간 책만 보는 나는 어떤 사람인가.
<聞李海鶴爲盟主 喜唫七絶>[30] · 1895

　　이 시는 동학군이 구례로 쳐들어와 마구 약탈하자 구례 마산면 냉천
리에 거주하고 있던 李沂가 군민 수백 명을 규합하여 이들을 물리친 사
실을 전해 듣고 쓴 것이다. 1894년 해학은 동학군이 봉기했다는 이야기
를 듣고 國憲을 일신할 수 있는 좋은 기회가 왔다고 생각하고 즉시 全
琫準(1855~1895)을 찾아가서 동학군을 이끌고 서울로 쳐들어가 정부
를 뒤엎고 간악한 무리들을 죽여 없앤 다음에 나라를 바로잡자고 설득
했다. 전봉준을 이를 받아들이고 이기에게 남원에 가서 김개남을 설득
하라고 했다. 그러나 김개남은 그를 의심하여 도리어 죽이려 하였다. 그
는 간신히 목숨을 구하여 구례로 돌아올 수밖에 없었다.[31]
　　1구는 앞에서 언급한 대로 白面書生으로 군민을 규합하여 동학군을
물리쳤다는 것이다. 2구 "십리에 桃花馬 또한 봄빛을 띠었다."는 말은
원나라 시인 胡炳文의 시구 "등 위에 떨어진 도화 쓸지 않고 그냥 두어,
무릉의 봄빛을 이제껏 띠었구려."[32]에서 가져 온 것이다. 누런 털과 흰
털이 섞인 것은 駓 또는 桃花馬라고 하였는데, 허규는 동학군이 평정되
어 구례에 평온한 시절이 왔다는 의미로 썼다. 3, 4구에서 자신은 이러

---

30) <聞李海鶴爲盟主 喜唫七絶>, 『묘원시초』.
31) 鄭寅普, <海鶴李公墓誌銘>, 『海鶴遺書』(국사편찬위원회, 1955), 9쪽 참조.
32) "望夷宮裏失天眞, 走入桃源避虐秦. 背上落紅吹不起, 至今猶帶武陵春."(胡炳
　　文, <桃花馬>, 『雲峯集』卷8)

한 때 아무런 행동도 하지 않고 책만 읽고 있으니 부끄럽다는 자기 고백이 나오고 있다.

앞에서 살펴보았듯이, 허규의 시는 청절한 풍격을 지니고 있다. 그의 詩社詩는 경쾌하고 청경하다. 욕심이 없이 자연 속에서 벗과 自娛하며 한평생 보내기를 소망하기도 했다. 또한 사회적 약자들도 외면하지 않고 특유의 섬세한 필치로 그들의 힘든 삶의 모습을 시 속에 담아 고발하였다. 그럼에도 불구하고 그의 시는, 황원이나 윤종균, 권봉수 등과는 달리 식민지 현실에 대한 냉철한 비판 의식이나 저항적 의지가 뚜렷하게 드러나 보이지는 않는다. 그가 남긴 일기에 보면 이언우의 유집인 『惕齋集』 발간 문제로 구례경찰서에 출두하여 조사를 받기도 하였다. 당시 그가 조사를 받은 이유는 검열을 받지 않고 김택영에 의해 상해에서 문집이 발간되고 국내로 유입되었기 때문이었다. 그러나 『용재집』에는 검열에 걸릴 만한 내용이 들어있지 않았기 때문에 크게 문제되지는 않았다.

2. 酉堂 尹鍾均

酉堂 尹鍾均(1861~1941)은 매천시파 가운데서 가장 많은 시를 남긴 多作시인이었다. 그의 작품은 30세 무렵부터 78세 무렵까지로 근 50년간 쓴 것으로 1만여 首에 달한다. 가장 왕성한 창작력을 보였던 해는 1916년으로 그 해에 쓴 작품이 무려 1,000여 수에 이른다.[33] "그의 시는 近人의 門戶를 취함을 달갑게 여기지 않고 반드시 唐을 취하여 당으로 돌아가고자 하였다. 王維(699?~761)·孟浩然(689~740)·岑參(715~770)·劉長卿(725?~791?) 등의 高華하고 秀傑한 작품을 더욱 연모하였다."[34]

---

33) 1916년 한 해 동안에 쓴 시집으로 『小石山房旅草』 상, 하 2책과 『酉堂稿』 1책이 있다.

34) "盖翁之爲詩, 不肯就近人門戶, 而要以唐爲歸於唐, 尤慕王孟岑劉 高華秀傑之

그의 시는 풍부하고 아름다웠으며, 韻調는 圓滑하고 興象은 超逸하고 格律의 밖에다 新意를 내었고, 論議 가운데에 붓을 휘두른 기세가 넘치고, 익숙하면서도 爛漫하지 않고, 妙하면서도 工巧함에 손상하지 않았으며, 시대의 風氣에 얽매이지 않았다.[35] 그의 시는 唐風을 지녀 아주 자연스럽다.

庭畔孤松碧	뜰 가에 외로운 솔 푸른데,
上有一雙鶴	그 위에 한 쌍의 학이 앉았네.
夜深風露凉	밤 깊어지자 바람 이슬 차가워
鶴飛松子落	학이 날자 솔씨 떨어지네.
<庭松>[36]	

笛斷靑山靜	피리 소리 끊긴 청산은 고요하고
江明白髮斜	강은 밝고 백발은 성성하네.
泊舟古磯下	옛 자갈밭 아래 배를 대니
踈雨滴蘆花	이슬비가 갈꽃을 적시네.
<漁翁>[37]	

두 작품 모두 唐人의 五言絶句에 차운한 것이다. <庭松>은 뜰 가에 한 그루 소나무에 한 쌍의 학이 앉았다가 밤이 깊어 바람과 이슬이 차가워지자 학이 날아가니 솔씨가 떨어진다는 내용이다. '孤松'과 '鶴'의 어울림, '風露'와 '松子'의 대비가 두드러진다. 청산의 고요함은 대자연이 가진 장엄한 미이며, 밤이슬은 결국 솔씨를 퍼뜨리는 자연의 합창이다. 시어는 간결하지만 의경이 더욱 仙的이고 高華하다. 전·결의 對偶가 견실하다. 시각적 이미지, 촉각적 이미지가 혼재하면서 繪畵的 분위기를 연출하고 있다.

作."(鄭琦, <酉堂集序>, 『酉堂詩集』)
35) 앞의 책 참조.
36) 『유당시집』 권1, 7면.
37) 앞의 책, 8면.

<漁翁> 또한 앞의 작품과 유사한 敍景詩이다. 靑山은 피리소리마저 끊겨 고요하고, 漁翁의 白髮은 이슬비 내리는 밝은 강에 견주어 더 희게 보인다. '笛斷/江明', '靑山/白髮', '靜/斜' 등 대우가 견실하다. 청산과 백발은 청백 대비로 화평한 배경을 이룬다. 섬진강 자갈밭에 배를 정박하니 이슬비가 갈꽃에 내려 빗방울이 방울방울 맺혀 있다. 청산, 맑은 강, 이슬비와 어우러진 漁翁에게서는 전혀 속기를 찾아볼 수 없다. 이 두 수의 시는 寫景이 뛰어나서 모두 한 폭의 그림을 연상하게 한다. 실로 왕유나 맹호연의 시를 보는 듯하다. 이러한 시풍은 매천에게서도 크게 영향을 받았다. 매천의 시 가운데는 寫景이 뛰어난 작품들이 많다.

> 庭院深深樹影籠 뜰 깊은 곳에 나무 그림자가 드리웠고
> 游絲橫綴晚簾風 버들개지 흩날리고 주렴에 저녁바람 이네.
> 怪來胡蝶欺花深 꽃인 줄 알고 날아든 나비는
> 自去團飛芳草中 빙 돌다가 방초 사이로 날아가네.
> <幽居信筆·2>[38] · 1896

봄이 깊어 나뭇잎이 우거졌다. 햇빛을 받아 나무 그림자도 비스듬히 기울었다. 산들바람에 하얀 버들개지가 흩날린다. 이 때 어디선가 나비 한 마리가 꽃인 양 잘못 알고 날아들었다가 전원을 한 번 선회하더니 방초 사이로 날아간다. 이 작품에서 쓰인 주요 시어로는 '樹影', '游絲', '胡蝶', '花', '芳草' 등이다. 이것들은 밝고 아름다운 이미지를 띤다. 한가로운 뜰을 형상화하기에 알맞은 시어들이다. 또 '風'과 '飛'는 동적 이미지로 전체 시상을 지배하고 있다. 그러나 이 시에서 느껴지는 것은 잔잔함과 한가로움과 여유이다. '風'이 미치는 것이 '游絲'요, '飛'의 주체가 '胡蝶'이기 때문이다. 動中靜의 美가 바로 이 시의 매력인 것이다.[39]

---

38) 『매천전집』권1, 33쪽.
39) 김정환, 「매천 황현의 『구안실신고』 연구」, 443쪽 참조.

稻孫重綠草蟲鳴   稻孫이 푸르고 풀벌레 우는데
村杵無聲月自明   마을엔 절구소리 없고 달만 절로 밝구나.
不識秋烟籠野宿   가을 연기가 농야에 머문 것도 모르고
開門疑是大江橫   문을 열면 대강이 가로질러 흐르는 듯.
　＜竹坪秋烟＞[40]·1916

竹坪은 구례군 문척면 섬진강에 접한 마을이다. 起句에서 稻孫은 벼
를 베고 난 뒤에 그 그루터기에서 다시 자라난 벼를 뜻하는 말이다. 가
을걷이 후 벼 벤 그루터기엔 도손이 푸릇푸릇하고 가을 풀벌레 소리만
들린다. 시간적·공간적 배경이 제시되고 청각적 이미지가 그려졌다.
가을 추수가 끝나고 절구 소리도 멈춘 적요한 가을 달밤에 풀벌레 소리
만 요란하게 들려오고 있다는 것이다. 轉·結에서는 문을 열고 가을 들
녘을 바라보니 가을 연기가 들판에 머문 것을 큰 강이 가로질러 있는
것으로 착각했다는 것이다. 밤이기 때문에 일어난 착시 현상이다. 시적
분위기는 매우 차분하고 정적이다. 이러한 시상을 유발하는 시어로는
풀벌레소리, 밝은 달, 가을 연기 등 모두 자연물이다. 시상 전개가 매우
자연스러워 이 시 역시 唐詩를 보는 듯하다.

賓館閒居勝在家   여관의 한가한 생활이 집에 있을 때보다 나은데
怪來雙鬢日添華   괴이하게도 두 귀밑머리엔 날로 흰머리만 느는구나.
知君白屋秋多事   그대의 초가집 가을에 많은 일이 있음을 알겠거니
喜此靑燈夜有花   기쁘게도 이 푸른 등불 아래 밤에 꽃이 피었네.
荳殼經霜鳴野鼠   서리 맞은 콩깍지에서는 들쥐가 울고
竹枝搖月墮寒鴉   대나무 가지 흔들리는 달빛 속에 추운 까마귀
　　　　　　　　　　　내려오네.
興盡何人空自去   흥이 다하여 누가 쓸쓸히 떠나가는가.
孤舟刻曲望中賒   외로운 배 刻曲의 구비에서 눈앞에 아득히 보이네.
　＜旅館喜梅泉見訪＞[41]·1902

---

40) ＜竹坪秋烟＞,『유당시집』권2, 17면.
41) 앞의 책, 권1, 14면.

매천과 왕사찬이 윤종균이 머물고 있는 여관으로 찾아와서 이들과
창수한 시이다. 윤종균은 고향집을 떠나 화엄사 등지에서 머물 때가 많
았는데, 몸은 한가롭지만 벌써 귀밑머리가 희끗희끗해졌다는 것이다.
가을밤의 경치가 잘 묘사되었고, 대우가 참신하다. 마지막 두 구는 東晉
의 王子猷와 戴逵의 고사를 썼다. 山陰의 왕자유가 밤에 눈이 오는 것
을 보고 흥이 나서 배를 타고 섬계의 대규를 찾아갔다가 그 집에 이르
렀을 때, 문득 흥이 다하자 만나지 않고 그대로 돌아오고 말았다는 고
사이다. 왕사찬이 도중에 떠난 것을 비유한 것이다. 典故를 적절히 활용
하였다.

그는 특히 구례와 섬진강 일대의 아름다운 자연을 많이 읊었다. 다
음 <蟾津江>은 그의 대표작으로 꼽을 수 있다.

鴨綠津頭二水會	압록나루 머리에서 두 물이 만나
明沙細艸森如繪	흰모래 잔 풀 빽빽해 그림 같은데,
一曲東流潺水驛	한 굽이 동으로 흘러 잔수역이 되고
帆檣出沒汀樹碧	돛단배 출몰하는 물가에 나무가 푸르네.
二曲東流文江深	두 굽이 동으로 흘러 文江이 깊고
沙村竹月橫千尋	沙村의 대밭에 달이 천 길을 비끼네.
銀魚盈尺帶笐香	은어가 한 자나 자라 허리에 찬 그릇 향기로워
記得當年進頭網	그 해에 그물 지고 나간 걸 기억한다네.
三曲東流漢水川	세 굽이 동으로 흘러 한수내가 되고
旗竿簇立魚鹽船	고깃배 소금배에 기를 단 간짓대가 모여 섰으며,
四曲東流蟾津闊	네 굽이 동으로 흘러 섬진이 드넓은데,
水鎭角罷霜葉脫	水軍鎭의 피리소리 그치고 서리 맞은 잎이 지네.
千里蓴美四腮魚	천리에 순채가 맛나고 농어는 살쪘으니,
秋來鳳味更何如	가을이 오면 맛이 다시 어떠하리.
五曲東流斗峙橫	다섯 굽이 동으로 흘러 두치를 비끼고
蚪黿一轉蟾江名	두추가 한 번 변해 두껍강(섬진강) 이름 되었네.

<蟾津江>[42] · 1916

---

42) 앞의 책, 권2, 26면.

구례초입의 鴨綠에서 하동 두치강까지 여러 굽이를 차례로 내려오며 그곳의 특징과 아름다움을 노래하고 있다. 독특한 의경의 안배를 보여준다. 原註를 보면, "그 근원이 둘이다. 하나는 진안의 마이산에서 시작하고, 하나는 장흥의 웅치에서 시작하여 곡성의 압록강에서 만나서 동류하다가 潺水가 되고, 또 동류하며 구례의 남쪽에서 文江이 되고, 또 東流하여 漢水川이 되며, 또 東流하여 광양의 북쪽 섬진나루를 지나고, 또 동류하여 하동의 두치강이 된다. 두치는 우리나라 方言에 蟾을 두치라고 하고, 또 蚪鼈(두꺼비)이라 이른다. 두치강이라 하는 것은 곧 두추강이 변한 소리다."[43]라고 하였다. 잔수역은 문척면과 구례읍과 순천시 황전면이 만나는 지점을 말하고, 文江은 문척면과 구례읍, 마산면의 경계를 지나는 부분을 말하며, 한수천은 토지면 송정리를 지나는 부분을 이른다. 이처럼 그는 고장의 자연을 세세한 부분까지 시로 형상화하였다. 이는 그의 鄕土에 대한 애정에서 비롯된 것이라고 본다.

또 그의 시 가운데는 구례의 지리나 산물에 관한 향토적 색채가 강한 작품이 더러 보인다. 구례의 주산물은 죽연의 먹감과 잔수의 백채, 문강의 은어, 추동의 담배, 산동의 산수유 등을 들 수 있다. 작품의 묘사가 매우 사실적인 것이 특징이다. 먼저 <潺水白菜>를 보자.

沿江柑樹一蒼蒼	강 따라 녹나무가 한결같이 푸르고
上枝下枝蟬聲凉	윗가지 아래가지 매미 소리 시원하다.
老圃耕田納午署	노포에서 밭을 갈아 낮 더위를 거두면
軟沙如粉弄晴光	부드러운 모래가 밀가루처럼 밝은 빛을 희롱한다.
疏通溝塍整復斜	소통하는 고랑과 두둑 가지런타가 다시 꾸불꾸불하고
京院種子古來嘉	京院의 종자가 예부터 뛰어났는데,

---

43) "其源有二, 一自鎭安馬耳山發, 一自長興熊峙發, 合於谷城鴨綠江, 東流爲潺水驛, 又東流求禮南爲文江, 又東流爲漢水川, 又東流經光陽北瞻津鎭, 又東流爲河東斗峙江. 斗峙東國蚪鼈, 又云蚪鼈, 所謂斗峙江, 卽蚪鼈江之轉音也."(같은 곳)

沙村百口菜農重　　沙村에 모든 사람이 배추 농사를 중요하게 여겨
立苗疏濶勤培壅　　모를 듬성듬성 심어 부지런히 북돋운다.
鋤之灌之適雨暘　　김매고 물 주어 비와 빛이 적당하여
外莖疊白中芽黃　　바깥 줄기는 포개져 희고 속잎은 누렇게 찬다네.
秋深幅幅大如甕　　가을이 깊어 가면 포기마다 단지처럼 큼직하고
始向江壚酒一中　　비로소 강가 주막으로 향하면 술이 있다.
苐待西風露化霜　　제풀이 서풍을 기다리면 이슬이 서리되고,
萬畦簇簇騰淸香　　많은 밭두둑에 더부룩하게 밝은 향기 오르면,
椒縷薑片鰻鹽汁　　초루 생강 조각 조기 저린 진액에 버무려
十割雪莖瓮裡立　　항아리 속에 세운 눈속 줄기를 열 조각으로 나눈다.
冬葅初熟盤供美　　겨울 김치 처음 익어 소반에 아름답게 공양하면
快如嚼梨氷生髓　　배를 씹은 것처럼 시원해 골수에 얼음이 생기는 듯.
<潺水白菜>[44] · 1916

　　잔수는 구례군에서 남쪽으로 10리 옛 역정에 있다. 황전천과 압록강이 만나는 곳인데 구례 사람들은 찬수라고 한다. 원주를 보면 녹나무 대여섯 그루 그늘이 덮었으며, 마을 가운데서 물이 돌아 땅이 기름져서 배추의 생육 환경에 알맞다고 적고 있다. 또한 그 폭이 큰 것은 둘레가 18, 9치나 되고 줄기가 매우 희고 심이 없다고 하였으며, 싹이 궁박하고 주름이 예쁘며, 누런 김치가 겨울이 되면 맛이 있는데, 그 맛이 매우 시원하다. 황성의 訓練院 배추가 나라에서 이름난 것이나 여기에 미치지 못한다고 적고 있다.[45] 윤종균은 밭의 토질이며, 농부들이 땀 흘리며 가꾸는 것이며, 수확하여 김장을 한 뒤 겨울에 꺼내어 먹는 그 맛까지 사실적으로 그리고 있다. 특히 맨 뒤의 두 구절 "冬葅初熟盤供美, 快如嚼梨氷生髓."은 잔수 배추의 맛을 실감나게 표현한 것으로 압권이라 하겠다. 이와 비슷한 작품으로 <筏村墨枾>가 있다. 죽연의 먹감은 조정에 진상품으로도 갈 정도로 유명하였다.

―――――――――――――

44) 같은 곳.
45) 『유당시집』 권1, 26면 참조.

金鰲山下文江澳	오산 아래 문강은 깊기만 하고
家家有樹高於屋	집집마다 감나무가 집채보다 높구나.
春深葉葉訝許同	봄이 깊어지면 잎마다 마찬가진 듯하고
蓬戶盡在綠雲中	봉호가 다 녹음 속에 있다네.
五月六月江雲暖	오뉴월 강 구름이 따뜻해지면
枝枝倒垂靑虯卵	가지마다 푸른 여의주를 드리운다네.
風高霜落動秋色	바람 높고 서리 내리면 가을빛이 살아나
二分彤霞一分墨	한 편으론 붉은 놀지고 한 편은 먹[墨]이 든다네.
持刀削皮老手捷	칼 가지고 껍질 깎는 늙은이의 손길 빠르고
十串百顆成一貼	열 꼬챙이 백 알로 한 첩을 만든다네.
掛之甕端曝秋陽	처마 끝에 걸어서 가을볕 쪼였다가
貯之簹裏被粉霜	동이 속에 저장해 가루 서리를 입힌다네.
沉水一宿便自解	물에 잠겨 하룻밤 채우면 절로 풀려지고
珍品往往充官廳	진품은 왕왕 관청을 살찌운다네.
滿船載下河東市	배에 가득 싣고 하동 장으로 내려가면
千金一夕傾鄕里	천금이 하룻저녁에 마을을 기울게 한다네.
丸都之李江陵橘	丸都의 자두도 강릉의 귤도
到此不敢專其美	이곳에 이르면 그 맛을 감히 어쩌지 못하네.

<筏村墨枾>[46] · 1916

1연은 감나무가 많은 마을 정경을 보여 주고, 2연부터 4연까지는 계절의 변화에 따라 감나무에 감이 열려 익기까지의 변화 과정을 읊고 있다. 5연과 6연은 곶감을 만드는 과정이 단계적으로 섬세하게 묘사되어 있다. 7연은 상품을 하동 시장에 내다 팔면 돈이 된다는 것이다. 마지막 연에서는 자두나 귤맛보다 더 맛있다는 곶감에 대한 주관적 평가를 내리고 있다.

이 시의 原註에는 "구례군 남쪽 오산 아래 문강 굽이 죽연리에는 집집마다 감나무 네다섯 그루씩은 있다. 서리 내린 뒤에 그 열매 덩어리가 작은 것이 거위 알만하다. 꼭지에서 열매덩어리에 이르기까지 삼분의 일이 먹색이 아직 두껍게 되지 아니했을 때 앞서 따서 깎아서 꼬챙

---

46) 앞의 책, 27면.

이에 꿰어 말린다. 백 개의 알맹이를 한 접이라고 하는데, 항아리에 오래 저장해 두어서 그 서리가 마치 가루처럼 잠기면 물로 씻고 하룻밤을 재워두어 절로 풀려서 씨를 없앤다. 그리고 찌꺼기를 없애면 좋다. 그 맛이 다른 감보다 분명히 달다. 그래서 감을 하동장에 팔면 그 값이 潺水 배추의 가격과 서로 비슷하다."47)라고 하였다. 그는 이처럼 지역 특산품에 대해서도 관심을 가지고 이를 시로 형상화하였다. 다음의 <楸洞南草> 또한 이러한 작품에 속한다.

出自呂宋遍東方	루손 섬으로부터 우리나라에 들어왔는데
其味劇辣其臭香	맛이 참 독하고 냄새가 향기롭다.
楸洞居人業火種	추동 사람들이 업으로 화전에 심어
新畬鬱密山之陽	새 여찬이 산 남쪽에 촘촘하다.
煽燿燭天春日午	들불이 봄날 낮이면 하늘에 비치고
積灰浥露自成土	재를 모아 이슬에 적시면 절로 흙이 되는데,
沙圃新芽鼠耳長	모래밭에서 새싹이 쥐의 귀처럼 자라면
婦子移植冒細雨	아낙들이 이슬비 맞으며 옮겨 심는다.
三度防笋葉靑黑	세 차례 순을 막으면 잎이 푸르면서 검어지고
剪之編之索蓬戶	그걸 잘라 엮어 蓬戶에 가득 채운다.
平鋪草上晚不捲	풀에 가지런히 펴서 저녁에도 걷지 않고
葉葉微沾秋露泫	가을 이슬이 내려 잎들이 살짝 젖는다.
㿻以包茅貯空床	띠로 싸서 빈 평상에 쌓아 두고
留待霜天物價翔	서리 내릴 때까지 물가가 오르기를 기다렸다가
歲寒載出河東市	추운 겨울에 실어 하동장에 내놓으면
一朝不羨千金子	하루아침에 천금 가진 이라도 부럽지 않다.
山農日廣石徑開	산골 농사를 날로 넓혀 돌길을 열고
艮墅雲庵處處栽	어려운 골짜기 운암에서 이곳저곳 재배한다.
惟此楸洞居第一	오직 이 추동 것이 제일을 차지하여
一人吸之香滿室	한 사람이 피우면 향기가 방에 가득하다.

---

47) "在郡南鼇山下文江曲, 亦曰竹淵里, 家家有枾四五樹. 霜後其顆之小者如鵝卵, 自蒂至顆三分一墨色, 未釀前摘而削之 串枴而乾之. 百顆謂一貼. 久貯於瓮, 其霜若粉沉淨氷, 一宿自解無核, 滓可去, 其味信甘於他枾. 賣于河東市, 價額與潺水白菜相等."(같은 쪽)

<楸洞南草>[48]·1916

楸洞은 지리산 피아골 입구 쪽 마을 이름이며, 南草는 담배를 지칭하는 말이다. 매천의 시에도 담배를 노래한 바 있으니, 아마도 이곳에서 구한말부터 담배를 재배했던 것 같다. 특히 이곳은 농사지을 터전이 없기 때문에 산자락을 개간하여 담배 재배를 주업으로 한 듯하다. 原註에는 이곳 담배의 품질이 매우 좋았다고 적고 있다. 이 시에서 담배의 유래와 재배와 수확 후 판로까지 자세하게 묘사하고 있다. 윤종균은 시의 맨 마지막에 담배를 피우면 방안에 향기가 가득하다 한 것으로 보아 愛煙家였다는 것을 짐작할 수 있다. 담배 재배로 농가의 긍정적 측면을 부각시키고 있는 작품이다. 매천의 작품 <種菸謠>와 비교해 보자.

(전략)

蝦蟆呑月輪蝕入	두꺼비가 야금야금 둥근 달을 갉아먹고
郭索奔泥旁行窮	게가 수렁을 기다 앞길이 막히었네,
地黑葉靑靑漸多	땅 검지만 잎이 퍼져 푸르러 가더니
蝶翅萬片粘春叢	나비 날개 만 조각이 엉킨 것 같네.
百歲枯樹山鵲噪	해묵은 고목에선 산까치 울어대고
午日徵綻來霽風	햇발이 퍼지고 바람이 불어오자
風便細喉悄欲斷	바람결에 들리는 소리 이어질 듯 끊길 듯
農謳遠近無南東	상사뒤요 농가소리 어디서 들려오나.
我亦十年爲佃客	나 역시 십 년 동안 소작 노릇 하였으니
秧秧麥麥人之同	모 심을 땐 모 심고 보리 갈 땐 보리 갈았소.
秋熟要盡公私稅	가을 곡식 수확해도 이리저리 떼고 나면
罄室依舊豊非豊	여전히 텅텅 비니, 풍년이라도 매한가지.
自種菸艸田於山	산밭에 담배농사 짓고부터는
柴門犬老氄蒙茸	삽살개도 문전에서 꼬리를 흔든다네.
但得年年菸價翔	해마다 담배값만 오른다면
肯羨三百囷廛崇	부잣집 노적가린들 부러우랴.
痴氓免餓眞好命	어리석은 백성이야 굶주림 면하면 상팔자라

---

48) 앞의 책, 28면.

水田莫笑山田農　　논농사 하는 분네 산농사라 웃지 마소.
　　<種菸謠>[49] · 1895

윤종균의 시가 담배농사의 전반적인 흐름을 노래한 것이라면, 매천
의 노래는 담배모종을 심는 과정을 통해 어려운 현실을 묘사함과 동시
에 새로운 돌파구는 찾는 긍정적인 세계관을 보이고 있다.

윤종균의 시에는 시국에 대한 울분을 토로한 慷慨한 내용도 적지 않
게 표현되고 있다. 그는 비록 행동으로 보이지는 아니했지만, 현실 비판
과 시대에 대한 치열한 의식을 드러냈다. 그에게는 文이 남아 있지 않
다. 대신 많은 것을 시로 표현하였다.

朔風吹雪太陽昏　　삭풍이 눈을 몰아쳐 태양이 어둡더니
獨判熊魚衆所尊　　홀로 熊魚를 판별하여 모두에게 존경받았네.
北闕三書論世事　　대궐에 올린 세 번의 상소로 세상 일 논하고
南湖一檄答君恩　　호남에서 의병 일으켜 君恩에 보답하였네.
華山突兀增秋氣　　화산은 우뚝하니 가을 기운 더하고
萊港噓唏罷市喧　　동래항은 슬픈 소식에 撤市하고 슬퍼하였네.
地下應逢文信國　　지하에서 마땅히 충신 文信國을 만나리니
神交千古有雙魂　　천고에 神交할 두 넋이 있으리.
　　<聞崔勉菴先生卒于對馬島, 悵然有作>[50] · 1907

면암 최익현이 대마도에서 순국하였다는 소식을 듣고 비감하여 지
은 시이다. 수련은 일제가 우리나라를 강점하기 위해 야욕을 부리니 면
암이 홀로 삶을 버리고 의를 취하므로 대중들에게 존경을 받았다는 뜻
이다. 上句의 '朔風'은 일본 군국주의를, '太陽'은 한민족의 빛나는 역사
를 비유하는 말이다. '熊魚'는『맹자』告子上에, "생선도 내가 먹고 싶
어 하는 바이며, 곰발바닥도 내가 먹고 싶어 하는 것이지만, 이 두 가지

---

49)『매천전집』권1, 83쪽.
50)『유당시집』권1, 33면.

를 겸하여 얻을 수 없다면 곰발바닥을 취하겠다. 삶도 내가 원하는 바이며 의리도 내가 원하는 것이지만, 이 두 가지를 겸하여 얻을 수 없다면 삶을 버리고 의리를 취하겠다."[51]는 고사에서 취하였다. 정의의 길을 갈 것을 강조한 것으로, 만약 양자택일의 경우라면 단연코 삶을 버리고 정의의 길을 택하라는 것이다. 삶이 사람의 지극히 원하는 바이지만 정의란 그보다도 더욱 견실한 것이기 때문이다. 그렇기 때문에 정의를 위해서는 생명을 초개같이 버리게 되는 것이다. 그는 면암이 대마도로 유배되어 죽음으로써 의를 지켰다고 보는 것이다.

함련의 上句는 1905년 을사조약이 체결되자 면암이 곧바로 <請討五賊疏>를 올려서 조약의 무효를 국내외에 선포할 것과 亡國 條約에 참여한 朴齊純 등 오적의 처단을 주장하였고, 1906년 <倡義討賊疏>를 올려 의거의 심정을 피력한 것을 말한다. 그리고 下句는 1906년 윤4월 전북 태인에서 궐기하여 8도에 포고문을 내고 항일투쟁을 호소하였고, 순창에서 약 400명의 의병을 이끌고 일본군과 관군을 상대로 싸운 사실을 말한다. 경련은 대마도에 유배되어, 적이 주는 음식물은 먹을 수 없다 하여 단식하다가 遺疏를 구술하고 굶어 죽었는데, 면암의 죽음에 동래항 상인들조차 철시하고 슬퍼했다는 것이다. 함련과 경련의 대우가 견실하다. 미련의 文信國은 중국 南宋 말기 정치가이자 시인 文天祥(1236~1282)을 지칭하는데, 1275년 원나라 군사가 국도 臨安에 육박했을 때, 土豪과 소수민족으로 이루어진 혼성 의용군을 이끌고 방위에 참가했다. 1276년 정월 원나라의 공격으로 無人化된 중앙정부의 재상으로 발탁되어 황제의 명에 따라 화평의 사자로 원나라 총수 伯顔과 격론을 벌인 끝에 구류되었다. 그러는 동안 송나라는 멸망하고 그는 적진에서 탈출하여 益王에게로 갔으나, 陳宜中 등과 의견이 맞지 않아 江西 방면의 회복을

---

51) "孟子曰, 魚我所欲也, 熊掌, 亦我所欲也, 二者, 不可得兼, 舍魚而取熊掌者也. 生亦我所欲也, 義亦我所欲也, 二者, 不可得兼, 舍生而取義者也."(『孟子』, 「告子上」)

위해 전전하다가 다시 원나라 군사에게 잡혔다. 원나라 世祖 쿠빌라이
는 그를 이용하여 송나라의 잔당을 소탕하려 했으나, 그는 충절을 굽히
지 않고 대항하다가 3년간의 감옥 생활 끝에 살해되고 말았다. 지하에
서 두 충신이 만나 천년의 우정을 나눌 것이라는 내용으로 사뭇 경건하
고 비감이 넘친다. 이런 類의 작품으로는 <題忠武公影堂>, <將軍島懷
古>, <靈鷲寺懷古>, <憑弔高義將光洵 三首> 등이 있다.

百戰地池草樹荒　　전쟁 치른 城池엔 풀과 나무만 무성한데
龜船淪沒電線長　　거북선은 잠기고 전깃줄 늘어섰네.
天涯故老偏多感　　하늘 끝에 故老는 많은 느낌이 들어
曉向江頭掃影堂　　새벽녘 강머리에 가서 님의 影堂을 쓰네.
　　<題忠武公影堂>[52] · 1913

충무공 영당은 순천시 해룡면 신성포에 있는 忠武祠의 옛 이름이다.
임진왜란 때 왜적과 맞서 싸우던 성의 둘레에 파 놓은 城壕에는 옛 자
취가 희미하다. 그 옛날 선조들의 웅혼한 기상이 서린 곳에는 풀과 나
무가 우거지고, 장군이 위엄을 떨치던 거북선은 사라지고 그 자리에 일
본사람들이 세워놓은 전깃불만 길게 드리워져 있다. 어쩌다 이 나라가
왜놈들에게 먹혔는지 가슴이 답답하다. 윤종균은 충모공의 영당을 쓸면
서 아픈 가슴을 함께 쓸어내고 있다. 다음의 <將軍島懷古> 또한 앞의
시와 유사한 정서를 보여 주고 있다.

一斬長鯨海不波　　한번 長鯨을 베자 바다가 잔잔해져
將軍城外動漁歌　　장군성 밖에 뱃노래 소리 진동하였네.
可憐躍馬調弓地　　가련하다, 말이 뛰고 활 고르던 곳
汽笛聲高落照多　　기적소리 높고 석양빛만 가득하네.
　　<將軍島懷古>[53] · 1913

---

52) 앞의 책, 46쪽 ; 『酉堂稿』 권8)에 <忠武公影堂>(1932)이라는 제목으로 한
　　편이 더 있다.

將軍島는 여수시 국동에서 돌산도를 잇는 돌산대교 옆에 있는 작은
섬으로 둘레가 600m밖에 되지 않는다. 1497년에 수군절도사 李良이 왜
구의 침입을 막기 위하여 쌓은 수중 석성이 있는데, 우리나라 유일의
해저 석성으로 평가되고 있다. 이 석성은 李良이 절도사로 부임하여 금
오도에 나타난 왜구선을 쫓고 전라좌수영을 보다 튼튼하게 방어하기
위하여 쌓았다고 전해온다.

起句는 강한 氣象과 和平의 美를 동시에 지니고 있는 대목이다. '長
鯨'은 큰 고래로 倭寇를 뜻하는 말이다. 따라서 장군이 남해를 노략질
하는 왜구를 평정하자 일대의 바다와 해안이 평온을 되찾게 되었다는
것이다. 承句는 그래서 어부들이 마음껏 바다에 나가 고기잡이를 하고,
또 豊漁를 하여 돌아오며 즐겁게 노래하였다는 것이다. 轉句의 '可憐'은
이하 結句까지 걸리는 통사 구조를 가지고 있다. 과거에는 이처럼 바다
를 수호하는 우리의 수군이 훈련하던 곳인데, 당시 수군의 모습은 보이
지 않는다는 것이다. 겉으로는 軍營이 사라지고 평화스런 어촌의 모습
을 지니고 있다고 표현하였지만, 일제 강점기에 들어가 우리 국토를 自
衛하던 군대가 사라져버렸다는 亡國의 恨을 노래하고 있는 것이다. 文
字로 나타난 말은 담담하지만, 행간에 들어 있는 의미는 恨으로 가득하
다. 다음 시는 1907년 9월에 연곡사 싸움에 패하여 殉節한 고광순 의병
장을 애도한 것이다.

千秋燕谷佛無靈　　천 년 사찰 연곡사엔 부처님도 신령스럽지 않고
義皷聲殘鬼火靑　　의병 북소리 잦아지고 귀신불만 푸르네.
多少行人揮淚地　　지나던 많은 사람들 땅에 눈물 뿌리나
孤松落落片雲停　　외로운 솔만 落落하고 조각구름 머물렀네.

鴉軍衝突葉初流　　鴉軍이 衝突하여 나뭇잎도 눈물 흘렸고
風雨傾山佛亦愁　　비바람이 산을 뒤집혀 부처님도 슬퍼하였네.

---

53) 같은 곳.

縱使無成身便死   설령 뜻을 이루지 못하고 죽었다 해도
堂堂義鼓足千秋   堂堂하던 의병의 북소리는 천 년을 감당하리.
<憑弔高義將光洵>[54]・1915

3편의 연작시 중, 제1수와 제2수이다. 제1수는 起句에서부터 천 년 古刹 연곡사의 부처는 전혀 신령스럽지 않다는 자못 생뚱하고 돌발적인 시상을 제시함으로써 突兀한 미감을 주고 있다. 承句는 그 이유를 밝고 있다. 왜놈들과 생사를 겨루었던 긴박한 의병의 북소리가 잦아지고 원통한 의병들의 혼령이 떠 있다. 의병들의 환영을 본다. 1907년에 고광순 일가는 의병을 일으켜 일본군과 항전을 거듭하다 지리산 피아골 연곡사에서 전멸하였다. 起句와 承句는 悲壯美가, 轉句와 結句는 無常感이 있다. 피아골을 찾는 사람들이 연곡사를 지나치면서 의병들의 의로운 죽음을 슬퍼하지만 자연은 그대로라는 것이다. 落落한 孤松은 이들의 높은 절개를 의미하기도 한다. 悲壯美와 崇高美가 동시에 느껴진다.

제2수의 起句와 承句는 고광순의 군사들이 왜병과 접전하여 전멸함으로 인해 산천도 눈물짓고, 부처님도 슬퍼하였다는 뜻이다. '鴉軍(갈가마귀의 군사)'은 사나운 군사라는 뜻이다.[55] 대우가 견실하며 悲壯美가 느껴진다. 轉句와 結句에서는 그들의 소기의 목적을 달성하지 못하고 전멸하였다고는 하지만 당당하게 왜병과 맞서 나라를 지키고자 하였던 의병들의 의로운 북소리는 민족사에 영원히 남을 것이라는 것이라 하여 悠長한 맛을 주고 있다.

고광순의 순국 소식을 듣고 朴泰鉉과 매천, 小川 등이 밤에 연곡사로 가서 마을 장정을 사서 시신을 거둬 절 옆에 묻고 글을 지어 제를 지낸 바 있다. 이로써 이후 구례 사람들은 석주관 칠의각 사실과 함께 이들의 고귀한 순국정신을 마음속에 새기고 日帝에 대한 울분을 가슴속

---

54)『유당시집』권2, 4면.
55) 104쪽 참조.

에 간직하게 된다. 일제 강점기에 접어든 당시 윤종균은 행동으로 보일
수는 없지만, 이들을 애도하며 애국정신을 기리고 있는 것이다.

春蠶供出稅	봄누에로 전세를 바치고,
秋蠶充戶錢	가을누에로 戶錢을 막네.
夫婿勤俯仰	남편을 근심스레 굽어보고 올려보니
鶉衣露半肩	누더기로 반쯤 어깨를 드러냈구나.
可憐窈窕	가련쿠나 아낙이여
東家婦錦衾	동가의 아낙은 비단이불에
羅裳送閒年	비단치마로 한가로이 세월을 보내는데.

<蠶婦怨>[56] · 1920

일제 강점기에 가난 속에 각종 세금에 시달리던 여인의 삶을 형상화
한 작품이다. 그는 여인의 삶을 통해 일제에 사회적 불평등을 겪고 있
던 우리 민족의 질고를 고발하고 있다. '東家婦'는 이웃에 사는 일본여
자를 가리킨다. 일본여자는 비단이불을 덮고, 비단치마로 한가한 세월
을 보내고 있는 반면에, 우리네 여인들은 누에를 직접 키우면서도 제
옷을 해 입지 못하고 그것을 팔아서 세금 내고 헌 누더기를 입고 다니
다 보니 어깨가 반이나 드러나 있다고 고발하고 있다. 윤종균의 時局,
즉 일제 강점기와 관련한 시들은 대체로 亡國의 恨을 표명하고 있다.
이 작품은 허난설헌의 <貧女吟>과 비슷한 의경을 드러내고 있지만,
<빈녀음>은 불우한 여인의 고달픈 삶을 그린 작품이라면, <잠부원>
은 여인의 모습을 통하여 일제 식민통치 하에 착취당하며 살아가는 민
족의 고달픈 삶으로 확대된다.

윤종균은 이러한 식민지 현실 속의 고달픈 삶과 한을 고발하였을 뿐
만 아니라, 이보다 앞서 <東史漫詠>이라는 詠史詩 連作 계획을 세우고,
십여 개월에 걸쳐 843首의 前無後無한 大作을 내놓았다.[57] 영사시는 역

---

56) 앞의 책, 50면 ;『江北旅草』

대 인물을 읊은 시를 말한다. 이 연작시는 1916년 10월 하순부터 1917
년 사이에 쓴 것인데, 간행 문집인 『酉堂詩集』에는 보이지 않고 『小衡山
房旅草』(1916)에 150首, 『酉堂稿』(1916)에 222首, 『方壺精舍旅草』(1917)
에 471首 등 그의 未定草稿에 모두 843首가 보인다. 檀君과 箕子에서부
터 19세기 閭巷人들에 이르기까지 주요 인물을 망라하였다. 또한 실존
인물뿐만 아니라 霍里子高나 許生 등 문학 작품 속의 인물까지도 광범
위하게 다루고 있다. 각 인물마다 간략한 小傳을 곁들이고 인물의 특징
과 자신의 관점을 詩 속에 담아내었다.

그가 참고한 서책만도 『東人詩話』, 『國朝人物考』, 『壺山外記』, 『星
湖僿說』 등 무려 153種에 이른다.[58] 당시 궁벽한 시골에서 이처럼 많은
서책을 참고한 것이나 방대한 讀書量과 왕성한 創作力에 놀라지 않을
수 없다. 그가 이런 방대한 詠史詩를 기획하게 된 것은, 내면에 투철한
歷史意識과 뜨거운 愛國精神을 지니고 있었기 때문인 것으로 판단된
다.[59]

한편 그는 회갑을 맞아 지난날을 회고하면서 다음과 같이 읊었다.

行年六十餘	나이 육십이 되어
回憶我生初	내 처음 태어난 걸 돌이켜보니
烏哺添新感	까마귀의 효도를 보고 새론 느낌 더하였고
鴒原戀舊居	할미새 나는 벌판을 보고 옛 집 그리워했네.
山靑三畝宅	산이 푸른 세 이랑 집에
頭白一床書	머리는 희고 책상 가득 서책뿐이네.
不識遺民傳	유민전을 알지 못하거니

---

57) 역대 영사시를 많이 지은 이로는 金時習이나 申光漢 등을 들기도 하지만,
이들의 작품은 수십 수에 불과하다.

58) 『方壺精舍旅草』 말미에 '國朝人物志 引用 書籍錄'이 있다.

59) 사실 윤종균의 詠史詩는 본 논문의 심사가 끝난 뒤에 발견하였으므로, 본고
에서는 우선 작품에 대한 소개와 특징만 간략하게 제시하고, 보다 자세한
논의는 추후에 별도의 장에서 다루기로 한다.

飄零孰似余   떠도는 신세 누가 나 같으랴.
<回甲自笑>60) · 1921

　회갑을 맞아 自嘲한 시이다. 수련은 산문투의 구조로 되어 있다. 함
련에서는 烏哺, 즉 까마귀의 효도를 생각하고 부모에게 효도하려고 하
였던 젊은 날이 덧없으며, 벌판의 할미새처럼 구례에 살며 고향 순천을
그리워했다. 그는 어려서 신동이라는 말을 들으며 과거 시험을 준비하
였지만 과거의 폐지로 꿈은 사라지고 30대 중반에 잠시 남원부사 백낙
윤의 막하에 1년간 主事로 나갔던 것에 그치고 말았다. 경련은 산이 푸
른 세 이랑 집에 거처했는데, 남은 것은 하얗게 센 머리와 책상 가득
서책뿐이라고 하였다. 그는 시인으로서 평생토록 독서를 많이 했고, 많
은 시를 지었다. 곧 가난한 삶이지만 독서인으로서의 삶을 살았다는 것
이다. 함련과 경련은 대우가 견실하다. 경련의 푸른 산의 청색과 흰머리
의 백색 대비가 뚜렷하다. 그러나 미련에 이르면 回甲이 되어서도 고향
을 먼저 그리워할 뿐 나라 잃은 유민임을 자각하지 못하였다고 스스로
비웃고 있다. 유민임을 자각하지 못했다 함은 시대의 위기를 통절히 느
꼈음에도 행동으로 실천하지 못했다는 말이겠다. 그렇기 때문에 더더욱
자조적인 시를 쓰지 않았나 생각된다.
　그러나 앞에서 살펴보았듯이 윤종균은 843명에 이르는 東國의 인물,
그리고 구례의 자연과 산물과 시대적인 아픔을 기록하였다. 투철한 시
정신으로 역사와 일제 강점기의 일상까지도 시 속에 담아 생생한 기록
으로 남겼다. 그에게는 文이 거의 남아 있지 않다. 시가 곧 그의 생활이
었고, 생활이 곧 시였던 것이다. 그는 한마디로 치열한 詩精神을 지닌
'詩人'이었다.

---

60)『유당시집』권3, 8면.

3. 雲樵 王粹煥

雲樵 王粹煥(1861~1926)은 매천시파에서 가장 영향력 있는 문인이었다. 매천과는 어려서부터 알고 지냈으며, 그의 첫 문인이다. 尹鍾均과 高墉柱가 뽑아 엮은 『雲樵詩集』이 별도로 있었던 듯한데 문집으로 간행되지는 않았다. 친필 원고 8책[61]이 있으나, 그간에 연구자들에게 전혀 알려지지 않았다.

金河璉은 왕수환의 시를 평하여 "남국의 문장에 또 그대가 있으니, 그대 형제 누가 잘났는지 분간하기 어렵구려. 봄밤의 꽃밭에 얼굴을 대하듯 하늘가에 좋은 시 맑은 향기 풍겨오네."[62]라고 하였으니, 이는 곧 그의 시가 지극히 맑다는 뜻이겠다. 또 윤종균은 왕수환시에 대해 다음과 같이 읊었다.

老年爲客鎭江鄕 　노년에 객이 되어 강마을에 머물면서
經學談詩導後生 　경학과 시를 이야기하며 후생을 지도하였네.
高人心事淸如水 　高人의 마음은 물과 같이 맑은데
却被蠻酋檢姓名 　도리어 섬 오랑캐가 성명을 검열하네.
<戲題雲樵詩卷>[63] · 1919

왕수환의 시심과 성정이 물처럼 맑은데, 왜놈들이 그를 감시한다는 말이다. 시의 특징을 가늠할 수 있는 대목이다. 즉 왕수환의 시는 매천시의 특성 가운데 하나인 淸切의 풍격과 慷慨한 의지를 지녔음을 말하여 준다.

---

61) 『雲庄耕餘』, 『雲樵耕餘錄』, 『耕餘錄』 각 1권, 『燕石收稿』 2권, 『萍水所得』, 『白雲自怡』, 『雲樵記序文』 등이다.

62) "南國文章又有君, 君家兄弟二難看. 春夜花園如對面, 天涯華什襲淸芬."(金河璉, <和呈雲樵大兄>, 『문묵췌편』 하, 23쪽)

63) 『燕石收稿』

시 가운데 가장 특징적인 것은 淸遠한 풍격이다. 앞에서 밝혔듯이 이는 매천과 더불어 매천시파의 공통적인 특성이기도 하다. 운초에 있어서 청원한 풍격은 주로 경경의 융합이라는 회화적인 시에서 잘 드러나고 있다. 다음은 <秋晩薄寓車洞>이라는 시이다.

落日下秋山　　　저녁 해가 가을 산으로 떨어지니
翩翩烏鵲還　　　펄펄 나는 오작들도 둥지로 돌아가네.
田家夕炊早　　　田家에서 일찌감치 저녁밥 지으니
烟縷裊林間　　　연기가 실처럼 숲 사이로 흘러가네.
<秋晩薄寓車洞>[64]

1988년 늦가을에 차동에 머물렀을 때 쓴 작품이다. 차동은 광양시 진월면 섬진강 하구 망덕산 뒷마을이다. 起句는 어느 가을 해가 뉘엿뉘엿 기울어져 가는 석양이라는 시간적 배경을 제시하고 있다. 단풍으로 물든 가을산과 어울려 석양빛은 더욱 붉게 타고 있을 것이다. 承句에서는 석양빛 사이로 검은빛의 오작들이 둥지로 돌아간다는 것이다. 아주 자연스럽고 고요한 장면을 그리고 있다. 轉句와 結句는 여기에 저녁밥 짓는 연기가 실처럼 가늘게 숲 사이로 흘러들어간다 하였다. 표현이 매우 섬세하고 참신하다. 이 시는 전체적으로 붉은빛과 푸른빛, 검은빛, 흰빛 등 시각적 이미지가 어우러진 景物詩로 寫景이 뛰어난 작품이다.

遠客淸晨出樹間　　맑은 새벽 숲 사이로 나서니
此身政覺十分閒　　이 몸이 정말로 한가롭다는 걸 알겠네.
一幅新圖妝點好　　한 폭의 새 그림을 그린 듯
烟嵐縹緲海中山　　바다 멀리 산에 물안개 가득하네.
<宿新山早發>[65]

---

64) 앞의 책.
65) 앞의 책.

새벽의 은은하고 상쾌한 분위기를 보여주는 작품이다. 起句는 신새벽에 숲 사이로 먼 길을 떠나는 나그네의 길 재촉하는 모습이 담겨 있다. 그러나 먼 길을 떠난다고 하여 고달픈 나그네길이 아니라 '淸晨'에서 보듯 경쾌한 발걸음이다. "맑은 새벽 단 이슬방울마다 신선하네."66), "새벽에 이슬 맞으며 동리를 걷노라니, 울타리에 국화가 활짝 피어 있더구먼."67) "맑은 새벽에 솜이불 안고 조금 앉아 있으면, 창살을 뚫고 비쳐오는 밝은 햇살 나그네 마음을 맑혀 주네.68) 등에서 보듯 '淸晨'은 경쾌한 분위기를 드러내는 시어이다. 承句는 숲길을 나서는 자신의 몸이 한가롭다는 것을 알았다는 것이다. '閒'은 한가하다, 일이 없다는 말이니 이 여행길은 특별히 어떤 일을 하려는 목적을 가지고 떠난 것이 아님을 알 수 있다. 따라서 숲 사이를 걷는 발걸음이 가볍고, 또 급히 서두를 것도 없다. 마음 따라 발길 따라 경쾌하게 걷고 있다. 轉句와 結句는 앞에서 경쾌하고 한가롭기 때문에 정경의 아름다움을 느낄 수 있는 여유가 생기는 것이다. 이 두 구절은 아침 바닷가 길을 걸으면서 눈앞에 펼쳐지는 동양화 같은 정경을 보여 주고 있다. 눈앞에 펼쳐진 정경을 보고 상쾌한 느낌을 받는 것이 아니라, 떠날 때부터 상쾌한 아침 공기를 마시며 떠나니 정경도 산뜻하게 그려지는 것이다. 한시의 전통적인 전개 방식인 先景後情이 아니라 先情後景으로 배치하여 더욱 초탈의 미감을 강화하고 있다. 정경의 융합이다.

詩成復呼韻	시 이루고 나자 다시 운을 불러
酒醒更挑燈	술조차 확 깨어 등불 다시 돋우네.
候雁天涯去	기러기는 하늘 끝에 날아가고
寒蟲壁上登	가을벌레 소리 벽 위로 오르네.

---

66) "淸晨甘露滴鮮鮮."(李奎報,「陽侯集其日上番門容之姓爲韻, 命門下詩人輩, 賦冬日牡丹, 予亦和進一首, 傍韻自押>,『東國李相國集』18권 : 韓國文集叢刊 1)

67) "淸晨裛露步東籬, 籬外黃花粲相映."(朴誾, <有寄依韻和答」,『續東文選』, 권5)

68) "淸晨小坐擁綿衾, 窓日暉暉淨客心."(徐居正, <淸晨>,『續東文選』, 권7)

今宵見佳友	오늘밤엔 좋은 벗을 만나고
明日訪高僧	내일은 고승을 방문하리.
借問仙嵒路	선암 가는 길을 묻고 보니
峯巒復幾層	산봉우리가 겹겹이 아득하구나.
<續賦>[69]	

하룻밤 새 <是夜 宿弄珠梁舜彦草堂>에 이어 바로 이 작품을 쓴 듯
하다. 운초의 문집에는 종종 이 같은 續賦라는 제목의 시가 보인다. 매
천시파의 시인들과 함께 시를 쓸 때가 대부분으로 이들의 作詩 능력을
짐작할 수 있는 대목이다. 양씨 초당은 앵무산 아래라 하였으니, 순천시
해룡면 하사리에 있었다. 1898년 왕수환이 전남 동·남해안 일대를 기
행할 때 쓴 작품 가운데 한 수이다.

수련의 첫머리에서부터 산문적 구조를 과감하게 구사하고 있으며,
내용 또한 시에서는 잘 쓰지 않는 표현을 돌발적으로 구사하고 있다.
함련의 표현 또한 기발하다. 上句는 매우 평범한 말이다. 그러나 下句에
대를 이루면서 대를 이루기 위해 "가을벌레가 벽 위로 올라간다."라고
한 것이다. '天'과 '上'은 상승의 이미지를 지닌다. 이로써 다음 경련 이
후에서 청아하고 고고한 의경을 이루게 된다. 함련과 경련의 대우가 견
실하다.

앞의 시들에서 보는 바와 같이 그의 시들은 대체로 정경 융합으로
회화적 분위기를 자아내며 맑고 깨끗하다. 이는 매천의 『구안실신고』
등에서 보이는 특성과 매우 흡사하다. 이러한 類의 시들은 <復自鳳溪
向石峴道中>(1898), <梅花二絶 和宗人侍講性淳>(1915), <三月三日 會
于龍臺>(1915) 등이 있다.

그는 壺陽學校 교장까지 지낸 士人이었지만, 한편 농촌에 살면서 직
접 농사를 지었던 농민 시인이었다. 누구보다도 농촌의 실상을 잘 알고

69) 王粹煥, 앞의 책.

있었기 때문에 농촌의 삶을 실감나게 표현하였다. 때로는 정감 있는 삶을, 때로는 지쳐 쓰러질 듯한 삶의 무게를 사실적으로 그려냈다.

日出雲霧捲	해 뜨자 구름 안개가 사라지니
天山不肯低	높은 산은 머리 숙이려 하지 않네.
露濕萬松影	이슬이 만 솔의 그림자를 적시니
白晝草徑迷	대낮이라도 오솔길은 희미하네.
田翁負耟去	농부는 쟁기를 지고 가고
狗犢同渡溪	개와 송아지도 따라서 개울을 건너네.
洗秧婦在水	며느리는 물에서 벼를 씻고
拾麥兒度堤	아이는 제방에서 보리이삭을 줍네.
全家無人管	온 집안 돌보는 이 없어
菜圃恣群鷄	채마밭엔 닭들이 활개 치네.

<山中卽事>70) · 1919

　산촌의 농가의 모습을 사실적으로 그린 繪畫詩이다. 파스텔화처럼 예전 우리네 고향 마을의 정감이 시 속에 흠씬 배어 있다. 1연은 원경이다. 맑게 갠 산촌과 웅장한 자태를 뽐내는 도도한 산의 모습이 사뭇 경쾌하기까지 하다. 절기로 보아 맥추이다. 2연은 근경이다. 이제 가까이 바라본 산 속은 밤새 내린 이슬로 솔잎이 젖어 있다. 그런데 上句는 이슬이 솔잎을 적신다고 하지 않고 소나무의 그림자를 적신다고 표현하며 참신성을 획득하고 있다. 下句는 한낮이라도 오솔길이 희미하다 하는 것은 소나무숲이 울창하고 잎도 우거져서 그늘이 진하고 시원하다는 말일 터이다. 3연과 4연은 예전에 우리네 농촌 어디에서나 흔히 볼 수 있는 풍경이지만, 이 평이함 속에서 농번기를 맞은 건강한 농촌 풍경을 그리고 있다. 田翁이 쟁기를 지고 가는 것은 모내기를 하기 위해 논을 고르려 함이다. 며느리는 모판의 모를 찌고 있으며, 손자는 보리 이삭을 줍고 있다. 5연에서 집에는 아무도 없고 채마밭에 닭들이 활

---

70) 왕수환, 『萍水所得』.

개를 친다고 하였으니, 노인에서부터 아이들에 이르기까지 가족 모두가 놀지 않고 일을 하고 있음을 알 수 있다. 3연의 "狗犢同渡溪"는 시 전체의 시상을 목가적인 분위기로 만들어준다. 이 시는 평범한 농가의 일상을 통하여 농촌의 건강한 삶을 형상화하는 데 성공하였다.

다음 시는 보릿고개를 소재로 궁핍한 생활상을 그린 작품이다.

君不見	그대는 보지 못했는가.
田家麥嶺令人傷	농가의 보릿고개 사람 상하게 하는 것을
崎危巇絶挿空蒼	높고도 위험하여 하늘까지 치솟았네.
踏之無地視無形	밟으려도 땅이 없고 보려도 모양 없어
惟屢過者知之詳	오직 자주 겪은 자만이 자상히 알리라.
富者粟如石廩峰	부자는 곡식이 산더미처럼 쌓여서
腹飽眼矇居常忘	배부르고 눈이 몽롱해 항상 잊어버리네.
李白空吟蜀道難	이백은 공연히 <蜀道難>을 읊었지
若比此繼部小崗	이 고개에 비하면 작은 언덕인 것을.
愚公移之不能得	愚公이 옮기려도 옮기지 못하고
至今橫在村中央	지금도 마을 속에 비껴 있구나.
春困未盡當首夏	춘궁기 끝나지 않았고 초여름 다가오니
日日田頭待麥黃	날마다 밭머리에 보리 익길 기다리네.
我麥最遲十日隔	우리 보리 가장 늦어 열흘이나 뒤졌는데
君车猶早五日强	그대 집 보리는 닷새쯤 빠르구려.
五日十日俱困頓	닷새고 열흘이고 모두가 지쳤으니
朝朝暮暮鳴饑腸	아침마다 저녁마다 주린 창자 울부짖네.
瓶盎俱乏鼎又懸	솥은 걸려 있으나 항아리는 비어 있어
八口盡臥色妻凉	여덟 식구가 모두 누워 처량한 빛이어라.
靑麥煎粥刺喉吻	靑麥으로 죽을 쑤니 목구멍 찌르고
騎兒不食仆如殭	철모른 아이는 먹지 못해 죽은 듯 엎드렸네.
新絲已賣新糴遠	새 누에고치는 이미 팔고 새 곡식은 아득하니
百計沒策愁程長	백 가지 계책 방법이 없고 수심만 끝이 없어라.
提携妻子何時越	처자를 데리고 어느 때나 넘을거나
立在中嶺氣欲喪	산 중턱 왔는데 기운을 잃은 듯.
上世遠矣景公逝	좋은 세상 멀구나, 경공은 죽었으니,
麥邱老人徒彷徨	麥邱 노인이 헛되이 방황하는구나.

仁人亦無黃承事	어진 사람 또 황 정승 같은 분 없으니
誰復濟貧能發倉	누가 다시 창고 열어 가난을 구제할꼬.
但願	원컨대,
南風吹山作平地	남풍 불어 고개를 평지로 만들어
一夕黃雲辯千疆	하룻밤에 누런 구름 걷어 이랑마다 가득하소서.
<麥嶺>[71]	

麥嶺은 보릿고개이다. 묵은 곡식이 다 떨어지고 보리는 아직 여물지 않아 농가 생활중에 가장 살기 어려운 음력 4~5월 춘궁기를 가리키는 말이다.

1~7연은 보릿고개의 일반적인 어려움을 그리고 있다. 보릿고개는 실체가 없어서 겪어본 사람만이 알 수 있으니, 부자는 결코 알지 못한다 하였다. 愚公이라도 옮길 수 없는 어마어마한 산이라 하여 인위적인 해결의 어려움을 말하고 있다. 8~12연은 거의 모든 집이 굶주림에 지쳐 움직일 힘조차 없어 하릴없이 죽은 듯이 누워있다. 도저히 이 난국을 타개할 만한 방법이 없어 한숨만 내쉴 뿐이다. 13~14연은 관에서 굶주린 백성들을 구제할 때인데 창고를 열지 않는다 하였다. 마지막 연은 하릴없이 보리 익기만을 기다릴 수밖에 없다는 自嘲가 들어 있다.

비유를 많이 사용하였고, 중국의 고사뿐만 아니라 우리의 지명과 인명, 그리고 우리의 역사 등 다양한 소재를 끌어다 썼다. 麥嶺이나 보릿고개라는 말은 일반인들도 많이 썼지만, 이를 소재로 시를 쓴 경우는 그리 많지 않다. 정약용이 <飢餓詩>와 <長髻農歌>에서 보릿고개를 다루고 있는 정도이다. 이 작품은 보릿고개를 다룬 작품 가운데서 비교적 상세하게 묘사하고 있다. 그는 평생을 섬진강 자락 강호에서 생활하며 독서하고 후진을 양성하였다. 한편 직접 농사를 지으면서 농촌의 아름다운 정경뿐만 아니라 농민들의 애환을 놓치지 않고 시의 소재로 삼았다. 자신의 생활도 넉넉하지 않았지만 주변의 애환을 주의 깊게 관찰

---

71) 『문묵췌편』 하, 46쪽.

하여 시로 형상화하였다.

일제 저항기 매천시파의 저항의식을 담은 시의 소재는 의병장이나
절의를 지킨 인물들로 삼는 경우가 많았다. 왕수환도 <次高義將韻>,
<次上松沙韻>, <次金碧山死節韻> 등 의병장 출신의 작품을 차운하거
나, 임진왜란 때 왜와 싸워 민족의 자존을 지키고자 하였던 이순신 장
군의 사당이나 진주성 전투의 충혼이 서려 있는 촉석루를 읊었다. 또
석주관의 충혼과 매천의 절의를 노래하기도 하였다. 이렇듯 그가 강개
한 시를 읊은 데에는 "한 차례 상전벽해 만사가 어긋나니, 갈 곳도 없고
의지할 곳도 없구나. 儒風은 끊어지고 焚書坑儒 가까우니, 세상 길 蜀道
보다 험난하구나."[72] 하는 식민지 현실 인식이 바탕이 되어 있다.

이러한 식민지 현실을 바탕으로 왕수환은 古詩 연작을 쓰게 된다.
매천시파는 주로 역사적 유적지에서 회고하며 민족의식을 작품에 담았
다. 주로 절개, 회고 및 왜와 관련된 역사적 지명이나 사건과 관계된
다. 작품으로는 <夫餘懷古>, <善竹橋>, <鷄林臣>, <黃山大捷碑>, 蟲石
樓懷古>, 寧月子規樓>, <延秋門>, <閔忠正血竹歌> 등이 그것이다.
<鷄林臣>을 보기로 하자. 다음은 책 속의 역사적 사건을 떠올리며 읊
은 시이다.

晴窓朗讀新羅史　　맑은 창 앞에서 신라사를 읽어보니
忠孝節義繽可觀　　충효와 절의가 가히 볼 만도다.
英風凜凜朴堤上　　영풍도 늠름한 박제상이여
千載後人爲衣冠　　천 년 후인들에게 사표가 되었네.
滄海千尋踏平地　　천 길 푸른 바다 평지를 밟듯하여
還我君弟成君志　　나는 큰 뜻 이룬 임을 공경하노라.
刀鉅湯鑊不足畏　　刀鉅와 湯鑊도 두려워하지 않았고
島夷咆哮犬羊視　　島夷들 포효함도 하찮게 여겼다네.

---

72) "一劫滄桑萬事非, 行無着處仰無依. 儒風頓絶秦坑近, 世路多難蜀道歸"(<述自
　　懷>, 앞의 책, 67쪽)

爲倭崇貴爲羅死   왜놈 되어 崇貴하느냐 신라를 위해 죽느냐
死生榮辱判立地   생사와 영욕이 눈앞에서 갈렸다네.
寧爲羅國犬   차라리 신라의 개돼지 될지언정
不爲倭國人   왜국의 신하는 되지 않으리.
熱鐵兼葭幷無能   달군 쇠나 갈 숲이나 어쩌지를 못하느니
萬死惟是鷄林臣   만 번을 죽는다 해도 오직 계림의 신하일 뿐.
蠻酋氣死面爲土   오랑캐들 기가 죽어 낯빛은 흙빛이 되고
此日威武如纖塵   이 날의 위무는 티끌과 같았느니.
靈魂化出白條虹   신령스런 혼백은 무지개 되어
橫貫海日亘東西   바다 해를 가로질러 동서로 뻗쳤다네.
又有嶺上望夫女   또 고개 위에 望夫女가 있으니
烈烈斯眞堤上妻   열렬한 이 여인 제상의 아내로세.
我願人人觀此史   원하기는 사람마다 新羅史에서 보소서.
賊臣泚顙濟婦啼   賊臣의 식은땀과 절부의 울부짖음을.
<鷄林臣>73)

일제 강점기에 매천시파가 가장 관심을 기울였던 것 가운데는 倭와 관련된 우리의 역사적 인물이나 장소 등이 있었다. <鷄林臣>도 이러한 경향을 보여주는 작품이다. 천 년을 훨씬 넘었지만 그의 정신은 소멸되지 않고 역사 속에 남아 더욱 빛나고 있는 것이다. 신라의 使臣으로 간 박제상의 의기와 충성심은 박제된 천 년 전 사건이 아니고, 지금까지도 살아 있어 후손들에게 옷을 여미게 하는 마력을 지니고 있다.

이 시의 전체적인 구성은 1연은 서사로서 읽은 책에 대한 소개 부분이고, 2연~9연은 박제상과 충혼에 관한 기사이고, 10연은 박제상의 아내에 관련한 기사이며, 11연은 독서의 권장 부분으로 되어 있다.

1연은 이 시가 일종의 독후감 같은 성격을 지니고 있음을 드러낸다. 2연은 박제상이 죽은 지 천 년이 흘렀지만 그의 의혼은 남아 후인들의 사표가 되었다는 것이고, 3연은 그러한 큰 뜻을 이룬 박제상을 공경한다는 것이다. 4연~7연은 박제상과 관련된 설화를 바탕으로 하였다. 8연~

---
73) 『白雲自怡』.

10연은 박제상의 죽음 이후를 그리고 있다. 11연은 시인이 박제상 이야기를 보고 감화를 받은 뒤, 일제 강점기를 살아가는 많은 사람들이 이 책을 읽고 왜놈들의 쩔쩔매는 모습과 망부석이 된 박제상의 아내의 울부짖는 소리에서 식민지인으로서 통쾌함을 느껴보고, 충의와 절개를 배우고, 마지막으로 韓民族으로서의 정체성 견지를 소망하고 있다. 2연~10연까지는 박제상의 설화와 관련하여 시인이 사건을 자신의 언어로 재구성하였고, 11연에서는 독자에게 당부를 하고 있다.

<黃山大捷碑>는 앞의 박제상 이야기에서와 같은 맥락에서, 李成桂가 왜구를 물리친 사건을 찬미하고 있다. 매천이나 허규가 동학군을 격파한 것과 관련한 박봉양의 운봉대첩비를 소재로 읊었던 것과는 대조된다. 매천이나 허규가 시를 쓴 시기는 1895년이고 운초가 쓴 때는 1922년이니 다를 법도 하다. 운초는 "李 장군이 북에서 오시니, 화살은 신들린 듯 백발백중이었다네. 군사를 정비하여 적진으로 돌진하니, 왜놈의 머리 추풍낙엽처럼 쌓였다네."[74]라고 하며 왜에 대한 통쾌한 일갈을 보내며 민족의식과 항일의지를 다지기도 하였다. 그는 계속하여 관심을 촉석루로 돌리고 있다. 주지하다시피 촉석루 또한 왜적과 항전한 역사적 유적지이다.

西風蕭瑟劍氣寒	서풍은 쓸쓸하고 검기도 차가운데
矗石樓中吊國殤	촉석루 위에서 국상편을 읊조리네.
憶昔龍蛇事可哀	옛날 임진왜란을 생각하니 실로 애처로워
八域氛祲士裏瘡	팔역의 요망스러운 기운이 선비의 마음에 상처냈네.
江淮保障不可失	강회의 보장을 잃을 수 없어
諸公義氣與存亡	諸公의 의기는 존망을 함께 하였네.
倡義金公兵使崔	창의사 김공(김천일)과 병사 최공(최경회)
忠義堂堂兩相當	충의 당당하기 서로 비슷하였고.

---

74) "木子將軍從北來, 百穿柳葉箭有神, 吹螺整軍衝敵陣, 敵首落如秋葉殯."(<黃山大捷碑>, 앞의 책)

勇氣無雙黃大將　　용기 무쌍한 황대장(황진)은
斬伐群胡如屠羊　　오랑캐 베기를 양 도살하듯 하였다네.
危城百匝虎狼圍　　높은 성 백 겹 호랑이로 둘러싸여
列屯不救將奈何　　진지를 구하지 못하니 어떻게 하랴?
死傷過半勇氣奪　　사상자가 과반이라 기가 질려 얼빠지고
勢將畏如奔波走　　형세는 두려워 파도처럼 내달렸네.
大事將成黃公逝　　큰 일 이루려다 황공마저 돌아가시니
滿城人民化鬼魔　　성 가득한 백성들 鬼魔로 변하였네.
年年士女薦稻果　　해마다 사녀들이 稻果를 드리니
彰烈祠中名姓芳　　장렬사 가운데 성명이 꽃답도다.
又拜城南義妓祠　　또 진주성 남쪽에 義妓祠를 참배하니
香魂寂寞沈水湄　　향기로운 넋은 물가에 가라앉았네.
晉山嵯峨晉水碧　　진산은 우뚝 솟고 진수는 푸르고
晉陽父老說往跡　　晉陽의 父老들이 지난 역사 설명하네.
吁嗟　　　　　　　아, 슬프도다.
如錦如茶之山河　　비단 같은 산하가 씀바귀처럼 되었구나.
如今竟是誰家物　　지금 이 모습 뉘 집 물건이런가
英靈有知當忿艴　　영령이 계시다면 마땅히 분노하리라.
<矗石樓吊古>[75]

　임진왜란 당시, 1593년 6월 진주성 제2차 전투시 창의사 金千鎰(1537~
1593), 경상우도병마절도사 崔慶會(1532~1593), 충청도병마절도사 黃
進(1550~1593) 등의 민·관·군 7만여 명이 진주성을 공격해 온 왜군
10여만 명을 맞아 10여 일간의 치열한 전투 끝에 모두 殉義하였는데,
이 작품은 장렬하게 싸우다 순국한 이들의 사적을 그리며 조상하는 내
용을 담고 있다.

　1연은 가을바람 소슬하고 검기도 서늘한데, 촉석루에 올라 선인들의
의로운 죽음을 떠올리며 <國殤篇>을 노래한다. <국상편>은 『楚辭』
九歌에 있는 한 편명으로 나랏일에 몸 바쳐 죽은 것을 노래한 것이다.
1연은 서사에 해당하는 것이다. 2연에서 龍蛇는 선조 때 임진왜란을 말

―――――――――――――――――
75) 『白雲自怡』.

한다. 干支로 辰(용)과 巳(뱀)가 든 해를 龍蛇라고 하는데, 壬辰年(1592)
과 그 이듬해인 癸巳年(1593)의 合稱이다. 上句는 임진왜란에 대한 시인
의 느낌이다. 下句 氛祲은 요망스러운 기운, 곧 왜구들의 침략으로 인한
국가의 위기라고 할 수 있다. 3연에서 강회 보장은 진주를 가리킨다. 조
선시대에 晋陽(진주)을 江淮의 保障이라고 하였다. 그만큼 진양은 영남
동부와 호남의 보장으로 군사적으로 매우 중요한 요충지였다. 따라서
장수들은 죽음을 각오하고 이곳을 지켜내고자 하였던 것이다. 4, 5연은
김천일과 최경회, 그리고 황진의 충의와 용기를 찬미하고 있다. 6연은
수많은 왜군을 상대하기에는 중과부적이었다는 것이다. 虎狼은 사나운
왜병들을 은유한 말이다. 7, 8연은 전투에서 수많은 사상자가 속출하고
장군마저 절명하니 성 안 백성들 또한 죽음을 맞을 수밖에 없었다는 처
참한 광경을 적고 있다. 곧 2~8연은 임진왜란 당시의 상황을 상상하며
요약적으로 제시하는 대목이다. 그러나 마치 400년 전 기록 영화를 보
는 듯이 형상화하는 데 성공하였다.

　9연은 이후 지금까지 영령들의 호국 의지와 애국심을 기리며 제사를
지내왔다는 것이다. 10연은 성 남쪽에 적장을 안고 남강에 투신하였다
는 의기 논개(?~1593)의 장렬한 죽음을 기리는 사당에 배알하니 논개
의 의로운 넋이 물에 잠겨 있는 듯하다는 것이다. 11연에서 진산이 높
다 함은 의절 고장 진주의 충의가 당당하고 고고하다는 말이겠고, 진수
가 푸르다는 것은 이러한 義烈이 청사에 길이 남을 일이라는 것이다.
그래서 진양의 부로들이 수백 년 전 일이지만 마음에 뚜렷하게 새기고
찾아오는 이들에게 지난날의 역사를 설명하는 것이다.

　마지막 부분은 시인의 느낌을 담은 부분이다. 금수강산이 이제는 씀
바귀처럼 찢기어 나갔다는 것이다. 우리의 선열들이 온몸으로 사수했던
아름다운 우리 강산이 이제는 온통 왜놈들에게 나라를 빼앗겨 버렸다
는 역사인식이다. 이 땅을 지키고자 했던 선열들의 의로운 영령이 살아

있다면 당연히 분노할 것이라고 끝맺고 있다. 시인의 강개한 의지를 표명한 것이라 하겠다. 역사적 사실을 바탕으로 썼으며, 비유가 매우 뛰어나다.

다음은 강한 민족의식과 역사의식이 표출된 경우이다. 남해안에는 충무공 유적이 많은데 매천 문인들은 유독 이를 제목으로 한 시를 많이 생산하였다. <新城謁忠武祠>76), <露梁懷感>77), <次高義將韻>78) 같은 작품이 그것이다.

> 至今遺像儼然存　　지금 충무공 遺像이 엄연하고,
> 瑟颯靈風灑一村　　소슬하고 신령한 바람이 마을을 호위하니,
> 魔邪不敢啾啾哭　　사악한 마귀들 흐느껴 울지 못하고,
> 百世猶應怕烈魂　　백세토록 영령을 두려워 떨리라.
> <新城謁忠武祠>79) · 1898

충무사는 순천시 해룡면 신성 마을에 충무공을 배향한 사당이며, 남쪽으로 200m 지점에 광양만을 접한 倭城이 있다. 왜성은 유정과 권율이 이끄는 육군 3만 6천, 진린과 이순신이 이끄는 수군 1만 5천 병력이 왜성과 장도 등을 오가며 왜군을 격멸했고, 이충무공이 27일간을 머물면서 전사 하루 전 소서행장을 노량 앞바다로 유인하여 대첩을 거둔 유서 깊은 전적지이다. 지금 충무사에 모신 충무공의 영정의 모습이 아주 엄연하고, 靈風이 신성 마을을 호위하고 있는 것 같다는 것이다. 영풍은 바로 충무공의 왜적을 호령하던 높은 기개요, 조국을 사랑하던 애국심이라 하겠다.

起句와 承句가 원인이라면, 轉句와 結句는 결과라 하겠다. 신령스러

---

76) <新城謁忠武祠>, 『雲庄耕餘』.
77) <露梁懷感>, 『萍水所得』.
78) <次高義將韻>, 『문묵췌편』 하, 68쪽.
79) <新城謁忠武祠>, 『雲庄耕餘』.

운 기운이 마을을 호위하고 있으니, 사악한 마귀들이 밤마다 호곡하지 못하고, 백세 영령을 두려워 감히 범접하지 못하리라는 것이다. 시상이 매우 박력 있고 강건하다. 이충무공의 강개한 기상과 애국심을 찬미한 노래인 것이다.

滿朝將相皆羞癡	조정에 가득한 장수와 재상들 모두 부끄러워하는데
白面書生立節奇	백면서생 기특한 절개 세웠도다.
生保江淮千算計	살아서는 조국강토 지키려던 갖은 계책을
死存社稷一心期	죽어서도 사직 지킬 한마음뿐이었네.
方壺秋色爭高日	지리산 가을 빛 높은 해와 다투고
燕谷溪流欲咽時	연곡의 시냇물 목메어 우는 듯.
萬古不泯忠義字	만고에 길이 남을 忠義의 글자
後論靑史第看之	後論은 아마도 청사에서 보리라.

<次高義將韻>80)

한말 의병장 고광순(1848~1907)에 대한 애도시이다. 을사조약으로 나라의 주권이 일본에게 넘어가자 각지에서 항일 의병이 일어났는데, 호남 지방에서도 의병 활동이 활발하였다. 그 대표적인 인물이 담양 출신 의병장 고광순이다. 그는 1907년 8월 26일 지리산 연곡사에 근거를 설치하고 적극적인 의병 활동을 전개하였으나, 이 때 기습을 받아 패전하고 순절하였다. 이 사실을 듣고 박태현이 인부를 사서 시신을 거두어 채소밭에 매장해 주었으며, 매천은 <燕谷戰場 吊高義長光洵>81)을 지어 애도하였다.

수련에서는 그간에 나라의 녹을 먹었던 장수와 재상들은 나라를 팔아먹거나, 혹은 목숨이 두려워 감히 나서지도 못하였지만, 백면서생인 高義長만은 나라가 백척간두의 위기에 처해 있음을 방관하지 않고 1895년 을미사변 때와 1907년에 두 차례에 걸쳐 의병을 일으키고 일본군

---

80)『문묵췌편』하, 68쪽.
81)『황현전집』권1, 333쪽.

과 싸워 장렬하게 순사하여 절개를 세운 사실을 찬미하고 있다. 함련에
서 그는 살아서는 오직 조국 강토를 지키려는 계책을 세우고 실천하였
으며, 죽어서는 오직 나라를 지킬 마음뿐이었다고 하였다. 곧 그의 온
생애는 오직 이 나라와 이 민족을 위하는 애국자였음을 노래하고 있다.
대우가 정밀하고, 특히 '千算/一心'의 對가 공교롭다.

경련은 구례의 산수 자연도 고광순 의병장의 순절을 슬퍼한다는 것
이다. 上句의 방호산 즉 지리산의 가을색은 대체로 단풍이 짙어 붉은
빛을 띤다. 특히 고광순이 전사한 피아골의 단풍은 더더욱 그렇다. 이
단풍에 햇빛이 비치면 눈이 시릴 정도다. 이는 순절한 이들이 흘린 붉
은 피, 곧 생명을 의미하는 말이다. 下句의 '溪流'는 감정이 이입된 소
재이다. 하구는 단종을 영월에 송치하고 돌아가던 왕방연의 "천만 리
머나먼 길에 고은 님 여희옵고, 내 ᄆᆞ음 둘 ᄃᆡ 업서 냇ᄀᆞ에 안자시니,
져 믈도 ᄂᆡ 안 ᄀᆞᆺᄒᆞ여 우러 밤길 녜놋다."라는 애틋한 시조가 연상된
다. 또한 대우가 정밀하다. 특히 상구의 시각적 이미지와 하구의 청각적
이미지가 대를 이루면서 애상적 정조를 강화하고 있다. 미련은 고광순
의 높은 충의 정신은 역사에 길이길이 남을 것임을 찬미하고 있다. 이
시에서 수련과 함련은 과거시제요, 경련은 현재시제이며, 미련은 미래
시제 등 순차적으로 구성되어 있으며, 숭고미를 구현하였다.

왕수환의 시는 일제 치하에 저들의 우리 국토 강점과 민족 말살의
의도에 맞서, 굴곡된 역사에 매몰되지 않고, 목숨을 걸고 투쟁한 역사
현장이나 역사적 사건 등을 떠올리며 저항의지를 다지는 것이 많다. 이
는 강한 민족의식과 조국을 사랑하는 애국심에서 발현된 것으로 여겨
진다.

대체로 매천시파의 경우 寫景이 뛰어난 당시풍의 경물시를 기본적
특성으로 하고 있다. 왕수환의 시 또한 이러한 특성을 지님과 동시에
일제 강점기라는 특수한 상황 속에서 매천의 신교육 정신을 이어받아

壺陽學校를 건립하고 한문교사와 교장으로서 교육 현장에서 '민족자강론'을 역설하였고, 강개한 시문을 창작하였다.

　매천과 같은 대시인으로서의 자질은 뒤질지라도 그가 일제의 압제에도 굴하지 않고 이처럼 강개한 의식을 가지고 창작 활동을 하고 아울러 2세 교육에 진력한 점은 높이 살 만하다. 비록 그는 스스로 "뜬 인생 나그네 되어 흰머리만 부쩍 늘고, 세모에 빈산에서 <八哀>[82]시를 부르네."[83]라고 하였지만 그의 시는 후세에 전하여 노래할 만한 충분한 가치가 있다.

4. 石田 黃瑗

　일제 강점기의 상황적 비극성을 가장 극명하게 제시해 주고 있는 문학적 성과로서 주목되고 있는 것은, 민족의 저항적 의지를 시적으로 형상화하고 있는 이른바 '抵抗詩'의 전개라고 할 수 있다.[84]

　抗日 抵抗詩의 시적 주체는 극단적인 절망의 상태에서도 역사적 전망을 제시하는 입장을 고수한다. 때로는 상황의 우위에 서는 비판자가 되기도 하고, 상황의 한복판에서 절망하는 시인이 되기도 한다. 역사의 신념을 고고하게 노래하는 예언자적 입장을 취하기도 한다. 어떤 경우에도 시적 주체는 민족과 국가라는 절대적 명제를 고수하고자 한다는 점에서 개인적인 상상의 변주를 자족적으로 활용하고자 했던 다른 시

---

82) 1905년 을사조약이 체결되자 매천이 여덟 사람의 지사를 애도한 시 <八哀>를 말한다. 본디 <八哀>는 閔泳煥, 洪萬植, 趙秉世, 崔益鉉, 李建昌, 李尚卨, 趙東潤, 金奉鶴 등 8인을 읊었는데, 김택영이 『매천집』을 발간할 때 이상설, 조동윤, 김봉학을 빼고 <五哀詩>라고 제목을 붙여버렸기 때문에 <五哀詩>로 잘못 알려져 있다.(『매천전집』 3, 220쪽 참조)

83) "浮生爲客鬢絲催, 歲暮空山賦八哀."(<感懷>, 『燕石收稿』)

84) 권영민, 『항일저항시 감상』(독립기념관, 1992), 13쪽 참조.

인들과 구별되기도 한다. 저항시의 대상은 절대 개념인 민족과 국가이
지만, 비판되어야 할 식민지 현실을 비극적인 상황으로 내세우는 경우
가 많다. 절대 개념이 부정되는 식민지 현실은 왜곡된 역사이며 불모의
땅이다. 이것은 극복되어야 할 조건일 뿐이다. 저항시는 바로 이 같은
현실에 대한 예술적 도전이며 비판이라고 할 수 있다.[85]

매천이 순절한 이래, 일제 강점기 黃瑗의 30여 년은 말 그대로 우국
과 저항의 삶이었다. 때로는 필화로 투옥되기도 하고, 때로는 『매천집』
을 찾기 위해 경찰서나 총독부를 찾아가 항의하기도 하고, 때로는 고을
의 젊은이들을 지원하여 항일 운동을 펼치기도 하였다. 그는 매천 못지
않게 강건하고 당찬 기질의 소유자였다. 이러한 그의 우국과 저항의식
은 시 속에 그대로 용해되어 있다. 이는 의병장이나 우국지사의 輓詩,
의분에 자결한 인사들의 追悼詩, 倭賊을 물리친 유적지의 懷古詩, 독립
운동을 하다 수감된 인사들에 대한 贈與詩, 친일파 등에 대한 批判詩
등에 주로 드러난다. 또한 그는 특별한 시적 소재를 통하여 민족의식을
북돋우려 하였다.

먼저 <寄金瑞仲>이라는 시를 보자. 1910년 가을에 倭警이 각 군
면장을 불러 합방 가부를 물은 적이 있다. 하동군 화개면 면장으로 있
던 金瑞仲은 "일본이 우리 대한에게 합병된다면 너희 마음은 어떠하겠
느냐?"라고 반문하니, 日帝는 그를 투옥시켜버렸다. 이러한 사실을 접
한 황원은 그에게 격려의 시를 보냈다.

俠骨堂堂不愛身	협객의 뼈는 당당하게 몸을 돌보지 않고
一將寸舌鬪強秦	한 장수의 寸舌은 강포한 진나라와 싸웠네.
方壺山水絲增氣	方壺의 산수는 기상을 더하고
首露王孫又有人	수로왕 후손으로 또 훌륭한 인물 이었네.
古來草澤多豪傑	예로부터 草澤엔 호걸이 많더니

---

85) 앞의 책, 16쪽.

今日花開作逸民　　오늘은 화개의 逸民이 되었구려.
黨長四千皆君似　　黨長 사천이 모두 그대 같기만 하면
我心何事血輪困　　나의 마음 어찌 피가 휘감긴 듯 답답하리.
<寄金瑞仲>86)

　관리로서 爵位다 恩賜金이다 하여 제 배 채우기에 급급한 자도 많았
는데, 이처럼 당당하게 일제에 맞서 대항한 義氣는 귀감이 아닐 수 없
다. 그래서 김서중을 '俠骨'과 거대한 진나라와 싸운 장수에 비유하고
있다. 그리하여 전국의 모든 지방관들이 그대와 같이 의로운 이들이라
면 내 마음이 피가 휘감듯 답답하지는 않을 것이라고 찬미하고 있다.
황원의 관심은 정치적인 데만 머물지 않았다.

讓國于今已七年　　나라 넘어간 지 이미 7년
往來湖海舊山川　　강호를 오가도 산천은 옛 그대로다.
可憐土産尖惟及　　가련타, 토산물은 끝으로 밀려나고
易種民間日本綿　　민간에서는 日本綿으로 종자를 바꿔버렸네.
<易藝木棉>87)

　나라가 저들의 손에 넘어간 지 7년이 되어 산하는 옛날 그대로이나
이제는 토산물까지 왜색으로 물들어가는 것이 안타깝다는 것이다. 그러
나 일제의 민족 말살 정책은 여기에서 그친 것이 아니고 서서히 倭色으
로 덧칠한 것인데, 이 가운데 하나가 조선 화폐의 통용을 중단시켜 버
린 것이다.

韓貨絶韓貨絶　　韓貨가 끊어지고 한화가 없어졌네.
貨可絶兮史不滅　　돈은 없앨 수 있어도 역사는 없앨 수 없다.
史不滅貨長在　　역사가 살아 있으면 돈도 길이 남을 텐데
何始滅絶瀝我血　　어찌 없애서 우리 피를 뿌리게 하는가.

---

86) 黃瑗, <寄金瑞仲>,『江湖旅人詩稿』.
87) <易藝木棉>, 앞의 책.

青黃赤白四銅貨　　　푸르고 누렇고 붉고 흰 네 가지 銅錢
大小銀光武隆熙　　　크고 작은 銀錢은 光武 隆熙
大朝鮮我家物　　　　대조선 우리들의 것
已行一世應萬世　　　一世에 쓰였으면 萬世를 가야 하니
天理昭然不可闋　　　天理가 밝게 비춰 없어져선 안 되네.
雖令一時力可禁　　　잠시 힘으로 막을 수는 있어도
已作神物鬼護喝　　　이미 神物이 되었으니 귀신도 성내어 지키리라.
山人痴性痛國亡　　　어리석은 山사람 나라 망함 슬퍼서
祭讀漢臘喉常咽　　　漢臘에 祭지내고 목메어 우네.
　　　(중략)
不能討賊復帝室　　　적을 쳐서 왕실을 회복할 수 없어
愧看黃養三逕發　　　국화 피는 삼경을 보기가 부끄럽네.
三逕今又誰家土　　　三逕이 이제는 누구네 땅이 됐나,
去晩欲刎時已失　　　늦게라도 죽자 하나 때를 이미 잃었네.
韓貨韓貨與我滅　　　한화여, 한화여 나와 함께 없어져,
徒證千秋史家質　　　천추에 역사가의 자료로 증험하세.
　　　<韓貨絶>[88]

　　우리의 통화 수단인 韓貨를 쓰지 못하게 한 것에 대한 통분을 노래
하고 있다. 우리의 역사가 망해버렸기 때문에 통용하던 화폐까지도 망
해 버렸다는 인식이다. 그러나 이것은 잠시 힘으로 막을 수는 있어도
神物이니 결국은 광복이 되어 다시 통용할 수 있으리라고 희망하고 있
다. 시 속에서 그는 자못 비장감까지 보인다. 그러나 이보다 더 큰 문제
는 자라나는 2세들의 정신 무장 해제라고 보았다.

木覓山摧洌水嚬　　　木覓山 슬퍼하고 大同江도 찡그리는데
風塵虛老十年春　　　십 년 세월 풍진 속에 헛되이 늙어 버렸다.
不知君輩十三萬　　　모르겠구나, 너희들 십삼만 학도들 중에
鐵血爲心有幾人　　　쇠와 피로 마음 다지는 이 그 몇이리?
　　　<寄李宗植朴準東 入新學>[89]

---

88) <韓貨絶>, 앞의 책.
89) <寄李宗植朴準東 入新學>, 앞의 책.

첫 구는 매천의 절명시 "새 짐승도 슬피 울고 강산도 찡그리네. 무
궁화 이 나라가 이젠 망해 버렸어라."[90]를 點化하였다. 목멱산과 대동
강은 우리 국토 또는 우리 민족을 代喩한 것이다. 곧 첫구는 이 나라가
망해 버렸다는 뜻이다. 그러한 가운데 자신은 하릴없이 늙어 버렸다. 이
제 이 나라를 이끌어갈 후학들이야말로 민족의 혼을 면면히 이어가려
면 굳건한 마음으로 민족정신을 간직해야 할 것인데, 염려가 아닐 수
없다. 그래서 학교에 입학하는 李宗植과 朴準東에게 이러한 점을 명심
하기를 강조하고 있다. 이 시에서 지배적인 시어는 '鐵血'로 자못 비장
하기까지 하다. 다음 시 <自總督府求送梅泉集以詩代謝>는 그가 일본
헌병대에 직접 써 보낸 것이다.

燕賊不能生萬年　　燕賊은 천만 년 살 수 없지만
遜之文章天下傳　　거절한 문장은 천하에 전한다네.
四海九州滄霅梅　　四海九州에 창강, 영재, 매천은
俱遭烏臺無一全　　함께 만났지만 烏臺에 온전한 것이 없네.
我家酷禍太甚焉　　내 집은 혹독함이 더욱 심하니
八域一朝如鷹鸇　　온 세상이 하루아침에 송골매같이 되었네.
如何今日更盡收　　어찌 오늘 다시 거두어가서
欲滅人間遺落篇　　세상에 遺落된 글 없애려 하는가.
有之不送況無有　　있어도 보내지 않으니 황차 없는 것이나 마찬가지,
家家伏生腹如船　　집집마다 배 같은 伏生의 창자 있다네.
腹中臟物鬼莫出　　창자에 감추면 귀신도 모르리니
第待雨霽生靑天　　집에서 비 그치기를 기다리면 푸른 하늘 나타나리.
當時急務不在詩　　당장 급한 일은 詩에 있지 않은데
竪子有眼看西邊　　어리석게도 엉뚱한 곳만 보는구나.
<自總督府求送梅泉集以詩代謝>[91]

---

90) "鳥獸哀鳴海岳嚬, 槿花世界已沉淪."(黃玹, <絶命詩>, 『梅泉集』 권5, 9면)
91) <自總督府求送梅泉集以詩代謝>, 『강호여인시고』. 이 시는 달리 <自京昭
　　格洞 總督府參事室分室 苑永百年來詩作此寄贈>(『松濤閣詩稿』)라는 제목이
　　붙어 있다. 1912년 12월 19일 黃玹의 梅泉集과 金澤榮의 滄江集이 총독부
　　에 압수당하였으며, 그 뒤로도 개별적으로 『매천집』을 가지고 있던 사람들

1912년 총독부에서 『창강집』과 『매천집』을 불온서적으로 보고 강제 수거해 간 적이 있었는데, 1920년 무렵 황원은 총독부에 『매천집』을 다시 줄 것을 요구하였다. 노력의 결과 『매천집』을 보내와서 감사의 시를 지어 보낸 것이다. 그런데 이 시에는 이미 전국에 배포된 『매천집』을 각 집에서 감추어 다 수거할 수 없을 뿐더러, 일제의 압제가 끝나면 언젠가는 다시 햇빛을 볼 것임을 확신하고 있다. 그리고 시집을 수거해 간다고 해서 일제에 대한 증오가 수그러들지는 않을 것임을 분명히 밝히고 있다.

1연은 중국의 고사를 用事하였다. 명나라의 永樂帝는 원래 변방을 다스리던 燕王이었다. 무지막지하고 탐욕스러운 그는 약 4년간에 걸친 치열한 싸움 끝에 조카인 建文帝를 죽이고 황제의 자리에 올랐다. 당연히 국민의 인기를 얻을 수가 없었고 민심 또한 흉흉하였으니 영락제는 획기적인 민심 수습책이 필요할 수밖에 없었다. 그리하여, 전국적으로 존경을 받고 있던 대학자인 方孝孺에게 머리를 숙이면서 정권의 정당성을 옹호하는 글을 써달라고 애걸하였다. 방효유는 완강하게 거절하였지만, 강제로 영락제 앞에 끌려가게 되었다. 방효유는 붓을 들어 '燕賊簒位'라고 크게 쓰고는 붓을 집어던졌다. 연나라 도적이 황제 자리를 빼앗았다는 뜻이다. 한 마디로 "너는 도둑놈이다."라고 욕을 한 것이다. 영락제는 크게 노하여 방효유의 입을 귀밑까지 찢어 버리고, 그의 일족과 문하생 73인을 모조리 죽였다고 한다. 그는 죽었지만 그가 남긴 '燕賊簒位'라는 글은 천하에 전한다는 말이니, 매천의 유고를 아무리 없애 버리려 하지만 그의 시문은 영원히 남을 것이라는 점을 강조하고 있는 것이다.

3연은 집안과 세상이 일제의 압제로 심하게 핍박받고 있음을 직접 드러내고 있다. 『左傳』 文公 18년조에 "자기 임금에게 무례한 자를 보면,

---

까지 빼앗겼다는 기록이 보인다.

마치 송골매가 참새를 쫓듯이 잡아 죽여야 한다.”[92]라고 하였다. 4,5연에서는 『매천집』을 수거하여 불태워 없애려 하지만, 발간된 모든 책을 다 없앨 수는 없을 것이라는 것이다. 伏生은 곧 伏勝을 말하는데, 그는 진시황이 焚書할 때 백 편의 상서를 벽 속에 감춰 두었다가 한나라가 일어난 뒤에 이 글을 찾아보니, 다 없어지고 29편만 남았으므로 이를 가지고 후진을 가르친 결과, 歐陽生 등에게 전수되었다는 고사[93]를 들어 당시 전국의 시인들이 보관하고 있던 『매천집』을 다 수거할 수는 없을 것이라는 것이다. 나아가 일제의 압제 또한 언젠가는 끝나고 서광이 비칠 것임을 내비치고 있다. 시제를 보면 『매천집』을 내준 데 대한 고마움을 표현한 작품인 것 같지만 실상 내용을 들여다보면 전혀 그렇지 않다. 이러한 엄청난 사건이 있었던 고사를 用事하여 저들에게 직접 전달한 것은 황원이 아니라면 누구도 흉내 낼 수 없는 기개가 아닐 수 없다.

그는 또 일제에 저항했던 사례를 소재로 연작시 계획을 추진하였다. 그 가운데 하나가 마산면 광촌 마을 박천조의 미망인 高氏가 더러운 일본 돈을 받을 수 없다[94]면서 은사금을 물리친 사건을 소재로 한 것이었다. 그는 애초에 100명으로부터 시를 받아 『廣村却金歌』를 출간할 계획을 세웠으나 여건상 이를 다 실행에 옮겨지는 못하였던 듯하다.

> 은사금을 물리친 시는 좋은 재료인데, 제가 이미 병들어 어지러움이 이와 같으니 만약 시문을 곰곰이 생각한다면 곧 두통이 생겨나므로 장편은 생각하지도 못하겠습니다.[95]

---

92) “見無禮於其君, 誅之, 如鷹鸇之逐鳥雀也.”(『左傳』)

93) 『漢書』 卷88.

94) “馬山面廣村 故朴天祚之妻高夫人 而不守曰, 吾以未亡人食吾食衣吾衣 何受日本金乎.”(黃瑗, <廣村却金歌序>, 『廣村却金歌』)

95) “却金詩, 此是好材料, 而弟旣病眩如此, 若加以究思詩文, 則便生斯疼, 不能生意於長篇也.”(李建芳, <答黃石田瑗書>, 『문묵췌편』 하, 199쪽)

이건방이 황원에게 보낸 편지의 일부 내용인데, 이 글을 보면, 식민
당국의 감시와 엄격한 통제 속에서 却金이라는 주제로 연작시집을 만들
어낸다는 것이 얼마나 어렵고 위태로운 작업이었는지 가히 짐작할 수
있다. 이건방은 당시 양명학파의 거두로 문명을 크게 떨치고 있었으나,
1911년『매천집』발간 때도 그러했지만, 두통 때문에 시를 짓기가 어렵
다는 말은 사실 자신에게 화가 미칠까 두려워 쓰지 못하겠다는 변명에
불과하다.『廣村却金歌』에는 황원 서문과 尹鍾均, 王在沼, 權鳳洙, 權鴻
洙 등 매천시파의 작품만 수록되어 있고 나머지 빈 페이지로 남아 있
다. 다음은 <戲題子爵金聖根影>라는 시다.

前身維佛後公卿　　　前身은 부처를 받쳤어도 후신은 공경이요
肉食平生筆苑名　　　평생토록 肉食하며 筆苑으로 이름 높네.
四朝恩澤終何報　　　四朝의 은택을 어떻게 갚으려는지
獵獵西風子爵旌　　　子爵 깃발 서풍에 나부끼네.
　　<戲題子爵金聖根影>96)

일제로부터 자작 작위를 받은 김성근의 초상화를 보고 그의 이중적
인 모습을 꼬집고 있는 작품이다. 불교 신자로서 지위를 탐하고, 육식을
한다는 것이다. 조선왕조의 신하로서 녹을 먹은 자가 일본의 앞잡이가
되어 작위를 받았으니 이 얼마나 부끄러운 일인가? 초상화에 그려진 현
상을 사실적으로 그린 것 같지만 하고자 하는 말은 강한 비꼼의 수법으
로 공교롭다. 이러한 우국시의 경향은 특히 고종황제의 죽음과 자신이
배후에서 지원한 3.1만세운동이 실패로 끝나버린 뒤 더욱 강하게 드러
난다. <朴仁彦挽>을 보기로 한다.

博浪聲後更云誰　　　박랑사 철퇴소리 후에 다시 누구뇨
俠骨堂堂有此兒　　　의협심 당당한 이 사람 있다오.

---

96) <戲題子爵金聖根影>,『강호여인시고』.

再唱再囚天必視　　　만세 재창에 다시 갇힌 것을 하늘이 보았으리
一悲一快世皆知　　　한 번 비통 한 번 흔쾌 세상이 모두 알리라.
國權未復君何往　　　국권회복 못했는데 그대는 어디 갔나,
民氣重新我不疑　　　국민 士氣 새로움을 나는 의심치 않는다.
口訃江湖偏有感　　　입으로 부음 전하매 유달리 감개가 깊어
扶頭磨墨寫哀詞　　　머리 싸매고 먹을 갈아 슬픈 노래 다시 쓰노라.
〈朴仁彦挽〉[97]

朴恒來(1871~1919)는 자가 仁彦이요, 승주 출신으로 1919년 3월 3일 손병희의 밀명을 받고 태극기를 들고 순천 남문 연자루에 올라 독립만세를 부르다가 헌병에게 붙잡혀 광주형무소에 수감되어, 옥중에서도 만세를 연창하며 불굴의 투쟁을 계속하다가 그 해에 獄死하였다.

수련의 고사는 "張良의 조상이 五世를 韓나라에서 정승 노릇을 하였다. 한이 秦에 멸망되자, 장량은 원수를 갚기 위하여 滄海力士에게 철퇴를 들려 博浪沙中에서 시황을 저격하게 하였는데, 빗나가서 시황의 副車를 맞췄다."는 『史記』留侯世家에서 기인한다. 朴仁彦이야말로 우리 민족을 위해 원수에게 저항하다 장렬하게 죽음을 맞이한 義士라는 것이다. 국권이 회복되지는 않았지만 3·1만세운동을 통하여 우리 민족의 사기가 죽지 않았음을 확인한 것만으로도 큰 소득이었던 것이다. "口訃江湖偏有感, 扶頭磨墨寫哀詞."는 자못 悲壯하다. 烈士의 죽음이 황원에게는 남의 일 같지가 않았다는 것은 동문 왕수환에게 보낸 다음 편지를 통해 알 수 있다.

　　　어제 渭顯 조카가 또 심문을 받고 왔으니 가증스럽습니다. 요사이 우리집이 그들의 출장소가 되어 곧 와서 바로 문초하기도 하여 문밖에 발자국소리는 구두가 눈 밟는 소리로 가소롭습니다.[98]

---

97) 황원, 〈朴仁彦挽〉, 『松濤閣詩稿』.
98) "昨日, 渭顯姪又被招旋來, 可憎也. 近日吾家, 爲出張所, 旋來旋招, 門外朴啄聲, 乃溝斗履雪, 可笑知."(黃瑗, 〈與雲樵老人書〉, 『문묵췌편』 하, 250쪽)

이 편지를 보면 조카 黃渭顯이 倭警에 붙들려가 심문을 받고 돌아왔음을 알 수 있다. 박경현과 황위현 등은 3월 23일에 밤새도록 태극기를 만들고 구례 장날 만세 운동을 주동하였다. 이 때 박경현은 구속되었으며, 황위현 또한 틈만 나면 붙들려가 심문을 받았고, 심지어는 집에서조차 문초를 받았던 것이다. 이들을 배후에서 지원한 황원으로서는 남의 집 불구경하듯 할 수는 없었을 것이다.

> 夕陽照水中　　　　석양이 물 위를 비추니
> 小魚遙可數　　　　작은 물고기 노니는 것 셀 수 있겠네.
> 魚避鷗鷺啄　　　　물고기는 갈매기 눈을 피해
> 一一岸底聚　　　　한 마리 한 마리씩 기슭 아래 모여드네.[99]

이 시는 연못의 물고기들이 헤엄쳐 다니는 모습을 그리고 있지만, 단순한 서경을 묘사한 것은 아니다. 작은 물고기는 일제 강점기에 힘없이 수탈당하는 조선의 백성을 가리키는 말이고, 갈매기는 일제를 상징한다. 그러나 황원은 이러한 암담한 현실만을 그리며 좌절에 빠지지는 않았다.

> 新城浦上白鷗飛　　　신성리 포구 위엔 갈매기 날고
> 馬老山前掛落暉　　　마로산 자락엔 저녁 햇살 걸려 있네.
> 暮潮痕作陣雲黑　　　저녁 조수 흔적 구름을 검게 하니
> 疑是陳璘破賊時　　　아마도 陳璘이 적을 격파했을 때이거니.
> <草南浦望倭將臺>[100]

광양시 초남포와 순천시 해룡면 신성포는 광양만을 사이에 두고 바라다 보이는 곳이다. 초남에서 멀리 남서쪽으로는 왜장대가 보이고, 북쪽으로는 광양읍 쪽으로 마로산성이 보인다. 왜장대는 정유재란 당시

---

99) <蘆汀>, 『강호여인시고』.
100) <草南浦望倭將臺>, 앞의 책.

陸戰에서 패퇴한 倭軍이 호남을 공략하기 위한 전진 기지 겸 최후 방어
기지로 삼기 위해 3개월간 쌓은 토석성이다. 왜장 小西行長이 이끈 1만
4천여 명의 왜병이 주둔하여 朝·明 연합군과 두 차례에 걸쳐 격전을
벌였다. 황원은 초남포에서 왜성이 있는 신성리 포구의 저녁조수를 보
며 명나라 장수 陳璘이 임진왜란 때 참전하여 이순신을 도와 왜적을 물
리친 일을 떠올리고 있다. 패망한 나라의 백성으로서 그는, 매번 왜적을
물리친 사실을 통하여 암담한 현실을 극복하려고 하는 것이다.

그는 이어 임진왜란 당시 의병장이었던 姜希輔·希悅 형제의 무덤
앞을 지나면서 이들의 영령을 기리고 있다.

晉陽殉節倍睢陽	晉陽의 殉節이 睢陽보다 장하니
兄弟從軍作國殤	형제 종군에 國殤을 지어보네.
至今白骨沉江水	지금도 백골은 강물 속에 잠겨 있고
一片英靈返故鄕	한 조각 영령만 고향으로 돌아오셨네.
中宵風雨聞號令	밤중에 비바람소리 號令으로 들리는데
百世雲山絶酹觴	백세 운산에 祭酒盞이 끊겼구나.
雙墓荒凉松栢裏	송백 사이로 두 분 묘 황량하니
行人下馬獨彷徨	지나던 길손이 下馬하여 홀로 서성이네.

<吊姜將軍墓>[101]

광양 봉강면 석사리는 황원이 태어난 곳이다. 강장군 형제는 1560년
경에 봉강면 신촌 마을에서 태어났다. 임진왜란이 일어나자 형 희보는
광양에서 100여명의 의병을 모아서 그때 당시 영호남을 잇는 군사적
요충지인 단성(지금의 경남 산청)에서 적과 싸우고 있던 백부 강인상을
구원하기 위해 군사를 이끌고 달려갔다. 무과에 급제한 동생 희열은 그
때에 역시 영호남의 군사 요충지인 구례군 토지면의 석주관을 지키던
중에 휘하 군사를 이끌고 단성으로 달려가 백부를 구원하였으며 싸움

---

101) <吊姜將軍墓>, 앞의 책.

이 끝나자 다시금 돌아와 석주관을 수비하였다. 진주성의 위급한 상황을 전해들은 강장군 형제는 휘하 장수들을 이끌고 김천일 장군의 지휘 아래 들어가 싸우다 1593년 6월 27일과 29일에 각각 장렬히 전사하였다. 사후에 고향에 이들의 묘를 만들었지만 송백 사이로 황량하고 쓸쓸하게 방치되어 있는 것을 보고 쓸쓸함을 금할 수 없다는 것이다.

당나라 安祿山의 난 때에 張巡이 睢陽을 지켜 싸우다가 군사를 가지고 있는 다른 고을의 賀蘭에게 구원을 청하였더니, 하란이 거절하여 수양이 함락되고 장순은 죽었다는 고사에 빗대어, 강장군 형제의 진주성 전사는 더욱 장렬하였음을 말하고자 한 것이다. 일제에 강제로 나라를 빼앗긴 지 9년이 되었으나 아직 울분이 가시지 않은 상태이다. 3.1운동이 실패로 돌아간 직후이니 임진왜란 때 의병장이었던 이들의 몸을 사리지 않은 애국심이 더욱 필요한 때라고 생각한 것이다.

황원은 임진왜란 당시 전사한 선열들을 추모할 뿐만 아니라, 일제 강점기에 보다 적극적으로 항일 독립 운동을 하다 수감된 이들을 위해 시를 지어 찾아가기도 하였다. 다음 <寄金士璋莛>가 그 예이다.

> 寒雨獰風夜透床　　찬 비 거센 바람이 밤 되자 침상을 뚫고
> 經年板屋鼻聲長　　한 해도 다 가는데 판옥에 코고는 소리 요란하다.
> 意欲終爲無證案　　마음 같아선 종시 증거 없도록
> 網羅志士作神方　　지사들 망라하여 神方을 부리고 싶구나.
> <寄金士璋莛>[102)]

이 <寄金士璋莛>는 독립투쟁을 하다 수감된 金士璋에게 보낸 시이다. 1, 2구에서는 囚人의 고통을 직접 설명하지 않고 있다. 그럼에도 불구하고 감옥의 쓸쓸하고 황량한 광경, 수인의 고통을 충분히 전달하고 있다. 또한 나아가 이들을 神方으로 모두 무사히 풀려나게 하고 싶다.

---

102) <寄金士璋莛>, 『송도각시고』.

그리하여 그는 "오호라, 나라의 치욕 어느 때나 씻어, 새해 아침 아버님 사당에 復權을 고할까."103)라고 하여 조국 광복을 간절히 염원하였다. 이는 陸游의 "늙어가며 세상일 부질없음을 알겠는데, 다만 九州가 통일됨을 보지 못해 서글프네. 王師가 북으로 中原을 평정하는 날, 집안 제사에서 이 아비에게 고할 일 잊지 말거라."104)에서 點化하였지만, 그 뜻은 더욱 절실하다. <和宋鴻韻却寄·2>를 보자.

三呼如昨十經春　　어제 같던 만세 함성 십 년이 흘렀지만
瑞石山靑日又新　　서석산 푸른 기운 날마다 새로워라.
四海同心河決力　　온 나라 한맘 되어 강물이 분출되듯
一時强迫抑何人　　일시에 치달리니 어느 누가 막으랴.
<和宋鴻韻却寄·2>105)

광주에서 교편을 잡고 있던 宋鴻이 1928년에 광주학생운동에 참가하였다가 체포되어 수감되자 그를 면회하러 가면서 써 간 작품이다. 시어들의 이미지가 자못 무겁고 장쾌하다. 그는 이전에 3·1만세운동 때 선언문 초안의 주동자로 몰려 수감된 최남선에게도 "삼천리 방방곡곡 쌓인 분노, 피맺힌 뇌성에 하늘이 찢어질 듯."106)이라며 강개한 필치로 시를 써 보낸 적이 있다. 그러나 향촌에서 포의로 늙어가는 자신이 할 수 있는 일이라고는 그리 많지 않았다. 너무나도 거센 힘 앞에서 미미한 자신을 발견하고 허탈에 빠질 수밖에 없었다. 그래서 그는 평소에 스스로 만시를 지었던 것이다. 다음은 <自挽> 제2수와 제3수이다.

---

103) "嗚呼國恥何時雪, 禰廟元朝告復權."(<甲子除夕>, 『강호여인시고』)
104) "老去元知萬事空, 但悲不見九州同. 王師北定中原日, 家祭無忘告乃翁陸游."
　　(陸游, <示兒>, 『劍南詩藁』, 卷85, 長沙 : 岳麓書社, 1998, 1718쪽)
105) <和宋鴻韻却寄>, 『강호여인시고』.
106) "積憤三千里, 血雷天欲裂."(<寄慰崔南善猩所>, 『송도각시고』)

胸中了了有千秋　　가슴엔 확연히 千秋의 뜻 있는데,
一事無成竟白頭　　한 가지 일도 못 이룬 채 늙어 버렸네.
誤得家庭文字見　　家庭에 문자를 잘못 얻어,
久而爲性死而休　　오래도록 본성 되더니 죽어서야 쉬는구나.

馬革裏尸已失時　　나라 위해 목숨을 바치는 것도 이미 때를 놓쳤고
送客就義亦無機　　정의를 위해 자객을 보내는 것 또한 기회가 없구나.
鉛刀無用頭如雪　　鉛刀도 소용없이 머리는 눈처럼 하얗게 되어
徒作空山老布衣　　헛되이 空山에서 布衣로 늙을 뿐이로다.
＜自挽＞

　　가슴속에는 천추에 빛날 포부를 지니고 있었는데, 한 가지도 못 이루고 하릴없이 늙어 버린 자신을 생각할 때 회한만 남는다고 표현했다. 행동으로 옮기지 못하고 글로만 가슴속의 한을 읊조렸는데, 죽음을 맞이하여 글 쓰는 일을 마칠 수 있다고 생각하니 처량하기까지 하다. 조금만 더 젊었더라면 하는 회한을 남기고 있다.

　　앞에서 언급하였듯이 황원의 항일 저항시의 특징 가운데 하나가, 개인적으로 가깝지는 않지만 의병장이나 순절한 이에 대한 挽詩를 통해 애국적 면모를 드높인다는 점이다.

見義隨時各有方　　의를 보면 시절에 따라 방도가 있으니
戴山晚節久惟香　　유즙산의 만년 절개 오래도록 향기 나네.
世人吹索何須說　　世人들의 吹索을 말할 것이 있으랴만
死國人多國不亡　　순국하는 이 많으니 이 나라 망하지 않았네.

興亡不是儒門責　　나라 흥망이 儒門 책임 아닐진대
往往儒門飮鴆巵　　종종 儒門에서 독주를 마신다네.
吾家二老何心恨　　우리 집안 두 노인 어떤 한을 품었기에
不盡天年使我悲　　천수를 못 누렸으니 애석하기 짝이 없네.
＜族兄參奉 瑻氏 聞太皇賓天 自刎而殉 以詩追哭＞[107]・1919

---

107) ＜族兄參奉 瑻氏 聞太皇賓天 自刎而殉 以詩追哭＞, 『강호여인시고』.

黃瑗(1948~1919)은 호가 石庭, 본관은 장수, 남원 수월리에서 태어났다. 그는 일제의 침략으로 국권이 침탈되는 과정에서 몇 차례 擧義를 시도하기도 하였으나 끝내 망국의 비운을 맞이하게 되자 絶命詩를 남기고 스스로 목숨을 끊으려 하였다. 그러나 때를 놓쳐 실패하였다. 이후 고종 황제가 서거했다는 소식을 듣고 1919년 1월 3일 부친의 제삿날을 기하여 단행하였지만 이 때는 가족들에게 발각되어 2차 시도도 실패하고 말았다. 본의 아니게 치료까지 받던 중, 1월 8일 다시 틈을 타 자결하였다.[108] 남원 수월리는 원래 황원의 조부가 살았던 곳이다. 집안에서 두 형이 순국하였으니 그의 슬픔은 극에 달하였을 것이다. 그러나 한 편으로는 나라를 위해 목숨을 바친 이들이 많으니 이 나라는 결코 망한 것이 아니라는 희망을 가지게 된다는 것이다. 자신도 이들을 따라 순국의 길을 택함으로써 이 나라가 망하지 않았음을 온몸으로 증명하였다.

망국 문제와 더불어 의를 논하는 작품은 주로 전 왕조 회고를 제재로 하는 것들이다.

<blockquote>
橋邊春水漾沙淸　　다리 곁 봄물 출렁이니 강모래 곱고
野雪血痕非血明　　들 눈에 혈혼이 피는 아니지만 선명하네.
屈指千秋亡國史　　千秋의 亡國史를 손꼽아 보아도
幾人立節似先生　　선생처럼 절의를 세운 이 몇 분이나 될까.
<善竹橋>[109]
</blockquote>

1919년에 개성을 방문하였을 때 쓴 <善竹橋>라는 작품이다. 선죽교는 고려 말 정몽주가 이성계를 문병하고 오다가 이방원이 보낸 조영

---

108) 황석은 매천 형제의 집안 族兄이다. 그는 경술국치를 당하였을 때와 고종의 승하를 들었을 때 遺書를 썼다. 유서를 두 번 쓴 셈이다. 문집 『石庭遺稿』에 전한다.

109) <善竹橋>, 앞의 책.

규 등에게 쇠몽둥이로 맞아 피살된 곳으로 유명하다. 이 돌다리에는 아직도 정몽주의 혈흔이 있다고 한다. 원래 이름은 善地橋였으나 정몽주가 피살되던 날 밤, 다리 옆에 대나무가 났기 때문에 선죽교로 고쳤다는 기록이 남아 있다. 그러한 연유로 이 다리는 충절의 상징물로 여겨지고 있다.

3·1 만세운동이 실패로 돌아가자 참담한 심정을 가누지 못하던 황원은 서울을 거쳐 개성을 방문하였다. 대부분의 시인들은 개성을 들르면 박연폭포를 읊었으나, 그는 명승지를 돌아보는 대신 역사적인 선죽교와 만월대만 들러 정몽주의 절의와 망국의 한을 회고하였다. 특히 송악산 기슭에 있는 고려의 궁궐터 만월대에 들렀을 때는 길재나 원천석의 시조와 유사한 인생무상과 회고의 정을 노래하였다.[110]

개성에서 내려오는 길에 서울에 들렀을 때도 그가 찾아가 한결같이 읊은 작품은 <景福宮>, <慶會樓>, <宗廟>, <健元陵>, <洪陵> 등 모두 조선왕조와 관련된 곳이다.

> 終南如黛夕陽紅   눈썹 같은 終南山은 석양에 붉게 타고
> 楊柳春風水殿空   버들에 춘풍 불 제 물가 궁전 비어 있네.
> 太息先王行樂地   아아, 선왕께서 즐기시던 곳,
> 繁華只是鳥聲中   화려했던 이곳에 새소리만 요란하다.
> <慶會樓>[111]

화려했던 조선 역사의 중심이었던 경복궁 경회루에 들렀으나 그가 목도한 것은 주인 없는 텅 빈 누각뿐이었다. 경복궁 연못 안에 있는 이 건물은 임금과 신하가 모여 잔치를 하거나 사신들을 접대하던 곳이었다. "終南如黛夕陽紅, 楊柳春風水殿空."에서 단련된 자는 '紅'과 '空'이다. 눈썹같이 둥그런 남산이 석양으로 붉게 탄다고 했다. 이 紅은 단순

---

110) <滿月臺懷古>, 앞의 책 참조.
111) <慶會樓>, 앞의 책.

히 석양의 붉은색만을 가리키는 말은 아닐 터이다. 후구의 '空'이라는
단어와 함께 이 시에서는 서러움 또는 서글픔을 내포하는 말로 통한다.
다시 말해 석양으로 붉게 물든 남산의 모습을 통하여 그가 말하고자 한
것은 망국의 한의 깊이를 드러내고자 한 것이라고 볼 수 있다. '空'도
마찬가지이다. 따뜻한 봄바람이 불 무렵 물가의 수양버들은 새잎이 돋
아 싱그러운 모습을 띠고 있다. 그러나 물 가운데 있는 아름다운 경회
루에는 어디에도 그 봄을 만끽해야 할 왕과 신하와 궁녀들이 보이지 않
는다. '空'은 텅 비었음을 뜻한다. 그러니 물가의 楊柳도 그 빛을 잃어
버리게 된다. 결구의 '鳥聲'도 즐거운 노래가 아니라는 것은 말할 나위
없다. 夕陽・楊柳・春風・水宮・鳥聲이 한데 어울려 환상적인 분위기
를 자아낸다. 그러나 여기에 '空'이라는 단 한 글자가 들어감으로써 분
위기는 일시에 凄然하게 반전되어 매우 工巧롭다. "벌레 먹은 두리기둥,
빛 낡은 丹靑, 풍경 소리 날아간 추녀 끝에는 산새도 비둘기도 둥주리
를 마구 쳤다. 큰 나라 섬기다 거미줄 친 玉座 위엔 여의주 희롱하는
쌍룡 대신에 두 마리 봉황새를 틀어 올렸다."는 조지훈의 <鳳凰愁>를
떠올리게 한다. 다음 <蠹石樓吟社元韻>은 황원의 생애에서 상당한 의
미를 지닌 작품이다.

匹馬東風上水樓　　봄바람에 匹馬로 水樓에 오르니
龍蛇浩劫古城頭　　壬辰亂 남은 자취 옛 성터 뿐이로세.
荒祠落日鴉翻樹　　석양에 묵은 사당 숲에선 까마귀 날고
折戟平沙月似秋　　부러진 창 파묻힌 모래밭엔 달빛만이 싸늘하네.
繡幕毹燈燃夜雨　　장막에 둥근 등불 밤비에 타오르고
畵船歌皷泛春流　　유람선 풍악소리 봄 강에 떠났네.
楊花如雪江聲咽　　버들개지 눈 같은데 강물소리 목매이니
白首遺民恨未收　　살아남은 늙은 백성 통한만 쌓이네.
<蠹石樓吟社元韻>[112]・1936

---

112) 앞의 책.

한시의 일반적 시상 전개 방식인 선경후정의 구성을 보인다. 경련까지는 서경을, 미련에서는 서정을 노래하고 있다. 그런데 서경도 함련까지는 분위기가 매우 스산하다. 孤城·荒祠·鴉鶵·折戟과 차가운 달과 같은 단어는 한결같이 쌀쌀하고 어두운 이미지를 드러낸다. 앞에서 이런 어두운 이미지가 워낙 강하다 보니 경련의 흥겨운 '유람선 풍악소리'도 앞의 분위기에 지배되어, <심청가>의 진양조 가락처럼 무겁고 음울한 회색음조로 바뀌어 버린다. 여기서 촉석루에 올라갔던 시인은 망국의 유민으로서 한을 토로하게 된다. 이 시는 1936년 진주 촉석루음사의 한시 공모전에서 아들 亮顯의 명의로 출품하여 2등으로 입상한 작품이다. 그는 당선 후 이 시 때문에 1개월간 구속 수감되었다고 한다.

일제는 1941년 겨울에 영국·미국과 전쟁을 치르더니 가혹한 법을 반포하였다. 그들은 창씨개명과 조선의 언문 금지, 조선 역사 말살, 동방 요배 강요, 조선인 징병, 식량 통제 등을 강요하였다. 이로써 당시는 매와 개가 횡행하고 생명이 마치 풀이나 다름이 없었다. 황원은 가솔들은 모아 놓고 "우리 집안은 역사를 가진 大韓國人일 뿐만 아니라 累世忠烈의 士族이라, 죽음으로써 항거할 때이니 겁내지 말라."라고 하고 문패에 江湖旅人이라 하였다. 그러다가 일본이 전쟁을 확대하면서 부족한 물자와 총알받이로 징병하는 등 온 나라가 감당할 수 없는 처지에 이르자, 그는 날로 수척하여 가족에게 말하기를, "불행히도 죽지 못하여 오늘의 일을 보는구나. 왜놈은 망한다. 그러나 죄는 왜놈이 짓고 망하기는 우리가 하니, 천리가 없구나. 하루라도 앞서 죽어 황천에 呼訴하고 싶구나." 하더니 1943년 2월 17일 밤에 마을 뒤 월곡저수지에서 순절하였다.[113]

사후에 그의 주머니에서 나온 <絶命詩> 첫머리에는, "천하에 道가 있을 때에는 道가 몸에 따라오게 하고, 천하에 道가 없을 때에는 몸이

---

113) 『義筆 第二』

道에 따라가게 하라."114)는 글귀가 씌어 있었다. 道가 있는 사회라면 자기의 뜻을 펴며 일을 해야 하고, 道가 없는 사회라면 물러나서 몸을 희생하더라도 道를 지키는 일을 해야 한다는 말이다. 그는 패악 무도한 일제 강점기에 후자를 택하여, 34년 전에 매천이 그러했던 것처럼, 도를 지키고자 온몸으로 저항했던 것이다.

滄海滔滔日倒流	큰 물결은 도도히 역류하는데,
蒼生不救竟無謀	이 백성 구해 낼 방도가 없구나.
空老人間無一補	헛되이 늙어 보탬이 안 되는 걸 생각하니
不如先去帝京遊	차라리 먼저 저승에 가 노는 것만 못하구나.
國已邱墟民又亡	나라는 구렁에 떨어지고 백성도 망했는데
何心忍辱守書床	구태여 욕을 참고 책상만 지킬 필요 있으랴.
小事營營如大事	작은 일도 큰일처럼 분주하게 쏘다녔으나
丈夫志氣愧田光	대장부 사나이 田光을 못 따른 게 부끄러울 뿐이네.115)

황원이 남긴 절명시의 원본 글씨는 정제되지 않고 내용만큼이나 매우 거칠게 씌어져 있다. 일제의 태평양전쟁 이후 앞에서 지적한 대로 최악으로 치닫던 나라 안의 현실을 목도하였지만, 75세의 노구로 해결할 수 없는 처지가 도저히 받아들여지지 않았던 것이다. "나라는 구렁에 떨어지고 백성도 망했는데, 구태여 욕을 참고 책상만 지킬 필요 있으랴." 그러나 다만 田光처럼 죽지 못한 것이 한스러울 뿐이라고 하였다. 전광은 연나라 협사다. 천하를 주유하던 형가를 자신의 집에 머무르게 하면서 잘 대우해 주고 있었는데, 태자 丹이 전광을 불러 자문을 구하였으나, 전광은 자신은 이미 노쇠하여 도움이 되지 못할 것이라고 하면서 그에게 협객 荊軻(? ~ B.C. 227)를 소개시켜 주기로 하고, 집으로

---

114) "天下有道以道殉身, 天下無道以身殉道."(『孟子』 盡心章句上)
115) 황원, <絶命詩>(친필 유고).

돌아가 형가에게 태자 단을 찾아가서 도와주라는 말을 하고 자신은 자결하여 버린다. 태자가 그에게 비밀을 지켜달라고 부탁한 것이 자기를 믿지 못하여 한 말이라고 여긴 전광은 죽음으로써 태자와의 약속을 지켰던 것이다. 후에 형가는 태자 단을 도와 진시황의 살해를 시도하였으나 도리어 죽임을 당하고 만다.

자신은 늙어 비록 행동하지는 못하지만 적극적인 행동파를 키우지 못한 것이 부끄럽다는 것이다. 대개 황원의 곧은 성미는 남다른 데가 있는 데다가 매천에게 감화된 바 깊었을 것이다. 그가 자결, 순국한 사실은 석하 권홍수(1882~1972)의 <黃石田公行狀>과 담원 정인보(1878~1950?)의 <石田黃先生墓碑> 에 자세히 기록되어 있다. 이 밖에도 망국의 한과 유민의식을 드러낸 작품으로는 <高宗皇帝挽>(1919), <挽李耕齋建昇>(1924), <寄金時中猚所>(1928) 등이 있다. 특히 김시중에게 보낸 시에서는 "망국의 백성에겐 자유가 없나니, 말 한 마디, 행동 하나하나가 모두 조사된다."[116]라며 망국의 백성으로 억압을 받으며 살아가는 것이 얼마나 큰 고통인지 고발하고 있다.

앞에서 살펴보았듯이 석전 황원은 30여 년의 일제 강점기 내내 온몸으로 분노한 저항시인이었음을 알 수 있다. "그는 죽음도 두려워하지 않았다."[117] 본래 詩社에서 산출된 시는 遊興的이나, 그의 詩는 망국의 한과 유민의식이 들어 있어 비장하다. 또 그의 시는 삶의 軌跡만큼이나 일제에 대한 강한 저항의식을 표출하여 자못 강건하다. 이러한 그의 시적 경향은 형 매천으로부터 크게 영향을 받았다고 하겠다. 그는 평생을 매천의 文章 節義를 고취시키는 것과 조국 광복을 염원하는 삶으로 지냈다.

비록 표현 수단은 한시였지만, 그의 시 속에는 일제 침략주의를 철저히 증오하고 민족과 조국에 대한 사랑과 조국 광복에 대한 염원이 온

---

116) "亡國人民不自由, 一言一動揚爲搜."(<寄金時中猚所>, 『강호여인시고』)
117) "不願長生不怕死"(<庚午五月二十九日 卽我六十一初度 作一詩自嘲>, 앞의 책)

전히 형상화되어 있다. 그는 한용운, 심훈, 이육사, 윤동주 등의 현대 저항시인들 못지않게 치열한 詩精神으로 시를 썼다. 일제 암흑기의 혹독한 감시와 압제에도 굴하지 않고 꼿꼿한 선비정신으로 始終一如 망국의 한과 유민의식, 그리고 우국과 저항의식을 시 속에 담아낸 민족 시인이었다.

5. 芝村 權鳳洙

芝村 權鳳洙(1872~1940)는 앞에서 지적하였듯이 매천의 高弟子로 통칭되는 인물이다. 정인보는 권봉수의 시를 평하여 스승의 師法을 훌륭하게 이었다고 하였다. 그의 시를 살펴보면 근체시를 위주로 하였고, 특히 陸游의 율시에 대하여 11수의 次韻을 남기고 있다. 이는 모두 매천의 영향 때문으로 보인다. 권홍수는 형 권봉수의 시문을 평하여 "시문은 자득한 바가 있는데, 雅健·淸絶·風流·澹遠하고, 登臨·山水·遺興을 좋아하였고, 아울러 상전벽해의 慷慨한 心懷를 吟詠에다 붙였다."[118]라고 하였다. 또 황위현은 <芝村權公追慕記>에서 그의 시와 문을 "洵正·雅潔"하다고 평하였다.

실제 그의 시를 보면 句法이나 시어의 측면에서 매우 平易하지만, 이면에 치밀한 의경의 조직이 엿보이며, 음미할수록 깊은 맛이 우러나온다.

荒郊行盡到平沙　황야를 다 지나 모래밭에 이르니
沙際依微一逕斜　백사장 끝엔 희미한 외길이 비껴있네.
峽坼淸江來十郡　골짝 트여 맑은 강이 열 군을 흘러오고
雲鎖危壁點千家　구름 잠긴 높은 절벽엔 천 집이 점 박혀있네.
映崖游鯽搖人影　밝은 물가에 노니는 붕어는 사람 그림자를 흔들고

---

118) 권홍수, <行錄>, 『지촌유고』 부록.

隔樹晴嵐倒日華   숲 넘어 맑은 이내에 햇살이 비추네.
却喜經春春尙在   기쁘구나, 봄을 보냈는데 봄이 남아
晚蜂籬落數叢花   울타리 두어 떨기 꽃에 벌들이 찾아드네.
<渡潺水津>[119]

　섬진강 潺水津을 건너면서 읊은 시인데, 寫景이 참신하다. 섬진강이 곡성 압록에서 보성강과 합류하여 서에서 동으로 치닫다가 다시 남에서 북으로 흐르는 황전천을 만나는데 이곳을 潺水 또는 찬수라 하고, 다시 오산을 만나 급격하게 북으로 물줄기를 돌려가는데 이곳을 문강이라 한다. 잔수진은 구례읍과 문척면, 순천 황전면 등이 만나는 섬진강 나루로 삼면이 확 트인 곳이다. 조선시대에는 潺水驛이 있어 교통의 요지이기도 하였다. 지금은 강바닥이 훤히 드러나 보일 정도로 강심이 옅고 모래도 그리 많지 않지만, 구례 촌로들의 증언에 의하면 예전에는 모래가 많이 쌓였다고 한다. 구례팔경 가운데 하나가 '平沙落雁'이 있었으니 가히 짐작할 만하다.

　수련은 구례읍 쪽에서 병방산 곁으로 신월리를 지나 잔수의 모래사장에 이르니 흰 모래가 아득히 펼쳐지고 꼬불꼬불한 외길이 비껴 있다는 것이다. 지금도 그렇지만 예전에 섬진강은 兩岸이 산으로 싸여 있고 오염원이 없어서 맑고 투명한 1급수였다. 여기에 흰 모래 사장이 펼쳐 있어 색채의 대조를 이루며, 백사장 끝에는 오솔길이 나 있어 마치 선계로 가는 길로 여겨질 정도이다. 배경이 매우 靜的이고, 속기라고는 찾아볼 수 없다.

　함련에 이르면 배경이 한껏 廣大하다. 上句에서 골짝은 세 곳으로 확 트여 있는데, 10개 郡을 흘러온 淸江이 유유히 흐르고 있다. 근원이 그만큼 深遠하다는 말이다. 下句는 아득히 구름이 잠긴 산 속에는 천 집들이 마치 점이 박힌 것처럼 군데군데 보인다는 것이다. '點千家'는

---

119) 권봉수, <渡潺水津>, 앞의 책, 권1, 11면.

표현이 참신하다. '點'은 鍛鍊字로 '來'와 대를 이루면서 동사로 해석된
다. 따라서 마치 수채화에서 구름 낀 산자락에 화가가 하나하나씩 붓으
로 점을 찍는 것 같다. 함련의 上句와 下句는 峽坼/雲鎖, 淸江/危壁, 來/
點, 十郡/千家이 각각 대를 이루고 있으면서, 또 전체적으로는 動的인
것과 靜的인 것이 대를 이루고 있다. 그러나 '點'이 동사로 해석됨에 따
라 下句는 정적이면서도 동시에 동적인 이미지를 갖게 되는, 매우 독특
한 句法임을 알 수 있다.

함련이 遠景이라면 경련은 近景을 그리고 있다. 표현이 참신하고 재
미있다. 上句는 화자는 햇빛을 등지고 물가에 있는데 물고기가 강물 위
로 올라와 헤엄치는 바람에 자신의 그림자가 물결에 흔들리는 모습을
표현하였다. 즉 붕어가 의도적으로 사람의 그림자를 흔들고자 한 것이
아닌데도 마치 의도적으로 흔든다고 표현하고 있다. 下句에서 숲과 맑
은 이내와 거기에 비치는 햇살은 무릇 桃源境이다.

미련은 잔수진을 건넌 다음의 정경이다. 때는 初夏이니 봄은 이미
갔는데 아직도 봄이 남아 있다는 '經春春尙在'의 표현이 흥겹다. 下句에
서는 시인의 섬세한 관찰이 돋보이다. 울타리에 남아 있는 두어 떨기의
꽃에 늦은 봄 벌이 마지막 꿀을 찾느라 날아든다는 것이다.

이 시는 전체적으로 '平沙', '淸江', '暎崖', '晴嵐', '花' 등의 시어들
이 시적 분위기를 지배하고 있어서 밝고 맑고 경쾌하다. 시인은 미련에
서 단 한 단어로 시상을 모으고 있는데, 이것이 바로 '喜'이다. 고도의
절제된 표현이다. 그의 아우 권홍수가 '淸絶'이라고 평한 풍격을 보여주
는 작품이라고 하겠다.

三峰書屋有佳期	삼봉서옥에 아름다운 약속이 있어
翠竹蒼梧愜所思	푸른 대나무 싱그러운 오동잎은 그리움에 상쾌하네.
芳草易成遊子夢	방초는 나그네의 꿈을 쉽게 이루어 주나
千金難買大家詩	천금으로도 大家의 시는 사기가 어렵네.

青松亂隔牛鳴處　푸른 솔 우거진 너머 소가 우는 곳
夕照偏明鷺下時　저녁놀 한 편에 밝아 해오라기 내려올 때이네.
且喜深樽村俗厚　또한 넘치는 술동이 마을 풍속 후함에 기뻐서
不嫌歸屐出山遲　귀가하는 나막신 하산이 늦어짐을 꺼리지 않네.
<兎洞村齋 陪王小川師瓚·李石亭定稷·黃梅泉玹 三先生 限韻>[120]·
1897

　이정직이 1897년 初夏에 두 번째로 구례에 찾았을 때 매천 등이 베
푼 술자리에서 지은 시이다. 만수동 구안실에서 토금의 왕사찬 書舍로
이동하면서 곳곳에서 창수하였는데, 권봉수의 나이 26세로 구안실에서
공부하던 때이다.

　수련에서는 兎洞書室에서 호남 최고의 시인으로 일컬어지는 매천,
이정직, 왕사찬과 아름다운 자리를 함께하였으니 설렐 법도 하다. 여기
에 初夏의 푸른 대나무와 싱그러운 오동잎은 이런 마음을 아는 듯 더욱
상쾌하게 해 준다. 수련의 下句에서 '愜'은 句眼이다. '愜'은 상쾌하다,
마음에 맞아 흡족하다는 뜻이다. '翠'나 '蒼'은 아주 긍정적이고 고무적
인 마음 상태를 보여 주는 색깔이다. 곧 '翠竹蒼梧'는 단순한 배경으로
머물지 않고 詩老들과의 만남에 기분을 한껏 고무시켜주는 장치인 것이
다. 함련의 上句는 '방초는 나그네의 꿈을 쉽게 이루어 준다.'고 하였으
니 수련에서 한껏 고무된 마음을 더욱 고조시키고 있다. '芳草' 또한
'翠竹蒼梧'와 같은 기능을 한다. 그러나 下句에서 '천금으로도 대가의
시는 사기가 어렵다.'라고 함으로써 대가들과 자리를 함께하며 창수하
는 영광을 누리고 있는 것이야말로 더욱 값지다는 말이다. 대가의 시와
방초를 비교함으로써 작품을 흠모하고 있음을 은근하게 내비치고 있다.
함련의 對偶 또한 견실하다. 경련은 시간적 배경을 그리고 있다. 푸른
대나무와 싱그러운 오동잎 아래서 詩老들과 함께하다 보니 해지는 줄도

---

120) 權鳳洙, <兎洞村, 陪王小川師瓚·李石亭定稷·黃梅泉玹 三先生限韻>, 앞
　　의 책, 2면.

몰랐다는 것이다. 경련은 색채 대조가 특히 돋보인다. 上句의 '靑松'과
'牛'의 청색·황색 대비, 下句 '夕照'와 '鷺'의 적색·백색의 대비가 이
루어진다. 또 上句 '靑松'과 下句 '夕照'의 청색·적색의 대비, 또 '牛'
와 '鷺'의 황색·백색 대비가 매우 공교롭다. 또 소와 해오라기는 석양
과 어우러져 너그러움과 평화로운 정경을 연출하고 있다. '鳴'과 '下'는
본래 動的인 단어이지만 각각 '牛'와 '鷺'가 결합되면서 전체적으로는
매우 靜的인 敍景을 그려냄으로써 참신한 미감을 드러낸다.

미련은 시상을 종합하고 있다. 인심도 후하게 술동이에 술이 가득하
니, 하산하는 것이 늦어지고 있지만 전혀 개의치 않는다는 말이다. 시인
은 녹음이 짙고 방초 향기 가득한 佳節에 詩老들과 함께하며 詩酒로 즐
겁게 보내고 있으니, 하산이 조금 늦어진다한들 무에 거리낄 것이 있겠
느냐고 한다. 산촌에서 벌인 조촐한 술자리에 넘치는 정을 은근히 묘사
하였다. 의경의 안배가 치밀하고, 淸雅하다.

이 작품의 경향은 스승 매천의 淸切한 풍격을 이은 것으로 평가된
다. 청절은 한적한 일상 속의 넉넉하고 여유로운 감정, 혹은 고통과 슬
픔에서 우러나는 미감이다.

鶯聲裊裊蝶紛紛	꾀꼬리 노래하고 나비가 훨훨 날 제,
一席襟懷我與君	그대와 마주 앉으니 감회가 새롭구려.
洞僻幽花常晚發	마을 안길엔 꽃들이 활짝 피고
邑間異事最稀聞	읍내에서도 별 소식 들리지 않네.
萬蛙迭吠多於水	만 마리 개구리들 물가에서 울어대고
千樹成陰太半雲	천 그루 나무는 구름 속에 녹음지네.
村古百年民俗厚	마을이 오래되어 민속이 도탑고
一區泉石好相分	一區泉石도 즐거이 헤어진다네.

<山寓拈酬>[121] · 1896

---

121) 황현, <山寓拈酬>, 『苟安室新稿』.

봄날 만수동 골짜기로 찾아온 우인과 함께 술잔을 기울이며, 마을의
한가로운 정경을 담담하게 그리고 있다. 꾀꼬리가 지저귀고 나비가 훨
훨 나는 화창한 봄날 벗이 찾아와 마주하니 정겨움이 더한다는 것이다.
첫 구부터 청각적 이미지를 지닌 첩어 '裊裊'과 시각적 이미지를 지닌
첩어 '紛紛'을 쓰는 독특한 구법을 취하였다. 유성음 첩어를 중첩함으로
써 음악성을 드러내어 매우 경쾌한 미감을 형성하고 있다. 이는 또 시
전체의 분위기를 지배하고 있다. 이 작품에서 물욕이나 관로에 대한 욕
망은 전혀 찾아볼 수 없다.[122]

窅然溪一曲	요연한 개울 한 구비에
笠樣小茅茨	삿갓 같은 작은 띠집.
危坐簟陰冷	단정히 앉아 있으니 대숲 그늘 서늘하고,
淸言樹影移	맑은 담론 속에 나무 그림자 옮겨가네.
宿疴且停藥	숙병이 있는데 또 약을 끊고
幽興卽吟詩	그으한 흥취에 바로 시를 읊조리네.
更續靑軒事	다시 一靑軒의 모임을 이어
頻來似有期	약속이나 한 듯 자주들 오시네.

<次劍南詩・1>・1931

<次劍南詩> 7수 가운데 첫번째 작품이다. 靑軒은 1930년에 건립한
광의면 천변의 一靑軒을 말하며, 매천 문인 가운데 윤종균, 권봉수, 권
홍수, 왕재소, 양현룡, 박해룡 등이 이곳에 一靑軒詩社를 두었다. 이 詩
社는 1930년부터 3년간 운영되었으며 『一靑軒唱酬集』을 남긴 바 있
다.[123] 이 작품은 이 무렵의 일청헌의 모습과 일상적인 시모임을 그린
것이라고 하겠다. 매번 모임을 약속하지는 않았지만 으레 이곳에 모여
서 시를 지었다는 것을 알 수 있다. 이 시는 속기가 없이 淸雅하다. 속
어와 구어, 산문에서나 볼 수 있는 '且', '卽', '更' 등의 허사를 삽입하

---

122) 김정환, 앞의 책, 442쪽.
123) 권봉수의 『지촌유고』와 권홍수의 『석하우존』에 수록되어 있다.

여 더욱 참신한 미감을 창안해 내고 있다. 산문어투와 助字를 시에서 구사할 때 자칫 긴장감이 약해지기 쉬운데, 대우를 이루어 정치함도 함께 보이고 있다.

수련은 공간적인 배경을 제시하고 있다. 개울은 화엄사와 천은사 중간쯤 마을인 당촌에서 발원하여 광의면 지상, 천변, 지하 마을을 끼고 돌아 西施川으로 西流하는 芝川川을 가리킨다. 물줄기가 맑아 杜甫의 시 <江村>의 한 구절 "맑은 강물의 한 굽이 마을을 안고 흐르나니, 긴 여름의 강촌에 일마다 운치가 그윽하도다.(清江一曲抱村流, 長夏江村事事幽)"를 떠올리게 하는 시상이다. 下句는 일청헌의 모습을 그리고 있는데, 삿갓 모양의 띠집이라 한 것으로 보아, 구안실에서 공부할 때에 세운 매천의 一笠亭을 떠올리며 지은 듯하다. 함련은 시원한 대숲 그늘 아래 정좌하고 앉아 벗들과 청담을 나누다 보니 어느덧 시간이 많이 흘러갔다는 것이다. '樹影移'라는 표현이 공교롭다. 시간이 흘러갔다는 것을 '나무 그늘이 옮겨갔다'고 표현하였다.

경련은 벗들과의 淸談과 자연의 흥취에 젖어 약 먹는 것도 잊고 시를 짓는다 했다. '且'와 '卽'의 쓰임이 묘하다. '且'로 보아 약을 끊었던 것이 이번만은 아니라는 말이다. 곧, 자주 이런 일이 반복되었다는 것을 알 수 있다. 그리고 '卽'은 '망설임이 없이 곧바로'라는 의미를 지닌다. 흥이 나면 곧바로 시를 쓴다는 것이니, 실로 매천의 수제자답다. 미련은 이러한 모임이 마치 만날 것을 미리 약속이나 한 듯 자주 있다는 것이다. 일청헌은 騷人들의 사랑방 같은 역할을 하고 있었다. 다음은 <次劍南詩> 7수 가운데 제3수이다.

寂寂林中屋	적막한 숲 안의 집
庭花晴亦奇	뜰의 꽃이 밝아 또한 기이하네.
潭淸魚更食	못이 맑아 물고기가 다시 입질하고
風起雀先知	바람이 일자 참새가 먼저 아네.

待月宜沽酒　　　　달을 기다리며 당연히 술을 사와
呼朋共對棋　　　　친구 불러 함께 바둑을 두네.
乍看霽天色　　　　문득 갠 하늘색을 보니
此喜孰加之　　　　이 기쁨에 무엇을 더하겠는가.
<次劍南詩·3>·1933

　　수련은 공간적 배경을 제시하였다. 숲 속의 집이라 적막하다. 가만
보니 뜰 한쪽에 꽃이 피었는데 참으로 아름답다. 靜的인 이미지다. 함련
은 시선이 꽃에서 연못 속의 물고기와 참새로 옮겨졌다. 動的 이미지로
바뀌었다. 그러나 움직임은 잔잔하다. 모두가 일상적인 자연의 상태이
다. 경련은 밤이 되어 달이 떠오기를 기다리며 술을 사오고 이웃의 벗을
불러 함께 바둑을 둔다. 꽃과 달과 술과 바둑이 어우러지면서 시간의 흐
름은 느려진다. 마치 선계의 신선 모습이다. 함련과 경련은 모든 글자가
대우를 이룬다. '潭/淸/魚/更/食, 風/起/雀/先/知'·'待/月/宜/沽/酒, 呼/朋/
共/對/棋'으로 매우 독특한 句法이다. 미련은 문득 하늘을 보니 구름 한
점 없이 개어 푸르다. 맑은 밤하늘에 밝은 달이 뜨고, 맛있는 술에 벗과
함께 바둑을 두고 있으니 또 무엇을 바라겠는가. 安貧樂道의 소박한 삶
의 모습을 맑고 담담하게 그리고 있다. 다음 작품 또한 이러한 意景을
보여준다.

靑山面面對玄暉　　　얼굴 내민 산봉우리 검을 빛을 띠고
似護塵間一布衣　　　속세의 한 布衣를 호위하는 듯하네.
此地相逢那易得　　　이곳에서 만남이 쉽지만은 않은 일
勸君不飮亦無歸　　　권하노니 술 아니 마시면 또한 돌아갈 수 없다네.
溪邊柳暖魚新躍　　　시냇가 버들 따뜻해지니 물고기 새로 뛰고
竹外花明鷰始飛　　　대숲 밖 꽃 붉으니 제비 날기 시작하네.
重約夜遊休秉燭　　　밤놀이 할 적에 불 밝히지 말게
且宜明月在柴扉　　　또한 사립 위에 밝은 달 비추리니.
<茅溪精舍, 晤許卯園奎·黃石田瑗·王藍山在沼>[124]·1915

이 시는 매우 서정적이고, 소박한 향토적 정서가 잘 드러나 있다. 수련은 모계정사에서 양쪽으로 둘러쳐 있는 지리산의 웅장한 자태를 마치 한 포의지사를 호위하고 있다고 하면서 주변의 배경을 제시하였다. 검은 산빛은 대자연의 강렬한 힘을 상징한다. 그 호위를 받고 있는 시인의 호방한 기개가 느껴진다. 함련은 모계정사에서의 만남이 자주 있는 것은 아닌 만큼 이 좋은 만남에서 벗과 함께 술을 마시지 아니하면 돌아갈 수 없다고 한다. 모계정사는 玄谷 朴泰鉉의 초당으로 광의면 지천리에 있었다. 당시 매천시파 성원들은 壺陽學校를 비롯하여 박태현, 권봉수, 권홍수, 윤종균의 초당이나 待月軒[125)]에서 자주 시회를 가졌다. 모계정사에 모여서 창수한 시인도 모두 매천시파이다.

경련은 봄날의 상쾌함이 흠씬 배어 있다. 上句의 '暖'은 단련된 글자이다. 시냇가 버들이 따뜻하다는 것은 봄을 맞아 수양버들잎이 파릇파릇해졌다는 뜻이요, 또 겨우내 얼었던 물이 녹으며 따뜻해졌다는 것이다. 논리적으로 보자면 고기가 활발하게 움직인다는 것은 버들이 따뜻해지기보다는 물이 따뜻해야 하기 때문이다. 그런데 시인은 이를 교묘하게 두 가지 의미를 다 포함하는 말로 '暖'을 쓴 것이다. 下句의 '明'도 마찬가지이다. 꽃이 붉다는 것과 제비가 날기 시작하는 것과는 상관관계가 그리 없어 보인다. '明'은 원래 밝다는 뜻이지만 '花明'은 꽃이 붉다는 의미로 쓰인다. 그런데 '花紅'이라 하지 않고 굳이 '明'을 쓴 것은 화사한 봄이 되었다 또는 날씨가 따뜻하다는 의미를 지니기 때문이다. 그래야만 논리적으로 제비가 돌아와 날아다닐 수 있다. 경련의 대우는 '溪邊/柳/暖/魚/新/躍, 竹外/花/明/鷰/始/飛'와 같이 매우 복잡하다. 작가의 치밀한 시어 배치 때문으로 보인다.

미련에서는 시인의 소박한 생활 태도와 향토적 서정이 물씬 풍긴다.

---

124) 『지촌유고』 권1, 5면.
125) 梅泉舊庄. 지금의 매천사를 들어서면 왼쪽 건물을 말한다. 이 건물은 낡아서 헐고 그 자리에 2005년 봄에 중건하였다.

韓濩(1543~1605)의 시조 "집방석 니지 마라 낙엽엔들 못 안즈랴. 솔불
혀지 마라 어졔 진 달 도다 온다. 아희야 박주산챌만졍 업다말고 내여
라."를 연상케 한다. 下句의 '달'은 풍류의 대상으로서만 국한시키는 종
래의 상투적인 수법과는 달리 어둠을 비치는 光明의 존재로까지 쉽게
끌어들여, 脫俗한 仙人의 세계까지 드러내고 있다. 곧 인공적인 모든 것
과 世俗雜事에 얽매임이 없이 主客一體의 심경에서, 산촌의 봄밤을 마
음껏 노래하고 있는 것이다. 시어는 아주 平易하지만, 읽을수록 소박하
면서도 청량한 맛이 물씬 배어나는 작품이다.

欲別更携手	헤어지려다 다시 손을 붙잡고
彷徨亂竹間	우거진 대숲 사이에서 서성대네.
門前路何惡	문 앞의 길은 어찌 그리 밉살스러운지
座上客多閒	座上客은 다 한가하기만 한데.
梅雪明三逕	梅雪은 三逕을 밝게 비추고
松雲暗四山	松雲은 四山을 어둡게 하네.
慣是溪邊屋	시냇가 집 낯익어
好伴水禽還	물새와 함께 돌아오네.

<與西坡復會愚川室 · 3>[126]

이 시는 광양 서석의 서파 송하섭과 함께 우천 박해룡의 집에서 창
수한 작품이다. 이들은 전날에는 권봉수의 집에서 시를 창수하였고,[127]
이튿날 다시 박해룡을 찾아갔다.

수련은 벗과 헤어지려다 망설이는 장면을 설정함으로써 간절함과
아쉬움이 짙게 배어 있다. 수련만 보아서는 누가 떠나가고 누가 전송하
는지 알 수 없고, 함련에서 떠나는 주체를 알 수 있다. 벗들은 다 그 집

---

126) 『지촌유고』 권1, 9면.
127) 『지촌유고』 석판본과 권홍수의 전사교정본에는 권봉수의 작품만 실려 있
지만, 친필본에는 윤종균, 이병호, 왕수환, 정난수, 왕재소, 박창현, 권홍수,
박해룡 등 9명이 지은 수십 首의 작품이 함께 수록되어 있다.

에 머물러 있는데, 혼자 돌아와야 하기 때문에 문 앞의 길이 밉살스럽 기까지 하다고 하였다. 벗을 보내는 입장이 아니라, 시인 자신이 떠나와 야만 하는 입장인 것이다. 座上客의 원뜻은 양반관료층을 이르는 말인 데, 여기에서는 여러 벗들이라는 의미로 쓰였다. 後漢의 孔融이 後進들 을 잘 이끌어 주었으므로, 閑職에 물러나 있을 때에도 늘 빈객이 끊이 지 않았는데, 공융이 이에 "늘상 좌상객이 집안에 가득하고, 술동이에 술이 떨어지지만 않는다면, 내가 걱정할 것이 뭐가 있으랴."[128]라고 했 던 고사에서 나온 말이다. 벗들만 남겨놓고, 혼자 집에 돌아오려니 더욱 아쉬움이 남는다는 것으로 수련에 대한 원인이다. 경련은 매화꽃에 잔설 이 눈이 뜰을 밝게 비추고, 구름은 주위의 산을 어둡게 한다는 것이다. 벗의 집은 여러 벗들과 함께 있으니 즐겁고 환하며, 홀로 돌아가는 나는 먹구름이 낀 듯이 마음이 아쉬움으로 가득하다는 뜻이다. 비유가 매우 참신하고, 대우도 정밀하다. 미련은 낯익은 시냇길을 따라 물새와 벗이 되어 돌아온다는 것이다. 결코 시인은 혼자 오는 것이 아니다. 경련까지 의 아쉽고 무거운 분위기를 일시에 해소시키면서 시상을 끝맺는다.

  벗들과의 모임에서 벗들은 남아 있고 홀로 집에 돌아오는 시인의 마 음을 절실하게 그리고 있을 뿐만 아니라, 자칫 우울하게 끝나 버릴 시 상을 상쾌하게 끝맺음으로써 雅潔한 풍격을 이루고 있다. 일반적으로 자연시에서 특히 雅潔한 풍격이 드러난다. 그러나 권봉수의 시에서는 이러한 풍격이 주제와는 상관없다.

> 憶昔山窓共賦詩 생각나네 산창에서 함께 시를 짓던 일이
> 江西宗派捨君誰 자네를 빼놓으면 누구를 江西宗派라 할까?
> 吟魂更問向何處 시 읊던 혼백을 다시 어디에다 물을까
> 遙指蓬瀛雲一湄 멀리 구름 낀 물가 봉래 영주 가리키네.

---

128) "坐上客恒滿, 樽中酒不空, 吾無憂矣."(『藝文類聚』 권73)

中宵月露劇傷神　　밤중에 달과 이슬 남의 애를 태우나니
詞客吾鄕少一人　　우리 고향 시인 중에 한 사람이 적어졌네.
回首龍湖遊賞處　　머리 돌려 노닐던 용호정을 보니
幽亭空帶野花春　　그윽한 정자엔 속절없이 들꽃이 봄을 띠었네.
　＜挽李琴村相寬＞[129]

琴村 李相寬(1873∼1927)은 왕사찬과 매천에게서 수학하였으며 매천
시파의 일원이다. 그는 1896년 매천이 茂亭 鄭萬朝(1858∼1936)의 配所
인 진도를 방문했을 때 약 1개월간 동행한 바 있다.

제1수에서 起句는 구안실에서 함께 공부하며 시를 짓던 일이 그리워
진다는 말이다. 山窓은 구안실을 지칭한다. 承句의 '江西宗派'에서 '江
西'는 매천의 별호로서 구안실 시기의 매천 문인들을 지칭하는 말이다.
영재 이건창은 '江西詩社', '黃梅泉詩社'라는 말을 썼다.[130] 轉句·結句
는 함께 시를 읊던 벗이 구천에 갔으니 그 혼백을 누구에게 물을 것인
가, 아마도 봉래산·영주산에 가서 신선이 되었을 것이라는 것이다. 벗
의 죽음을 애달파하면서도 한 차원 높게 승화시키고 있다.

제2수에서 起句와 承句는 도치되었다. 밤중에 달과 이슬이 시인의
마음을 상하게 한다. 그 까닭은 고향 시인 중에 한 사람이 모자라기 때
문이다. 承句는 王維의 "알괘라 형제들 높은 곳에 올라, 산수유 돌려가
며 꽂는데 한 사람 적을 것을."[131]에서 의경을 가져왔다. 轉句·結句는
함께 시를 읊고 노닐던 용호정을 보니, 정자는 말이 없이 예년처럼 봄
을 맞아 들꽃이 활짝 피었다는 것이다. 짧은 시 속에서 벗에 대한 많은
말을 하지 않았지만, 벗에 대한 안타까운 마음이 행간에 많이 담겨 있
다. 이른바 言外言이라고나 할까. 벗의 만시임에도 시의 맛은 매우 담백

---

129) 『지촌유고』 권1, 15면.
130) 이건창, 『명미당문집』 1, 214면.
131) "遙知兄弟登高處, 遍揷茱萸少一人."(王維, ＜九月九日憶山東兄弟＞, 『增訂
　　注釋全唐詩』 第1冊, 937쪽)

하고 淸雅하다. 그러나 다음 <忠愍詞>라는 시는 앞의 작품과는 사뭇
다른 면모를 보여 준다.

梅營春酒洗荒碑	梅營에서 春酒로 비석에 잔 올리니
元帥堂堂百世祠	장군의 기개 사당에 당당하네.
八賜恩綸從北極	八賜가 조정으로부터 은혜롭게 내려져
再回旋節鎭南維	다시 돌아와 높으신 절개 진남에 이르렀네.
昔時兵氣寒潮怒	옛날엔 병사들의 기개 겨울바다를 분노케 하더니
此日秋聲古木悲	오늘은 가을바람이 고목을 슬프게 하네.
楚老相逢頭似雪	아픈 몸 머리 희어서 상봉하였지만
九原難作淚雙垂	황천에 계시니 두 줄기 눈물도 부질없도다.

<忠愍詞>[132] · 1933

　충민사는 국가사적 제381호로 지정된 사당으로 충무공 사액사당 제1
호다. 선조 34년(1601) 영의정 이항복의 계청을 받아 왕명으로 통제사 이
시언이 건립한 충무공의 사당으로 국내 최초의 것이다. 고종 5년(1868)
대원군의 전국 서원 철폐 때 毁撤되어 단만 쌓았다가 고종 10년(1873)
향리 주민들이 합심하여 중수하였으나 1919년 일제의 탄압으로 다시
철폐되었다. 이후 지역민들이 합심하여 1933년에 다시 단장하고 이를
기념하여 '忠愍祠'라는 제목으로 전국 백일장을 개최한 것이다. 일제 강
점기에는 충무공 사당을 추모하는 시를 제출하는 것조차 신변의 위협
을 느껴야 할 정도로 탄압이 심하였는데, 이러한 대규모의 시를 공모한
것도 그러하거니와 이 같은 시를 써서 제출한 사실만으로도 후대인들
에게 높이 평가받아야 할 것이다.

　수련은 좌수영이 있었던 여수에서 春酒로 묵은 충무공의 비석을 깨끗
하게 씻어내고 새로 단장한 사당 안에 안치된 장군의 영정을 보니 위풍
당당함이 느껴진다. 물론 술로 직접 비석을 씻어내는 것이 아니라 여기

---

132) 『忠愍詩壇 入選文 及選外芳名錄』, 2쪽.

서는 비석 앞에 술잔을 드리고 예를 올렸다는 뜻이다. 당시가 일제 강점
기였고 시문의 검열 통제가 심하였을 때이니, 왜적을 물리친 국가적 영
웅 충무공의 사당과 영정은 매우 의미 있는 것이었다. 함련은 1601년 조
정으로부터 八賜가 내려져 여수에 충무공의 높으신 혼령이 다시 돌아와
남방을 지켜주신다는 말이다. 八賜는 명나라가 임진왜란 때 이순신의
전공을 기념하여 하사한 여덟 가지 물품, 곧 都督印·令牌·鬼刀·斬
刀·督戰旗·紅小令旗·藍小令旗·曲喇叭을 말한다. 경련은 임진왜란
때는 바다를 삼켜버릴 정도로 우리 병사들의 사기가 義氣衝天하였는데,
오늘날에 와서는 나라를 잃어 쓸쓸한 가을바람에 고목도 슬퍼하는 듯
황량하다는 것이다. 비유가 참신하다. 일제라는 암울한 현실 인식이다.
함련과 경련의 대우가 건실하다. 미련은 회갑을 지낸 나이에 충무공의
영정과 마주 대하였지만, 이미 공은 돌아올 수 없는 황천에 계시니 하
염없이 눈물만 흐른다는 것이다. 당시가 일제 중반에 접어들 시기였으
니, 상당히 많은 분야에서 우리의 정신이 훼손되어가는 것을 목격한 시
인은 충무공처럼 위대한 민족의 수호자가 나타나 민족의 독립을 강하
게 희망하고 있었던 것이다.

이 시는 3,000여 응모작 가운데 3등으로 입상한 작품으로, "단아하
고 고결하면서도 情恨이 서려 있다."[133]라는 평을 받았다. 이러한 현실
인식은 다음의 작품에서도 드러난다.

卉服關河世已闌	훼복이 산하를 닫아 세상이 이미 막혀버렸으니
風烟空自淚相看	바람 연기에 공연히 눈물 흘리며 서로 본다.
花明古宅靑春暮	고택에 꽃 붉으니 봄철도 저물었고
松蔭幽宮白日寒	무덤에 소나무 그림자 지니 햇살이 차갑다.
孤節亭亭留竹帛	우뚝한 고절은 죽백에 머물고
靈風凜凜拂衣冠	늠름한 영풍은 의관에 떨친다.
飄零有此侯桓輩	오늘 표령하는 侯桓輩들이

---

133) "雅潔而更有情恨."(같은 곳)

魚果良辰禮數寬　　좋은 때에 魚果로 예를 갖추었네.
　<癸酉寒食與諸益 酹酒于梅泉先生墓>[134]・1933

　　1933년 한식날에 매천의 門人들이 스승의 묘를 찾아 느낌을 적은 작
품이다. 수련에서 일제의 강탈로 우리의 산하가 이미 막혀 버렸으니 기
막힌 현실에 서로들 눈물을 흘린다는 것이다. '卉服'은 풀옷을 입는다는
뜻으로, 섬오랑캐를 가리킨다. 『漢書』地理志上에 "島夷卉服"이라 하였
다. 곧 왜놈들이 우리나라를 점령하여 산하뿐만 아니라 우리의 민족혼
까지도 심각하게 훼손하고 있다는 현실 인식인 셈이다. 당시 현대시 작
가들이 순수시니 주지시니 하고 노래하던 때였으니, 현대 시인들의 현
실 인식 태도와는 비교도 할 수 없을 만큼 비장하고 철저하였다는 것을
알 수 있다.

　　함련은 각 구마다 대비되어 황량하고 쓸쓸한 분위기를 드러낸다.
'花明/青春'의 赤・青 대비, '松陰/白日'의 음・양 대비를 통해 더욱 선
명하게 드러나고, '古宅・幽宮'과 '暮・寒'의 下降的 이미지, 소슬함 등
이 두드러진다. 또 함련은 대우가 정밀하다. '花/明/古宅/青春/暮, 松/蔭/
幽宮/白日/寒' 등이 그것이다. 上句의 시각적 이미지와 下句의 촉각적
이미지도 대우를 이룬다. 이처럼 함련의 句法은 치밀하게 계산된 것이
다. 경련은 매천의 높은 절개는 사초에 기록되어 후세에 길이 전하여질
것이요, 신령스러운 바람은 묘 앞에 제를 올리는 우리들의 의관을 떨친
다는 것이다. 竹帛은 역사책을 말하는데, 고대에 竹簡과 비단에 글을 써
서 전하였기 때문이다. 경련도 대우가 정밀하다. '孤節/亭亭/留/竹帛, 靈
風/凜凜/拂/衣冠' 등이 그것이다. 미련은 그간에 여기저기 흩어져 있던
門人들이 佳節을 맞아 魚果를 배설하여 예를 갖추었다는 것이니 흠향하
여 주시라는 뜻이겠다. 이 작품에서는 스승 매천에 대한 연모의 정이
강하게 드러나는데, <謹題梅泉先生集>[135]도 비슷한 성격의 작품이다.

---

134) 『지촌유고』 권1, 17면.

권봉수의 시세계는 매우 맑고 청량하다. 앞서 前輩들이 그의 작품을
평하여 雅潔하고 慷慨하다 하였는데, 실제 작품을 통하여 그러한 특성
을 확인하였다. 매천시의 특성 중에 淸雅한 풍격을 말하는데, 권봉수의
시가 雅潔함은 바로 師法을 이은 것이라 할 수 있다. 그의 시는 특히
자연 산수를 읊은 작품은 말할 것도 없고, 강개한 시까지도 雅潔한 풍
격을 보여주고 있다. 또 陸游를 차운한 작품은 육유의 閑寂細膩적인 시
를 차운의 대상으로 삼았던 것으로 보인다. 따라서 차운시 또한 소박한
일상의 삶을 청아하게 그려내고 있음을 알 수 있다.

---

135) <謹題梅泉先生集>, 같은 곳.
　　　更從何處拜梅翁　　다시 어디에서 매천선생 뵈오리
　　　只有遺文在篋中　　단지 남긴 글만 상자 속에 있네.
　　　逸氣長鯨遊大海　　逸氣는 큰고래가 대해에서 노는 것 같고,
　　　淸聲寡鶴唳秋天　　맑은 소리는 짝 잃은 학이 가을 하늘에서 우는 듯하네.
　　　朱絃未入文王祭　　주현소리 문왕의 제사에 들어가지 못했는데,
　　　碧血惟聞萇子忠　　碧血에서 萇弘의 충성을 듣네.
　　　感激群賢好風義　　감격한 군현들 풍의를 좋아하여,
　　　勤鑱梨棗作檀功　　부지런히 배와 대추 갖추고 제사를 올리네.

제5장 梅泉詩派의 詩的 特性

　이상에서 매천시파의 주요 시인들의 시세계를 살펴보았다. 20세기 신학문이 들어오고, 한글 정책으로 한문학이 급속하게 쇠퇴하는 과정에서도 이들은 끊임없이 作詩 활동을 하였음을 알 수 있다. 그들은 작은 향촌에 거주하면서도 끊임없이 京師의 시인들과 교유하고, 철저한 詩精神으로 고향의 자연을 노래하고, 시대의 아픔을 고뇌하고 울분을 토로하였으며, 민족주체성을 잃지 않고 저항하였다. 그들에게 매천은 식민지 백성으로 살아가는 데 정신적 지주였다. 그래서 항상 매천의 文章節義를 잊지 않고 마음속에 새기고 전파하고자 하였다. 그들은 詩才에 뛰어났으며 남긴 詩文은 수만 首에 이른다. 작은 고을에서, 동시에 한 시파에서, 이처럼 많은 시문집과 뛰어난 시인이 많이 배출된 경우는 국문학사에서 찾아보기 힘들다.

　그들은 매천시파라는 공통적인 분모를 지니면서 각각 지신들만의 색깔로 20세기 전반에 구례 및 호남 시단을 주도하였다. 그들은 주로 1890년대 이후 苟安室을 통해 배출된 시인들이기 때문에 매천의 영향을 절대적으로 받았다는 것은 재고할 여지가 없다. 본 절에서는 이들 구성원들의 시적 특성을 알아보고 유파로서의 성립 여부를 검토해 보기로 하겠다.

　첫째, 매천시파 詩는 劍南詩風의 영향을 받았다. 이는 다분히 매천에서 기인한 것이었다. 매천이 활용했던 주요 교재는 『集聯』과 『劍南集』, 그리

고 唐詩 등이었다. 물론 그는 특정한 詩風을 주장하지는 않았지만, 매천시
파에서 공통적으로 나타난 것은 唐詩와 陸游詩에 대한 次韻이었다.

『韓國文集叢刊』소재 519질의 문집의 목차를 검색해 보거나, 『全南
圈文集解題』[1] 및 『光州圈文集解題』[2] 등의 목차를 보면 육유시에 대한
次韻詩는 생각보다 그리 많지 않다. 그러나 매천시파의 어떤 시인의 문
집을 읽어 보더라도 '次放翁', '次陸律', '次劍南詩', '讀劍南集' 등을 볼
수 있다. 용재 이언우의 문집에는 구안실이나 당시 일과로 이러한 次韻
詩가 많이 수록되어 있다. <표 2>[3]에서 제시한 작가들의 문집 속에는
반드시 이 次韻詩가 들어 있다.[4] 이는 매천시파만의 특징이라 하겠다.
그렇다면 육유시와 매천시파의 시풍이나 시의식과는 어떠한 상관관계
가 있는 것인가?

陸游는 자가 務觀, 호는 放翁 또는 劍南이며, 1만여 수 가까운 시를
남긴 南宋의 대표적인 시인이다. 그는 후세인들에 의해 劍南詩派의 종
주로 稱해지기도 하였다.[5] 매천은 "나는 진실로 宋詩를 좋아하는데, 송
시 중에 육유시를 가장 좋아하네."[6]라고 하였는데, 바로 이어 "그려내
지 못한 物이 없고, 무수한 말들이 읽을 만하며, 비록 그의 시는 爛漫하
지만 묘처는 바로 난숙한 데 있다."[7]라고 하여 육유의 시를 좋아하는
이유를 밝혔다.

매천의 육유시에 대한 차운으로 가장 먼저의 것은 1895년 <次兒課

---

1) 『全南圈文集解題』, 전남대학교 인문과학연구소, 1997.
2) 『光州圈文集解題』, 전남대학교 인문과학연구소, 1992.
3) 제3장 주 2) 참조.
4) 꼭 구안실 시기에 쓴 작품만은 아니다. 한 예로, 권봉수의 작품은 모두 1931
   년에 쓴 것이다.
5) 『中文大辭典』 권12(臺灣, 中國文化大學, 1985), 1180쪽. "陸游 後世稱爲劍南
   派."
6) "我固愛宋詩, 在宋九愛陸"(<讀劍南集>, 『매천전집』 권3, 249쪽)
7) "無物不能肯, 萬語皆可讀. 爛套無遽嗤, 妙處正在熟."(앞의 시)

韻>과 <端午與士吉拈陸律韻>등 3편이다. 매천이 지은 다른 작품도 64
수가 1897년 한 해에 제작되었으며, 거의 제자들과 함께 일과로 지은
것이다. 매천의 생애 가운데 가장 활발하게 제자들을 지도하였던 시기
임을 감안하면, 제자들에게 무엇을 가르치고자 한 것인지 짐작할 수 있
다. 물론 차운 대상은 閑寂詩였다. 매천이 차운한 육유의 시는 대체로
愛國詩도 있고, 한적시도 있지만 대체로 매천은 차운할 때는 애국적인
것과는 무관하게 받아들이고 있는 것이 사실이다.

> 君貌妍華人皆愛   용모는 妍華하여 사람들이 사랑하고
> 君性寬雅人皆悅   성품은 寬雅하여 사람들이 기뻐 따르네.
> 生於儒家老於貧   유자의 집에서 태어나 늙어서도 가난하지만
> 性不戚戚能安逸   슬퍼하지 않는 성격이라 편안하다네.
> 詩在香山放翁間   詩는 香山·放翁 사이에 있고
> 往往得意淸商發   간혹 뜻을 얻으면 淸商曲을 노래한다네.
> <壽李白村>[8) 일부·1930

황원이 이병호의 회갑을 맞아 쓴 壽詩의 일부인데, 눈에 띄는 대목
은 "詩在香山放翁間"이다. 이병호의 시가 白居易와 陸游의 시풍을 따랐
다는 말이다. 이들 사이에 있다는 말은 그의 시가 平易하고 맑다는 뜻
이겠다. 다음 시를 통해서 이러한 이병호의 특성을 확인해 보자.

> 海岳超超訪碧城   바다와 산 아득한데 벽성을 찾아오니
> 早春風雪未全晴   이른 봄 눈보라는 아직 채 개이지 않았네.
> 紅燈筆老雲霞氣   붉은 등 아래 붓은 익숙하게 은사의 기운을
>   내비치고
> 病枕天寒鸛鶴聲   병든 몸 차가운 날에 황새와 학의 울음소리
>   들려온다.
> 貧屋正勤留客意   가난한 집에 마침 손님 만류하는 뜻 은근하니
> 暮年猶切愛才情   늘그막에 재주 아끼는 마음 절절하네.

---

8) 황원, <壽李白村>, 『강호여인시고』.

夜深談笑還忘倦　　　밤 깊도록 이야기하건만 피곤한 줄 잊으매
已見龍岡曉月生　　　어느덧 용강에 새벽달 떠오르네.
<與石亭 拈劉隨州集得城宇>9)

　이 작품은 이정직이 구례에 방문하였을 때 함께 창수한 것으로, 시
어가 平易하고 맑다. 또 앞서 언급했듯이, 황원에게는 悲憤激昻하는 우
국시 계열의 항일 저항시가 많은데, 그 역시 차운할 때는 방옹의 閑寂
詩를 대상으로 하였다. 또 매천시파의 다른 시인들이 칠언율시를 차운
한 데 반해 오언절구와 칠언절구를 차운하였다. <梅花詩效放翁>(1892)
5수, <和放翁病中作>(1894) 6수 등이 그것이다.

蕎花如雪酒初濃　　　메밀꽃은 눈처럼 희고 술도 무르익었거니
落日千砧入暮鍾　　　석양 다듬이소리 저녁 종으로 들어오네.
夜宿晝樵眞好事　　　밤에 자고 낮에 나무하는 일 참으로 좋아하거니
世人應笑懶如儂　　　남들은 나 같은 게으른 이 보면 응당 비웃겠지.
<和放翁病中作>10) · 1894

　육유의 원시 <病中絶句 · 3>11)와 시상이 흡사하다. 석양에 붉게 물
든 저녁 하늘을 배경으로 메밀꽃이 하얗게 벌었다. 여기에 농주까지 무
르익었으니 마음이 풍성하다. 이 적막함에 파문을 일으키는 것이 산사
에서 들려오는 저녁 종소리이다. 여기에 아낙네들은 저녁밥을 지어 놓
고 다듬이질을 한다. 우리의 옛소리요, 평화의 소리이다. 종소리와 다듬
이소리가 묘한 조화를 이룬다. 황원은 젊었을 적에 상당히 병치레를 하
였다. 열심히 학문 연마를 하거나 업에 종사하지 못하고 있으니 남들이
보면 게으르다 할 것이라는 말이다. 그의 <梅花詩效放翁>도 이러한
시적 분위기가 크게 다르지 않다. 윤종균에게서는『酉堂詩集』에 <秋夜

---

9) 이병호, <與石亭 拈劉隨州集得城宇>,『석정이정직유고』Ⅳ, 19쪽.
10) 黃瑗,『是亦律』.
11) 陸游, <病中絶句>,『劍南詩稿』卷13(長沙 : 岳麓書社, 1998), 337쪽.

拈劍南 酬鐘山> 1首, 필사본 미정고『酉堂稿』에 <家塾次陸詩示家侄>
3首, <讀放翁詩> 1首, <秋在雨中 拈劍南> 2首, <七月二十三日 次放
翁韻> 10首, <次劍南詩> 36首 등 총 53首가 있다. 매천시파 가운데는
가장 많은 양이다.

相逢楓樹裏	단풍나무 숲에서 서로 만나
露坐引松醪	노좌하며 송료잔을 당겼네.
江闊秋烟薄	강은 넓고 가을 연기는 엷은데
山平曉月高	산은 평평하고 새벽달은 높네.
燈閒留野老	등불 한가로워지자 野老들 머물더니
帽冷雜村豪	갓이 서늘하니 村豪들 흩어지네.
稍喜前宵雨	간밤의 비를 기뻐하는 것은
漁梁足蟹螯	어량에 집게발이 살지기 때문일세.

<秋夜拈劍南 酬鐘山>[12]・1903

수련은 강마을의 한정과 소박한 삶의 모습을 그리고 있다. 단풍나무
숲에서 우연히 만난 것이 아니고 벗과 만나 술을 기울이며 맑은 가을밤
을 즐기기로 약속되어 있었던 듯하다. 방석을 깔지 않고 단풍잎에 앉아
솔잎주를 마셨다는 것이니 가을밤의 홍취가 절로 살아 있는 듯하다. 함
련과 경련은 시간의 경과를 나타낸다. 새벽까지 술자리를 하며 청담을
나누다가 흩어져 갔다는 것이다. 대우가 건실하다. 미련은 생활 속의 너
그러움이다. 사실 윤종균은 매우 궁핍한 생활을 하였다. 집이 없어 훈장
으로 전전하다가 제자가 마련해 준 집에서 만년을 보낸 사람이다.[13]『晉
書』畢卓傳에 "바른손에 술잔을, 왼손에 집게발을 들고 酒池 속에 헤엄
치면 한평생 만족하다."[14]라고 하였으니, 안빈낙도의 삶을 노래한 것으

---

12) <秋夜拈劍南 酬鐘山>,『유당시집』권1, 18면.
13) 제3장 주 19) 참조.
14) "右手持酒杯, 左手持蟹螯, 拍浮酒船中, 便足了一生矣."(<畢卓>,『晉書』, 권
    49)

로 이해된다. 육유의 원시 <寓歎>[15) 또한 전원에서의 소박한 삶과 생
활의 여유를 노래하고 있는 한적시이다. 윤종균은 본시 당시를 주로 차
운하여 배운 시인으로 당풍의 면모를 지녔다. 따라서 그 또한 여타의 매
천시파와 다를 바 없이 육유의 한적시를 중심으로 작시 방법을 배우고자
한 것임을 알 수 있다. 권봉수의 육유시에 대한 차운시는 <次劍南詩>
7수, <又拈釖南集> 4수가 있는데 모두 오언율시 1931년 작이다.

藍溪三四曲　　　　藍溪를 서너 굽이돌아
桑柘百餘家　　　　뽕나무 우거진 백여 호 마을.
生理米成市　　　　생활은 쌀로 장판을 이루었고
風情麥換茶　　　　風情은 보리와 차를 바꾼다네.
有人能作句　　　　능히 시를 짓는 사람이 있고
無樹不開花　　　　꽃피지 못할 나무가 없다네.
更願多高壽　　　　바라노니 많이들 高壽하여
吾村擬若耶　　　　우리 마을 약야에 견주어 보세.
<又拈釖南集>

　지천리 마을의 넉넉한 모습을 그리고 있다. 이 시 또한 앞의 시와 크
게 다를 바 없다. 천은사 계곡에서 널따란 들 가운데 위치한 지천리 마
을을 돌아 서시천으로 들어가는 개울이다. 若耶는 중국 浙江 會稽縣 동
남쪽에 있는 시내 이름인데, 춘추시대 西施가 그곳에서 빨래를 하였다
고 한다. 여기서는 구례의 서시천에서 미인 서시를 연상하고 지천리와
서시천의 지류인 지천천에서 若耶를 끌어들인 것이다. 마을의 생업은
주로 논농사와 밭농사를 주로 하고 있다.
　구례 문집 가운데 육유시의 차운은 매천과 그의 우인들, 그리고 매
천시파에서만 보인다.[16) 張仁鎭은 "매천의 영향을 받았던 구례 일대의

---

15) 『劍南詩稿』 권73.
16) 앞에서 든 작품 외에도 이언우의 <次陸律> 3수, <夜拈陸律> 1수, <與從
　姪魯源景源舜則次放翁集韻> 2수, <放翁律> 1수 등이 있다. 그의 차운시는

후학들이 일제시대에도 민족의식이 두드러졌다는 사실은 육유시의 수
용과 관련해서 생각해 볼 때 매우 의의 있는 일"17)이라고 한 바 있다.
매천시파의 시 속에는 민족의식이 두드러지는 것은 사실이다. 그렇지만
앞에서 확인한 본 결과 육유시를 통해 이들이 직접 민족의식의 고취에
영향을 받았다는 것은 무리라고 본다. 매천은 門人들에게 陸游詩를 칠
언율시의 典範으로 삼아 표현 방법을 체득하도록 하려는 의도를 가지고
있었던 것이다. 다만, 이들이 『劍南詩稿』를 읽음으로써 '閑寂詩'뿐만 아
니라 자연스럽게 '悲憤激昂'의 애국시를 감상하였을 것이므로, 어느 정
도 영향을 받았을 것이라고 미루어 짐작할 수 있을 뿐이다.

　둘째, 梅泉詩派 詩의 특성으로 詩社詩에서 遺民意識이 보인다는 점
이다. 17세기 후반 이후 왕성하게 詩社 활동을 한 조선 시대 여항인들
의 시를 보면 대체로 風流, 隱逸, 신분에 대한 불만 등이 주류를 이루었
다. 그렇다 할지라도 그들의 詩社 활동에서 산출된 시는 다분히 遊興的
성격을 띠고 있다. 詩社는 원래 유흥적 시모임이었다. 또 詩社詩의 특징
으로 산수 자연을 찾아 즐겼는데, 이는 詩社詩만의 특징이 아니라 한시
의 보편적인 소재이자 주제이며, 시적 관습이다. 그러나 "詩社詩에서 집
중적으로 나타나는 산수 지향적 현실 이탈 의식은 현실과의 관계를 스
스로 단절하고 자연 속으로 완전히 회귀하는 것을 의미하지는 않는다.
또한 자연 속에서 자연의 이치를 발견하거나 심성을 닦고 학문을 연마
한다는 의미는 더더욱 아니다. 詩社 활동에서 산출된 시에 담긴 자연은
순수한 遊賞의 대상이며, 유상의 공간으로서의 산수란 가벼운 의미를

──────────

　대부분 구안실에서 매천에게서 수학할 무렵에 지은 것으로 내용은 매천의
　차운시와 크게 다르지 않다. 『용재집』에 수록된 작품은 상당 부분이 구안실
　시절에 읊은 것들이며, 매천 사후에 병고로 많은 시를 짓지 못하였다. 또 김
　택진의 <丙辰春月坪齋 拈放翁集中韻>과 허규의 <步劍南詩 題安晩翠精
　舍>가 보인다.
17) 張仁鎭, 「朝鮮朝 文人의 陸放翁詩 受容에 대하여」, 『漢文學研究』 제6집(계
　명한문학회, 1990), 210쪽.

지닐 뿐이다."[18] 詩社詩에서 이처럼 산수 자연이 주요 소재로 등장하는 것은 주요 사회를 갖는 곳이 인가와는 좀 떨어진 勝景이기 때문이다.

매천시파의 詩社詩 또한 기본적으로는 이러한 특성이 있다. 그러나 일제 강점기라는 시대상과 매천시파라는 특수한 상황이 일반적인 詩社詩와는 다른 결과를 가져왔던 것이다. 1910년 경술국치를 당하자 국민 대부분은 나라를 잃은 허탈감과 자괴감으로 심리적 공황 상태에 빠졌다. 이러한 가운데 어떤 이는 산야에 들어박혀 은둔하기도 하고, 어떤 이는 국경을 넘어 망명길에 오르기도 하고, 어떤 이는 음주하며 세상을 잊고자 하였다. 또 의식 있는 선비들은 수일 동안 식음을 전폐하다 자결하기도 하고, 적극적으로 독립 투쟁의 길로 들어서기도 하였다. 사실 대부분의 향촌 지식인들은 일제의 압제 속에서도 식민지 현실을 받아들일 수밖에 없는 입장이었다. 대부분은 현실에 크게 저항하는 행동을 보이지는 않았다. 다만 이들은 허탈감을 詩酒로 달래다 詩社를 결성하고, 이를 통해 상호 의사를 전하였던 것으로 보인다. 당시 일제는 집회·언론·결사의 자유를 구속하고 있었기 때문에 수많은 사람들이 모이기란 遊興的 성격을 지닌 詩社가 아니고서는 사실상 불가능하였다.

詩社詩는 詩社의 특성상 자연 경관이나 詩社에 관한 내용, 혹은 시절의 아름다움과 遊興이 대부분이다. 일제 강점기 詩社詩는 일종의 遺民意識의 변형으로 볼 수 있다. 그러나 黃瑗 등은 여타의 시인들과는 달리 유흥으로 보내지는 않았다. 특히 매천시파 시인들의 경우 일제의 탄압과 감시가 삼엄했음에도 이에 개의치 않고 遺民意識을 과감하게 표출한 시를 썼다. 황원의 <龍湖亭原韻>을 보자.

名勝吾鄕有此臺   내 고향 명승지에 용호정이 있어
登臨全境眼中回   올라보니 온 경치가 눈 안에 들어오네.
西風畵角孤城動   서풍에 화각소리 외로운 성에 진동하고

---

18) 강명관, 『조선후기 여항문학 연구』(창작과비평사, 1997), 319쪽 참조.

疏雨空江一帆來　　　성긴 비 내리는 텅 빈 강엔 돛단배 하나 오누나.
嘯詠長存千載月　　　시 읊는 소리는 천년의 달빛에 담겨 있고
笙歌不斷四時盃　　　풍악소리는 사계절 술잔에 끊이지 않네.
新亭犖草山河改　　　새로 세운 정자는 산하 속에 화려하게 서 있으나
白首遺民恨未開　　　살아남은 늙은 백성 한을 달랠 길 없어라.
　<龍湖亭原韻>[19]

1920년 용호정시회에서 읊은 작품으로 현재 용호정에 揭額되어 있다. 앞 장에서도 살펴보았듯이, 일제 강점기에 황원의 삶은 온통 저항적인 그것이었다. 그는 아름다운 누정에 올라서도 遺民의 한을 떨쳐버릴 수 없었다.

수련은 명승지 용대에 세운 용호정에 올라 보니 섬진강과 오산, 지리산 등 구례 일대의 승경이 한눈에 들어온다고 했다. '迴'는 그냥 눈에 보이는 것이 아니라 용호정이 물가 트인 공간에 위치하고 보니 일면만이 아니라 '全景'이 눈에 빙 둘러 가득히 들어찬다는 의미인 것이다. 함련은 청각적 이미지와 시각적 이미지가 대를 이루고, 여기에 촉각적 이미지까지 들어 있다. 계절은 西風으로 보아 가을임을 알 수 있다. 따라서 가을바람과 뿔피리소리, 孤城, 가을비, 돛단배 하나 등 소재가 밝고 명랑한 분위기보다는 쓸쓸한 강변의 분위기를 연출하게 되는 것이다. 경련은 悠長한 맛을 느끼게 한다. '千載月'과 '四時盃'가 그것이다. 詠은 시의 읊조림이요, 歌는 노래이다. 시 속에는 유장한 우리 역사를 담아 읊조리고, 노래에는 사계절의 아름다움을 술잔 속에 담아낼 수 있다는 것이다. 上句는 종적인 시간이요, 下句는 횡적인 시간이다. 함련과 경련을 지배하고 있는 이미지는 청각적 이미지이며, 대우 또한 견실하다. 미련은 敍情으로 구안은 '恨'이다. 上句의 정자의 화려함에 비해 下句의 遺民의 恨이 대조되어 慷慨의 정을 드러낸다. 그의 마음속에는 항상 망국의 한과 유민의식이 내재하고 있었던 것이다. 그의 또 다른 詩社詩

---

19) 황원, <龍湖亭原韻>, 앞의 책.

<蟲石樓吟社元韻>[20] 또한 이 같은 정서를 지닌 문제작이다.

매천시파의 구성원들의 마음속에 매천은 안타까움과 자부심으로 자리 잡고 있다. 더군다나 일제의 감시 속에서 살아가던 시절에는 자신들은 그렇게 행동하지 못하더라도 매천의 文章 節義를 늘 흠모하고 있었던 것이다. 사실 유제양[21]이나 허규[22]는 매천이 순절한 뒤 십여 년이 지날 때까지 그들의 꿈속에 나타나 생시처럼 시를 논하였다고 하였다. 다음 작품은 권봉수가 용호정시회 때 지은 것인데, 이 역시 유민의식을 표출하고 있다.

剗破巖阿起一亭 　바위 언덕에 터 닦아 한 정자 세웠으니
危梯百尺俯虛汀 　높다란 언덕에서 물가에 허리 구부렸네.
帆回蟾浦依依見 　蟾江 포구에 돌아온 돛단배 가물가물 보이는데,
鐘落鰲山歷歷聽 　오산의 쇠북소리 역력히 들려오네.
雩祭壇空秋草碧 　우제단엔 부질없이 가을 풀이 푸르고
沙圖村逈暮烟靑 　사도촌엔 아득히 저녁연기 푸르구나.
名區轉覺非吾土 　유명한 이곳이 우리 땅이 아닌 것을 깨닫고선
獨倚西風淚欲零 　서풍에 기대서서 눈물만 흘렸다오.
<龍湖亭>[23] · 1933

작품의 전체적 구성은 경련까지는 서경이요, 미련은 서정으로 전통적인 한시의 구성법인 선경후정 방식을 취하고 있다. 그러나 遊興的인

---

20) 제4장 주 113) 참조.
21) 『시언』, "꿈에 매천과 시를 이야기했는데, 태연자약했다.(夢與梅泉說詩, 自若.)"(1918년 6월 16일 일기) ; "꿈에 매천과 함께 經史字의 뜻을 궁구하고 여러 운을 상고했으나 해결하지 못했다.(夢與梅泉, 尋繹經史字義, 考諸韻考不凌也.)"(1918년 10월 23일 일기)
22) 許奎, 『卯園日記』, "꿈에 여관에서 황매천을 보고 담소를 나누었는데, 모습이 평시와 같았다.(夢見黃梅泉於旅館, 相與語笑, 如平時而已.)"(1929년 1월 21일 일기)
23) 『지촌유고』 권1, 18면.

일반 시회 작품과는 정서가 다르다.

수련은 정자의 터와 위치, 그리고 정자의 모습 등 近景을 묘사하였다. 물가 끝 높다란 바위를 깎아 세웠다는 것이다. 함련은 遠景을 그리고 있다. 蟾浦는 토지면 옛 柿木津을 가리키고, 오산의 쇠북소리는 강 건너편 백운산 끝자락 鰲山 四聖庵의 쇠북소리를 지칭한다. 포구에 돛 단배가 돌아와 정박하고 암자의 쇠북소리가 아련히 들리니 겉으로 밝히지는 않았지만 석양이 뉘엿뉘엿하는 때임을 알 수 있다. '帆/鐘', '蟾浦/鰲山'의 명사대, '回/落', '見/聽'의 동사대, '依依/歷歷'의 첩어대 등 對偶가 튼실하다. 그리고 上句의 시각적 이미지와 下句의 청각적 이미지, 정적인 이미지와 동적인 이미지가 혼재되면서 은은한 한 폭의 동양화적인 분위기를 그렸다. 함련의 句法이 아주 정치하다.

경련은 근경과 원경이 동시에 배치되어 있다. 기우제를 지내던 우제단의 가을 풀과 멀리 지리산 자락의 사도리 마을 푸른 이내가 그것이다. 경련도 정밀한 대우를 이루고 있다. 그러나 碧과 靑은 풀빛과 저녁 연기 빛을 나타내는 말로 분명 다른 뜻을 지니고 있지만, 겉으로는 동일한 글자의 중복을 피하기 위한 배려라고 할 수 있다. 여기까지의 시상은 섬진강변 석양의 모습으로 아름답고 평화로운 정경을 표현하였다. 그러나 미련의 情에 이르면 문득 이렇게 아름답고 유명한 곳이 우리의 땅이 아니라 잃어버린 국토임을 인식하게 되면서 시상은 갑자기 하강하고 만다. 곧 빼앗긴 조국이라는 覺에 이르면서 喜가 悲(淚)로 급속히 교체되어 버린다. 이 시에서 '覺'은 詩眼인 것이다. 권봉수의 이 詩社詩는 앞의 황원의 작품의 경우처럼, 평소 내면에 자리잡고 있는 유민의식이 표출된 것이라고 하겠다.

다음은 1956년 매월음사 총회 때 쓴 권홍수의 작품인데, 이를 통하여 매월음사의 성격을 엿볼 수 있다.

端陽從古信佳期　　단옷날은 예부터 아름다운 절기거니
一會歡遊也不非　　만나서 기쁘게 즐기니 더욱 그러하네.
綵縷喜纏童子臂　　동자들은 어깨에다 비단 끈 두르고
靈符羞帶老人衣　　노인들은 옷 위에 영부 띠를 둘렀네.
誰敎槿域瓜分半　　누가 근역(조선)을 오이 쪼개 듯 하였는가
悄憶梅師淚忽霏　　매천 선생 생각하니 눈물이 절로 나네.
寄語諸君須記取　　여러분에게 한 마디 하노니 부디 기억하시게
素心無變好同歸　　본 마음 변함없이 즐거이 함께 가자고.
<端陽日月巖齋開梅月吟社總會>24)

　　매월음사는 기본적으로 시를 짓는 詩社的 성격을 띠고 있지는 않았
지만 광복 이후 총회에서 읊은 시가 『石荷偶存』에 종종 보인다. 이 작
품은 일반적인 詩社의 성격과는 좀 거리가 있다. 매천의 文章 節義 정
신을 받들고자 결성한 모임이기 때문에 이러한 본래의 뜻을 다시 한 번
다짐하자는 작품이다. 이처럼 詩社에서 산출된 시로 유민의식과 비분강
개를 노래한 경우는 여타의 시사에서는 찾아볼 수 없는 매천시파만의
특징으로 보아도 무리는 없을 것이다.

　　셋째, 매천시파의 시적 특성으로는 볼 수 있는 것은 淸雅한 詩風이
다. 앞서 살펴본 주요 성원들의 경우도 각각의 색깔은 있지만 공통적인
특성은 시어가 난삽하지 않고 의경이 매우 맑다는 것이다.

　　왕수환의 <秋晚薄寓車洞>은 "저녁 해가 가을 산으로 떨어지니, 펄
펄 나는 오작들도 둥지로 돌아가네. 田家에서 일찌감치 저녁밥 지으니,
연기가 실처럼 숲 사이로 흘러가네."25)라고 하여 표현이 매우 섬세하고
참신하다. 이 시는 전체적으로 붉은빛과 푸른빛, 검은빛, 흰빛 등 시각
적 이미지가 어우러진 경물시로 寫景이 뛰어난 작품이다.

　　권홍수와 황위현은 권봉수의 시적 특성을 '雅潔'하다고 하였다. 또

---

24) 權鴻洙, <端陽日月巖齋開梅月吟社總會>, 앞의 책.
25) "落日下秋山, 翩翩烏鵲還. 田家夕炊早, 烟縷裊林間."(왕수환, <秋晚薄寓車
　　洞>, 『雲庄耕餘』)

그의 <忠愍詞>는 "단아하고 고결하면서도 情恨이 서려 있다."[26]라는
평을 받았다. 다음 시 또한 이러한 일면을 엿볼 수 있는 작품이다.

窅然溪一曲	고요한 시내 한 굽이에
笠楊小茅茨	삿갓 모양 작은 茅屋.
危坐篁陰冷	정좌하고 앉으니 대숲 그늘 서늘하고
淸言樹影移	청아한 말에 나무 그림자 옮겨가네.
宿疴且停藥	지병이 있는데 또 약을 끊고서,
幽興卽吟詩	그윽한 흥취에 시를 읊조리네.
更續靑軒事	다시 一靑軒의 일을 이어서
頻來似有期	빈번히 오니 흡사 약속이 있는 듯.
<次劍南詩>[27]	

앞에서 언급하였듯이 一靑軒은 1930년에 광의면 천변에 건립한 정
자이다. 이 작품은 이 무렵의 일청헌의 모습과 일상적인 시모임을 그린
것이라고 하겠다. 매번 모임을 약속하지는 않았지만 으레 이곳에 모여
서 시를 지었다는 것을 알 수 있다. 이 시는 속기가 없이 淸雅하다.

넷째, 매천시파는 慷慨한 어조로 시대의 아픔을 노래하였다. 물론 매
천시파라고 해서 모두 그러한 것은 아니지만 대체로 기울어가는 國運과
倭에 대한 적개심을 莊重한 어조로 읊었다. 주로 역사적 유적지에서 회
고하며 민족의식을 작품에 담았다. 절개, 懷古 및 倭와 관련된 歷史的
地名이나 事件과 관계된다. 乙巳條約 체결 뒤 民族志士들의 죽음, 抗日
義兵長의 殉節, 石柱關 七義士, 충무공 유적, 정유재란 시 의병장 유적,
矗石樓, 善竹橋, 왜의 國權侵奪 등을 여말 선초 高麗遺臣들의 애통한 심
정으로, '白馬 타고 오는 超人'을 기다리는 피맺힌 한으로 시를 썼던 것
이다.

윤종균의 작품으로는 <聞崔勉菴先生卒于對馬島, 悵然有作>와 <題

---

26) 제4장 주 122) 참조.
27) <次劍南詩>, 『지촌유고』 권1, 38면.

忠武公影堂>, <將軍島懷古>, <靈鷲寺懷古>, <憑弔高義將光洵 三首> 등이 있고, 왕수환의 작품으로는 <夫餘懷古>, <善竹橋>, <鷄林臣>, <黃山大捷碑>, 蠹石樓懷古>, 寧月子規樓>, <延秋門>, <閔忠正血竹歌>, <新城謁忠武祠>, <露梁懷感>, <次高義將韻> 등이 있다. 황원이나 권봉수의 작품도 이와 흡사하다. 제4장에서 다룬 주요 작가들의 작품은 모두 이러한 경향을 띠었음을 보았다.

다섯째, 매천시파의 시는 철학적이거나 윤리적인 내용, 또는 經書의 내용을 소재로 하지 않고, 구체적인 구례의 人名과 地名을 많이 노래하였다. 예를 들면 鴨錄江, 文江, 蟾江, 鶉子江, 潺水, 西施川, 馬輾川, 他不川, 東方川, 磻川, 그리고 智異山, 白雲山, 鳳城山, 鰲山, 方丈山 등 등 구례지역을 흐르는 강과 하천과 산을 소재로 삼았다. 제목도 추상적이거나 관념적이 않고 구체적이다. 윤종균은 구례 지역의 물산도 세심하게 그렸다. 이는 내 고장에 대한 자긍심과 사랑, 그리고 現場性을 중시한 作詩 態度에서 비롯되었다고 할 수 있다.

이상에서 매천시파의 시적 특성을 육유의 閑寂詩 수용, 淸雅한 詩風, 강개한 어조로 시대의 아픔 노래, 구체적인 구례의 인명과 지명 사용 등을 들었다. 이외에 시어의 특성이나 구법의 활용, 의경의 안배 등 보다 구체적으로 들 수 있겠으나 본고에서 이를 모두 다루지 못하여 아쉬움으로 남는다.

제6장 結 論

　이상에서 梅泉詩派 구성원과 활동 양상, 그리고 주요 시인들의 詩와 詩的 특성을 살펴보았다. 20세기에 서구의 新學問이 들어오고, 한글 정책으로 한문문학이 급속하게 쇠퇴하는 과정에서도 이들은 끊임없이 作詩 활동을 하였다는 것을 확인하였다. 매천시파는 매천의 文章 節義를 이어받아 구례 詩文學, 나아가 일제 강점기 호남 문단을 振作시킨 매천의 門人 그룹이었다. 그들의 사회적 지위는 보잘것없었다. 시골 보통학교 선생이거나 서당 훈장으로 살아가는 가난한 시인들이었다. 그러나 이들의 활동을 보면 실로 대단하였다. 무엇보다 이들이 남긴 작품 수는 2만여 首에 이르고, 뿐만 아니라 詩的 資質도 빼어났다. 작은 고을에서, 그것도 동시에 한 시파에서, 이처럼 많은 작품과 뛰어난 시인이 많이 배출된 경우는 국문학사에서도 그 유례를 찾아보기 어렵다.

　매천시파의 태동지는 苟安室이었다. 구안실은 독서와 詩, 그리고 構成員 間 인간적 끈까지도 이어주었다. 매천이 월곡으로 이주한 뒤나, 死後에도 구안실은 이들의 마음속에 깊이 자리하였다. 매천시파가 결성한 詩社는 黃梅泉詩社(江西詩社), 龍臺詩會, 龍湖亭詩契, 鳳城詩社, 梅月吟社, 蘭竹社, 一靑軒詩社, 壺陽吟社, 方丈詩社, 雲山詩契 등 10개였다. 이들 詩社는 1910년대 중반에서 1930년대 중반 사이에 집중적으로 조직되었다. 일제 강점기 암울한 때에 이들은 詩社를 통하여 國變의 한을 달래고, 상호 유기적인 관계를 유지하려고 하였던 것이다. 특히 용호정시계나 매월음사, 그리고 호양음사는 일제의 감시를 피하여 매천의 文章 節義 정신을 이어가려는 성격이 강하였던 것으로 보인다.

매천시파의 의의는 다음 몇 가지로 요약된다. 첫째, 구례 시단의 문예 부흥에 크게 기여하였다. 흔히 구례를 詩鄕이라고 한다. 왕석보 4부자나, 유제양, 그리고 매천 등 19세기 후반에서부터 이러한 명성을 얻기는 하였지만, 일제 강점기에는 그 수효가 수백 명에 이를 정도로 크게 융성하였다. 詩社나 크고 작은 詩會 등을 통하여 이들이 시를 발표할 수 있는 기회를 수없이 많이 제공하였는데, 이런 시회를 주도하는 주요한 인사들이 매천시파였다. 구례 지역의 詩社 가운데 지금까지 가장 社勢가 크고 유명한 시사가 龍虎亭詩契이다. 왕수환과 이병호 등은 옛 龍臺 자리에 용호정을 세우고 시사를 결성하여, 庚戌國恥의 충격으로 은둔하고 있던 향촌 지식인들을 열린 광장으로 나오게 하였다. 매천시파는 경향 각지와 관계를 맺으면서 이를 주도하였다. 또 이들은 놀라운 응집력을 과시, 구한말 이후 일제 강점기까지 한시 문학의 변방으로 남지 않고 중심 역할을 하였다. 이들은 중앙의 시단에 이끌려가지 않고, 오히려 독자적인 시단을 형성하여 경향 각지의 대가들을 끌어들임으로써 구례 시단을 대외적으로 널리 알렸다. 이들은 詩壇에서 周邊人이 아니라, 先導者였다.

둘째, 이들은 식민지 현실에 매몰되거나 끌려가지 않고, 적극적으로 비판하였다. 특히 황원과 왕수환은 실로 현대문학을 했던 시인들에 비하여 결코 뒤지지 않는 철저한 詩精神을 보여주었다. 그들은 이육사나 윤동주처럼 시와 생활이 일치하는 치열한 삶을 살았다. 매천의 文章 節義에 대한 숭모, 매천의 유지를 받들어 계승 발전시키고, 나아가 민족을 일깨워 우리 민족의 주체성을 되살리려고 노력하였다. 高墉柱, 朴海龍, 黃渭顯은 新幹會求禮支會를 이끌며 民族運動을 전개하였다. 특히 황위현은 3월 24일 구례장터의 만세 운동을 이끌었다. 尹鍾均이나 權鳳洙

등도 강개한 시를 많이 남겼다.

셋째, 民族 敎育을 전개하였다. 매천의 신교육 정신을 받들어 1907년 私立壺陽學校를 세우고 후진을 양성하였다. 朴泰鉉과 王粹煥, 權鳳洙, 王在沼 등이 壺陽學校를 이끌어가면서 民族意識을 고취시켰으며, 특히 왕수환은 <民族自强論>을 주장하였으며, 교육을 통하여 民族 主體性을 일깨우고자 하였다.

넷째, 스승 매천의 文章 節義 정신을 적극적으로 대외에 알렸다. 1905년 이후 민족이 치욕을 당할 때마다 自決 殉國한 인사만 하더라도 전국적으로 40여 명에 이른다. 어떤 이는 乙巳條約에 반대하여 자결하고, 어떤 이는 韓日合倂에 반대하거나 치욕을 참지 못하여, 어떤 이는 삭발을 당하고 치욕을 느껴, 어떤 이는 高宗 昇遐 소식을 듣고 자결하였다. 이들 가운데는 신분이 높은 사람도 있었고 賤한 사람도 있었다. 그러나 대부분 일반에 알려진 바 없다. 심지어 매천의 가문에서는 매천을 비롯하여 황석, 황원 등 3명의 宗兄弟가 일제에 저항하며 自決하였음에도 오직 매천만이 일반에 알려져 있을 뿐이다. 이는 물론 매천의 문장이 있었기 때문이기도 하지만 매천시파가 적극적으로 그의 유지를 받들고 대외에 알렸기 때문이다.

매천시파가 이러한 성과는 거둘 수 있었던 몇 가지 이유를 찾아보자. 무엇보다 이들은 매천을 존경하고 적극적으로 따랐다는 점을 들 수 있다. 壺陽學校의 건립 및 운영이 바로 그것이다.

둘째, 군건한 지절 정신과 민족 주체성을 가졌다는 점이다. 그렇기 때문에 자칫 소극적이고 은둔 생활에 침잠할 수 있었는데, 일제의 어며한 힘에도 두려워하거나 굴하지 않고 적극적으로 나타내었다. 壺陽學校의 운영과 매천집의 발간 배포하고, 강개한 저항시를 많이 썼다. 또한 일제가 회유하기 위해 준 은사금을 물리친 사실을 소재로 시 작품집을 만들어 민족의 주체성을 일깨우려 하였다.

셋째, 매천의 文章 節義에 대한 존경과 숭모의 정신 때문이었다. 매천시파에서 매천을 빼놓고는 이야기할 수 없을 정도였다. 십여 년이 지난 뒤에도 꿈속에서 생시처럼 매천과 대화하고 시문을 논할 정도였다.

넷째, 매천시파 성원들은 몇몇 사람을 제외하고 대부분 상호 간에 학연, 지연, 혈연으로 맺어져 유대가 매우 강하였다. 여느 師門는 달리 매천시파는 유대관계가 끈끈하고 돈독하였다. 따라서 이들은 평상시 별다른 일이나 약속이 없이도 수시로 만날 수 있었고, 유사시에는 엄청난 응집력을 보여주었던 것이다.『매천집』발간 과정을 보면 실로 어려운 일도 합심하여 公과 私를 엄격히 구분 지으며 슬기롭게 해결하였던 것을 알 수 있다.

다섯째, 매천의 문인들은 매천 이후 구례 시단에 주도적으로 활동하며 作詩와 出判을 하였다. 이들은 龍湖亭詩契나 梅月吟社, 壺陽吟社 등으로 일제의 감시를 피해 매천의 숭고한 뜻을 이으려고 하였고, 서로의 소식과 의견을 교환하였다.

許奎의 시는 淸切한 풍격의 시를 써서 詩社詩에서는 경쾌하고 청경한 특징을 보여주고 있다. 욕심이 없이 자연 속에서 벗과 自娛하며 한평생 보내기를 소망하기도 한다. 또한 사회적 약자들을 외면하지 않고 특유의 섬세한 필치로 그들의 힘든 삶의 모습을 시 속에 담아 고발하였다.

尹鍾均의 시는 瞻敏·豪健하였다. 윤종균의 시는 俗氣가 없고, 唐風을 지녀 시가 아주 자연스럽다. 또한 그는 투철한 역사의식과 뜨거운 애국정신을 지니고 840여 首에 이르는 방대한 詠史詩를 남겼다. 수많은 시를 생산하며 시단을 이끌었으며, 구례의 자연과 산물, 그리고 시대적인 아픔을 기록하였다. 그는 치열한 詩精神으로 생각과 삶을 오로지 詩 속에 담아낸 '詩人'이었다.

대체로 매천시파의 경우 寫景이 뛰어난 唐詩風의 景物詩를 기본적 특성으로 하고 있다. 왕수환의 시 또한 이러한 특성을 지님과 동시에 일제 강점기라는 특수한 상황 속에서 매천의 신교육 정신을 이어받아 민족 교육을 하면서 강개한 시문을 창작하였다. 그가 일제의 압제에도 굴하지 않고 강개한 의식을 가지고 창작 활동을 한 것은 높이 살만하다.

黃瑗의 시는 亡國의 恨과 遺民意識으로 비장하며, 그의 삶의 軌跡만큼이나 日帝에 대한 강한 抵抗意識을 표출하여 강건하다. 그는 삶과 일치하는 悲憤 慷慨한 시를 많이 생산하였다.

權鳳洙의 시는 매우 맑고 청량하기까지 하다. 앞서 前輩들이 그의 작품을 평하여 雅潔하고 慷慨하다 하였는데, 실제 작품을 통하여 그러한 특성을 확인하였다. 시의 특성으로는 淸雅한 풍격이 있는데, 이는 바로 스승의 師法을 이은 것이라 할 수 있다. 그의 시는 특히 자연 산수를 읊은 작품은 말할 것도 없고, 강개한 시까지도 淸雅하다.

매천시파의 詩社詩는 黃瑗이나 權鳳洙, 王粹煥의 경우처럼 식민지 유민으로서의 아픔을 토로하였다. 또 식민시대 향촌 지식인으로서의 무력감과 비분강개를 시로써 형상화하였다. 또 다른 시적 특성으로는 육유의 閑寂詩를 수용하였으며, 淸雅한 詩風, 慷慨한 어조로 시대의 아픔 노래하였다. 또한 이들은 고장에 대해 많은 애착을 가지고 구체적인 구례의 人名과 地名을 사용하였다.

本稿에서는 매천시파의 실태를 파악하고 그들의 시문학을 살폈다. 오랫동안 장롱 속에서 잠들어 있던 매천시파의 구성원들과 그들의 遺稿를 발굴하여 문학사의 전면으로 끌어내었다. 지금은 이들의 후손들이 거의 고향을 떠나 있고, 遺稿들이 이미 遺失되었거나 古書籍商들에게 팔려나간 상태에서 이들 전모를 파악하고 자료를 찾아내는 것은 여간 어려운 일이 아니었다. 다행히 매천시파와 구례 문인들의 자료를 많이 모을 수 있었으며, 이를 연구함으로써 地域文學 硏究의 단초를 마련하였다고 생각된다. 그렇지만 本稿는 아직 부족한 점이 많다. 시간을 두고 보다 심도 있게 연구하여 매천과 매천시파의 문학적 위상을 재정립해

나갈 것이다. 또 求禮文學史를 기술하고, 20세기 한국문학사를 재정리
해야 할 과제가 남아 있다.

참고문헌

1. 기본 자료

1) 국내

『簡牘』(전사본).
『鑑湖亭光霽社雅集』(석인본).
『廣村却金歌』(황원 전사본).
『求禮蘭竹社集』(권홍수 전사본).
『求禮文化柳氏 生活日記』(영인본, 서울 : 한국정신문화연구원, 2000)
『湖南儒林案』(활자본).
『南原誌』.
『東詩叢話』(전사본).
『梅月吟社案』(전사본).
『梅泉祠彰義會案』(전사본).
『孟子』.
『蟠川詩社唱酬集』(전사본)
『方壺亭誌』(전사본).
『方壺亭誌』(2005).
『鳳城詩稿』(석인본, 1937).
『四家巾聯集』(전사본).
『世宗實錄』.
『續東文選』.
『續修求禮誌』(활자본).
『水原白氏大同譜』.
『陽川許氏世稿』.
『雲興亭詩社案』(전사본).
『全州李氏 臨瀛大君 貞簡公派 大同譜』.
『智異山詩集』(활자본, 1936).
『忠愍詩壇 入選詩文及選外芳名錄』, 여수: 鍾南詩社, 1934.

『他不川唫社詩集』(전사본).

姜　瑋,『姜瑋全集』, 서울 : 아세아문화사, 1978.

權鳳洙,『芝村遺稿』(석인본).

＿＿＿,『芝村遺稿』(전사교정본).

＿＿＿,『芝村遺稿』(친필초고본).

權鴻洙,『石荷偶存』(친필본).

金奎泰,『顧堂集』(연활자본, 1967).

金文鈺,『曉堂文集』(석인본).

金澤均,『菊圃實記』(석인본, 1946).

金澤榮,『金澤榮全集』, 서울 : 아세아문화사, 1978.

金澤柱,『敬述』(친필본).

金澤珍,『五峰遺稿』(전사교정본).

＿＿＿,『五峰遺稿』(연활자본).

金孝燦,『南坡詩集』(석인본).

朴文在,『艮岩遺稿』(전사교정본)

朴暢鉉,『梅史遺稿』(친필본).

朴賢模,『綏齋集』(석인본).

白樂倫,『兼山律詩』(전사본).

宋夏燮,『西坡詩草稿』(전사교정본).

＿＿＿,『西坡遺稿』(전사교정본).

安秉柝,『兼山遺稿全集』(활자본, 1998).

吳秉熙,『翠軒遺稿』(전사교정본).

＿＿＿,『納爽軒稿』(친필초고본).

吳炯淳,『雙山遺稿』(석인본, 1960).

王京煥,『東西雜稿』(전사본).

＿＿＿,『巴橋新唱』(전사본).

王師覺,『鳳洲集』(전사교정본).

王師瓚,『小川漫稿』(전사교정본).

＿＿＿,『梨亭集』(전사교정본).

王師天,『素琴公遺稿』(전사교정본).

王錫輔,『川社集』(전사본).

王碩輔 외,『開城家稿』(연활자본, 1913).

王粹煥,『雲庄耕餘』(친필본).

＿＿＿,『雲樵耕餘錄』(친필본).

王粹煥, 『耕餘錄』(친필본).

＿＿＿, 『燕石收稿』(친필본).

＿＿＿, 『白雲自怡』(친필본).

＿＿＿, 『萍水所得』(친필본).

柳鳳煥, 『松季詩集』(친필본).

柳濟陽, 『是言』(친필본).

＿＿＿, 『二山詩稿』(친필본).

柳瑩業, 『紀語』(친필본).

尹鍾均, 『方壺精舍旅草』(친필본)

＿＿＿, 『小衡山房旅草』(친필본)

＿＿＿, 『水竹軒唱酬集』(친필본)

＿＿＿, 『酉堂詩集』(석인본, 1968).

＿＿＿, 『酉堂稿』(전사본)

李　沂, 『海鶴遺書』(활자본), 국사편찬위원회, 1955.

李建芳, 『蘭谷存稿』(영인본), 靑丘文化社, 1971.

李建昌, 『明美堂文集』(영인본), 경인문화사, 1973.

李建浩, 『菊田遺稿』(활자본, 2006).

李奎報, 『東國李相國集』, 韓國文集叢刊 1~2, 민족문화추진회.

李南儀, 『丹霞遺稿』(목활자본).

李敎模, 『謹齋集』(활자본).

李炳浩 외, 『游天王峰聯芳軸』(영인본), 구례문화원, 1997.

李彦雨, 『慵齋集』(연활자본, 1926).

李定稷, 『石亭集』(연활자본, 1923).

＿＿＿, 『石亭李定稷遺稿』, 金提文化院, 2001.

＿＿＿, 『燕石山房未定文稿』(전사본).

＿＿＿, 『燕石山房未定詩稿』(전사본).

李鍾勖, 『蒙巖集』(석인본, 1975).

李重煥, 『擇里志』, 京城 : 朝鮮光文會, 1912.

林東洙, 『松谷遺稿』(석인본).

林鍾炫, 『石溪遺稿』(석인본).

鄭　琦, 『栗溪集』(석인본).

丁蘭秀, 『東谷課存』(친필본).

＿＿＿, 『東谷偶存』(친필본).

＿＿＿, 『東谷雜著』(친필본).

丁永夏,『杞軒詩集』(연활자본).

鄭寅普,『薝園鄭寅普全集』, 서울 : 연세대학교출판부, 1983.

崔昇孝,『黃梅泉 및 關聯人士 文墨萃編』, 서울 : 未來文化史, 1985.

許 奎,『卯園詩抄』(친필본).

_____,『卯園日記』(친필본).

洪世泰,『柳下集』(목활자본).

黃炳中,『皷巖集』(석인본).

黃 瑛,『石庭遺稿』(연활자본).

黃嚴顯,『白樵私稿』(친필본).

黃 瑗,『江湖旅人文稿』(친필본).

_____,『江湖旅人詩稿』(친필본).

_____,『警無堂私集』(친필본).

_____,『大邱日錄』(친필본).

_____,『石田詩』(친필본).

_____,『松濤閣詩稿』(친필본).

黃 玹,『苟安室新稿』(친필본).

_____,『南道紀行詩集』(전사본).

_____,『談楓贅墨』(전사본).

_____, 이민수 역,『東學亂 : 東匪紀略草藁』, 서울 : 을유문화사, 1985.

_____,『梅泉詩集』, 벌교인쇄소, 1932.

_____,『梅泉詩抄』(전사본).

_____,『梅泉集』(상해본).

_____,『梅泉集』(권명수 영인본, 1979)

_____,『梅泉續集』(상해본).

_____, 임형택 외 옮김,『梅泉野錄』, 서울 : 문학과지성사, 2005.

_____,『梅泉全集』, 전주 : 전주대학교 호남학연구소, 1984.

_____, 김종익 옮김,『오하기문』, 서울 : 역사비평사, 1994.

_____,『圓蕉襍畵』(친필본).

_____,『箋註梅泉詩集』, 澹齋書室, 1957.

_____,『集聯』(전사본).

_____,『黃玹全集』, 서울 : 아세아문화사, 1978.

기타 필사본 다수

2) 중국

『四庫全書』.
『宋詩大觀』, 香港 : 商務印書館香港分館, 1988.
『中國詩學大辭典』, 杭州 : 浙江敎育出版社, 1999
『中文大辭典』, 臺北 : 中國文化大學, 1985.
『晋書』.
『增訂注釋 全唐詩』, 北京 : 文化藝術出版社, 2001.
『漢書』.
『漢語大詞典』, 上海 : 漢語大詞典出版社, 1991.
歐陽詢, 『藝文類聚』, 上海 : 上海古籍出版社, 1985.
方回, 『瀛奎律隨』, 臺北 : 臺灣商務印書館, 1971.
普濟, 『五燈會元』.
陸游, 『劍南詩稿』, 長沙 : 岳麓書社, 1998.
胡應麟, 『詩藪』, 上海 : 古籍出版社, 1979.

2. 단행본

1) 국내

『光陽郡誌』(1983).
『光陽市誌』(2005).
『求禮郡史』(1987).
『求禮郡誌』(2005).
『求禮鄕校誌』(1990).
『光州圈文集解題』, 광주 : 전남대학교 인문과학연구소, 1992.
『일제 강점기 조선일보・동아일보 구례기사』I, 구례향토문화연구회, 2004.
『全南圈文集解題』, 광주 : 전남대학교 인문과학연구소, 1997.
『韓民族獨立運動史』, 서울 : 국사편찬위원회, 1987.
강명관, 『조선후기 여항문학 연구』, 서울 : 창작과비평사, 1997.
권경안, 『큰산 아래 사람들-구례의 역사와 문화』, 광주 : 향지사, 2000.
권영민, 『항일 저항시 감상』, 천안 : 독립기념관, 1992.
금장태, 『한국의 선비와 선비정신』, 서울 : 서울대학교출판부, 2001.
奇泰完, 「梅泉詩 硏究」, 서울 : 보고사, 1999.

閔泳珪,『江華學 최후의 광경』, 서울 : 도서출판 우반, 1994.
朴焌圭,『湖南詩壇의 研究』, 광주 : 전남대학교출판부, 1998.
蘇　軾,『蘇東坡詩集』:『漢詩大觀』五, 서울 : 景仁文化社, 1987.
송광룡,『역사에 지고 삶에 이긴 사람들』, 서울 : 풀빛, 2000.
송용준 외,『宋詩史』, 서울 : 亦樂, 2004.
王水照, 조규백 역,『중국의 문호 소동파』, 서울 : 월인, 2001.
이종묵,『한국 한시의 전통과 문예미』, 서울 : 태학사, 2002.
_____,『海東 江西詩派 研究』, 서울 : 태학사, 1995.
이종찬,『한문학개론』, 서울 : 이화문화출판사, 1998.
이치수 편,『陸游詩選』, 서울 : 문인재, 2002.
임종욱 엮음,『동양문학비평용어사전』, 서울 : 범우사, 1997.
임형택,『한국문학사의 시각』, 서울 : 창작과 비평사, 1999.
전형대 외,『한국고전시학사』, 서울 : 기린원, 1988.
정　민,『한시 미학 산택』, 서울 : 솔, 1996.
朱光潛, 정상홍 옮김,『詩論』, 서울 : 동문선, 1991.
彭國東, 신호열 역,『韓中詩史』, 서울 : 보고사, 1992.

2) 미국

Sungil Lee, The Moonlit Pond, Copper Canyon Press, Washington, 1997.

3. 논문

1) 국내

공병성,「黃梅泉 詩 研究」, 고려대학교 교육대학원 석사학위논문, 1988.
구사회,「이정직의 문장의식과 문예론적 특질」,『국어국문학』제136집, 국어국
　　　문학회, 2004. 5.
_____,「石亭 李定稷 文論에 관한 研究」,『韓國言語文學』제52집, 한국언어문
　　　학회, 2004. 6.
_____,「石亭 李定稷의 論書詩와 文藝論的 特質」,『漢文學報』제13집, 우리어
　　　문학회, 2005. 12.
기태완,「梅泉 黃玹과 石亭 李定稷의 文學 論爭」,『漢文學報』제13집, 우리어문
　　　학회, 2005. 12

길은식, 「梅泉 黃玹 開化認識 硏究」, 한국교원대학교 대학원 석사학위논문, 1997.

김대현, 「地域文學 硏究에 대한 몇 가지 문제」, 『東方漢文學』 제21집, 동방한문
　　　학회, 2001.

김수옥, 「梅泉 黃玹의 시대 인식」, 『綠友硏究論集』 제40집, 이화여자대학교 綠
　　　友會, 2001.

김월성, 「창강 김택영 시가문학의 신운미 연구」, 강원대학교 대학원 석사학위
　　　논문, 2001.

김정환, 「梅泉 黃玹의 『苟安室新稿』 硏究」, 『漢文學報』 제12집, 우리한문학회,
　　　2005. 6.

＿＿＿, 「石田 黃瑗의 抗日 抵抗詩 硏究」, 『古詩歌硏究』 제17집, 한국고시가문
　　　학회, 2006. 2.

＿＿＿, 「二山 柳濟陽의 漢詩 고찰」, 호남한문학연구회 주제발표회, 2004. 6.

＿＿＿, 「20세기 求禮의 詩社 연구」, 『語文論叢』 제16호, 전남대학교 한국어문
　　　학연구소, 2005. 8.

金鍾均, 「韓國近代詩人 意識 硏究－梅泉・萬海・芝薰을 中心으로」, 고려대학
　　　교 대학원 박사학위논문, 1980.

김창수, 「매천 황현의 동학인식에 대하여」, 『新人間』 제416호, 외솔회, 1984.

김창수, 「梅泉 黃玹의 民族意識」, 『史學硏究』 제33호, 韓國史學會, 1981.

＿＿＿, 「매천의 애국사상」, 『나라사랑』 제46호, 외솔회, 1983.

金泰善, 『李定稷 詩文學의 硏究』, 고려대학교 교육대학원 석사학위논문, 1995.

노평규, 「이정직의 실학사상에 대한 연구」, 『다산학보』 제8집, 한국유교학회,
　　　1986.

＿＿＿, 「이정직의 유학사상에 관한 연구」, 『釋山韓鍾萬華甲紀念 韓國思想史』,
　　　원광대출판국, 1991.

朴金奎, 「梅泉黃玹의 論詩絶句 硏究」, 우석대학교 대학원 박사학위논문, 1996.

＿＿＿, 『黃梅泉詩硏究－＜讀國朝諸家詩＞評을 中心으로』, 정화출판문화사, 1980.

＿＿＿, 「黃梅泉 論詩絶句考」, 『論文集』 제31집, 원광대학교, 1996.

＿＿＿, 「黃梅泉 詩論 硏究」, 『論文集』 제29집, 원광대학교, 1995.

박종홍, 「이정직의 칸트 연구」, 『박종홍전집』 V, 형설출판사, 1990.

서일권, 「조선시인 김택영과 중국청조시인 왕사정」, 『崇實語文』 제9집, 숭실어
　　　문학회, 1992.

宋京玉, 「梅泉野錄에 나타난 黃玹의 現實認識－1864~1893년을 중심으로」, 성
　　　신여자대학교 대학원 석사학위논문, 1989.

송재소, 「梅泉 黃玹의 시」, 『시와시학』 제46호, 시와 시학사, 2002. 여름.

안병렬, 「黃梅泉의 소설 연구」, 『漢文學論集』 제2집, 근역한문학회, 1984.

嚴基一, 「梅泉思想 研究」, 공주대학교 대학원 석사학위논문, 1997.

오윤희, 「滄江 金澤榮의 詩文學의 研究」, 동국대학교 대학원 박사학위논문, 1989.

오종일, 「實學思想의 근대적 轉移-石定 李定稷의 경우」, 『한국학보』 제35집, 일지사, 1984.

오택원, 「황현의 시문학론」, 동국대학교 대학원 석사학위논문, 1979.

유승렬, 「한말 사립학교 변천의 경위와 그 역사적 의미」, 『강원사학』 13·14집, 강원대학교 사학회, 1998.

柳年錫·黃秀貞, 「梅泉 黃玹 交遊詩 研究」, 『고시가문학』 제14집, 한국고시가 문학회, 2004.

윤경희, 「황현 시문학 연구」, 고려대학교 대학원 박사학위논문, 1990.

＿＿＿, 「黃玹의 세계관과 詩世界」, 『韓國漢文學研究』 제14집, 한국한문학회, 1991.

＿＿＿, 「黃玹의 전 연구」, 『어문논집』 제35집, 안암어문학회, 1996.

이병기, 「梅泉 黃玹의 銘에 대하여」, 『東岳語文論集』 제28집, 동악어문학회, 1993.

＿＿＿, 「梅泉 黃玹의 上樣詩에 대하여」, 『고시가연구』 제1집, 고시가문학회, 1993.

李炳基, 「黃梅泉詩 研究」, 전남대학교 대학원 박사학위논문, 1984.

이상식, 「石田 黃瑗의 生涯와 思想」, 『歷史學研究』 제9집, 전남대학교 역사학 연구소, 1979.

李成日, 「黃梅泉 詩에 나타난 現實認識과 詩觀」, 『伏賢漢文學』 제6집, 경북대학 교 복현한문학연구회, 1990.

이소영, 「梅泉의 文學과 生涯 研究」, 서울여자대학교 대학원 석사학위논문, 1986.

이월영, 「이정직의 교유와 시 특성 고찰」, 『제1회 학술대회 석정 이정직의 학 문과 예술』, 한국서예문화연구회, 2004. 11.

이장희, 「황현의 생애와 사상」, 『亞細亞研究』 제21집, 고려대학교 아세아문제 연구소, 1978.

李惠貞, 「梅泉 黃玹의 歷史認識」, 부산대학교 교육대학원 석사학위논문, 1992.

이희승, 「황현의 현실인식에 대한 일고찰-동학농민운동과 갑오개혁을 중심으 로」, 세종대학교 대학원 석사학위논문, 1997.

임경숙, 「매천 황현의 동학농민운동에 대한 인식」, 순천대학교 교육대학원 석 사학위논문, 2002

林熒澤, 「黃梅泉의 批判知性과 寫實的 詩風」, 『韓國漢文學研究』 제18집, 한국 한문학회, 1995.

_____, 「黃梅泉의 詩人意識과 詩」, 『창작과비평』 제5권, 창작과 비평사, 1970.

장선희, 「『開城家稿』研究」, 『古詩歌研究』 제12집, 한국고시가문학회, 2003.

_____, 「梅月吟社 研究」, 『한국언어문학』 제47집, 한국언어문학회, 2001.

_____, 「梅泉 黃玹의 愛國詩 연구」, 『고시가연구』 제1집, 한국고시가문학회, 1993.

_____, 「韓國 近代의 漢詩 研究 : 姜瑋의 詩 活動을 중심으로」, 전남대학교 대학원 박사학위논문, 1997.

_____, 「黃梅泉의 歷史意識과 詩」, 『光州保專論文集』 제17집, 광주보건대학, 1992.

張仁鎭, 「朝鮮朝 文人의 陸放翁詩 受容에 대하여」, 『漢文學研究』 제6집, 계명대학교, 1990.

정시열, 「申紫霞와 黃梅泉의 論詩絶句 比較 研究 : <東人論詩絶句>와 <讀國朝諸家詩>를 중심으로」, 서강대학교 대학원 석사학위논문, 1998.

정양완, 「매천 황현의 시에 대하여」, 『성신한문학』, 성신한문학회, 1998.

조규호, 「황현의 사상 연구」, 경남대학교 대학원 석사학위논문, 1982.

진동혁, 「광주학생운동의 주역 왕재일에 관한 새 발굴 자료 연구」, 『동양학』 제17집, 단국대학교 동양학연구소, 1987.

최영성, 「이정직의 학문 정신과 경세 사상 – 존고정신과 관련하여」, 『제1회 학술대회 석정 이정직의 학문과 예술』, 한국서예문화연구회, 2004. 11.

최혜주, 「창강 김택영 연구」, 『韓國史研究』 제35집, 한국사연구회, 1981.

현계순, 「澤榮의 社會思想과 歷史認識」, 인하대학교 대학원 박사학위논문, 1993.

홍이섭, 「매천의 역사의식」, 『나라사랑』 제46호, 회솔회, 1983.

황수정, 「梅泉 黃玹의 傳記研究」, 순천대학교 대학원 석사학위논문, 2002.

_____, 「梅泉詩에 나타난 歷史意識」, 『고시가문학』 제12집, 한국고시가문학회, 2003.

_____, 『매천 황현의 한시 연구』, 조선대학교 대학원 박사학위논문, 2006. 2

황용수, 「매천의 생애」, 『나라사랑』 제46호, 외솔회, 1983.

찾아보기

김정환 金正煥

1959년 10월 전남 무안군 출생
전남대학교 국어국문학과 졸업 및 동 대학원 문학박사
광양제철고등학교 국어교사
전남대학교 호남한문학연구소 연구원
국사편찬위원회 사료조사위원
2007년 3월 영면

주요 논저로 박사학위 논문「梅泉詩波 研究」외에,「梅泉 黃玹의 '苟安室新稿' 研究」,「石田 黃瑗의 抗日 抵抗詩 研究」,「20세기 求禮의 詩社 연구」등이 있으며,『磻川詩稿』·『光陽市誌』등의 발간에 참여 하였다.

梅泉詩派 研究

2007년 7월 20일 인쇄
2007년 7월 30일 간행

저 자 김정환
발행인 한정희
편 집 신학태
발행처 경인문화사
        제10-18호(1973. 11. 8)
        서울시 마포구 마포동 324-3
        전화 718-4831 팩스 703-9711
        E-mail : kyunginp@chol.com
        http ://www.kyunginp.co.kr

정가 12,000원
ISBN : 978-89-499-0508-2   93810